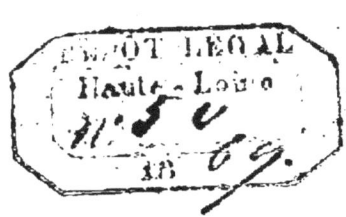
LES

MÉPRISES

LE PUY, IMPRIMERIE M.-P. MARCHESSOU.

LES
MÉPRISES

COMÉDIES

DE LA RENAISSANCE

RACONTÉES

PAR

LOUIS MOLAND

PARIS

LIBRAIRIE ACADÉMIQUE

DIDIER ET Cᵉ, LIBRAIRES-ÉDITEURS

35, Quai des Augustins, 35

—

1869

Monsieur PAUL DALLOZ

Directeur du Moniteur universel

Ces récits ont paru successivement dans le feuilleton du *Moniteur universel*, au cours de ces dernières années. C'est grâce à votre bienveillance qu'ils y ont été accueillis. Le changement qui s'est accompli depuis lors dans le journal que vous dirigez, est une raison de plus pour que je tienne à inscrire votre nom en tête de ce volume.

1er mai 1869.   L. M.

a

PRÉFACE

~~~~~~~~~~~~

I

Il y a deux manières de comprendre le roman ou la nouvelle historique : l'une consiste à mettre en action des événements et des personnages fournis par l'histoire ; l'autre s'efforce de ressaisir, à l'aide d'éléments qui sont du pur ressort de la fiction, l'esprit d'un temps disparu, d'en exprimer le charme ou l'originalité, d'en extraire et dégager, pour ainsi dire, le parfum.

C'est cette seconde méthode que j'ai, dans ces

récits, essayé d'appliquer à l'époque de la Renaissance. Ces récits, en effet, sauf quelques faits généraux, indiqués seulement, appartiennent tout entiers à la fiction. Mais j'ai tâché que la couleur de l'époque que j'avais à peindre y fût plus vivement reflétée que s'ils eussent été empruntés à la réalité même, et que la Renaissance s'y épanouît en quelque sorte dans toute sa fleur.

Cette heure un peu vague, qui se dore du nom de Renaissance, apparut successivement chez toutes les nations latines, à mesure que, par le long travail des siècles, ces nations furent ramenées à un état de culture littéraire et artistique se rapprochant de celui où la Grèce et l'Italie étaient parvenues dans l'antiquité. A cette rencontre sur les hauteurs où la civilisation nouvelle arrivait à son tour, il y eut comme un baiser passionné de celle-ci à ses devancières. Je ne sais quelle lumière matinale éclaira cette première étreinte : l'art et la poésie se teignirent, à tous leurs sommets, de lueurs de printemps. C'est cet air de renouveau, se répandant sur le monde intellectuel, qui a fait inventer ce nom de Renaissance, d'ailleurs inexact, s'il était pris au sens littéral, car les nations modernes n'avaient nullement attendu jusque-là pour revivre; elles avaient parcouru leur laborieux chemin avec des étapes plus ou moins glorieuses, et elles apportaient au commun rendez-vous leurs qualités naturelles et acquises, leur génie original, les traditions d'une existence indépendante et féconde.

L'étreinte filiale dont nous venons de parler, cette reconnaissance joyeuse sur les hauteurs a lieu, bien entendu, à mille pieds au-dessus du chaos indigeste où se démènent les pédants et les gauches imitateurs. L'éclat qui l'accompagne, cette clarté matinale qui revêt chaque objet qu'elle touche d'une grâce charmante, s'étend et gagne une à une toutes les plus libres manifestations de la poésie et de l'art. Nulle part elle n'est plus visible que dans la comédie italienne à ses débuts; elle frappe en plein le théâtre comique qui s'élève. C'est même là qu'on peut le mieux surprendre ce gai et pétillant rayon.

La preste comédie italienne, qui ressaisit hardiment les masques antiques et leur donne une physionomie nouvelle, est une vraie fille de la Renaissance. Elle en a reçu la vivacité et l'élégance, qui furent ses premiers dons, et le piquant attrait de la beauté jeune qui se fait tout pardonner. Elle offre le plus parfait contraste avec notre comédie moderne, vieillie, maussade et atrabilaire. Elle n'a aucune prétention à l'analyse acharnée et pénétrante du cœur humain;

elle ne met aucune amertume dans la satire; elle
déploie peu de vigueur dans l'observation, peu
de profondeur philosophique, il faut le reconnaître. Elle est tout à la surface, pour ainsi
dire; les ridicules y sont amples, exubérants et
comme empanachés. Les sentiments qui y rè-
gnent sont simples, irrésistibles, maîtres souverains de la vie. Elle s'amuse et s'affole de son
propre bruit et de son propre mouvement.

Elle se plaît surtout à imaginer des combi-
naisons variées, ingénieuses, inattendues et piquantes. Elle est très-sérieusement occupée à
traverser les amours de ses personnages, à les
dérouter, à les mettre en lutte avec les malices
du hasard et les jeux de la fortune. Les méprises sont d'abord le grand secret, presque l'unique secret de cette comédie : elle aurait à peine
besoin de changer ses titres : ce sont toujours
I Suppositi (l'Un pour l'Autre), *I Ingannati* (les
Abusés), et les feintes de toute sorte. Mais ce
n'est que plus tard que viendra la complication
abusive, l'enchevêtrement inextricable, et que la
comédie italienne tombera dans l'imbroglio où
elle se perdra si longtemps. Nous sommes à la
première heure : la source où l'on puisera jusqu'à la troubler, jusqu'à la tarir, est limpide
encore.

A peine née, elle déploie une fécondité facile et riante. Elle se bifurque aussitôt, elle se divise en comédie soutenue ou régulière, *commedia sostenuta,* et en comédie improvisée, *commedia dell' arte ;* la première, dont le dialogue est entièrement écrit soit en prose, soit en vers, comme celui de nos pièces françaises et que les acteurs récitaient comme font les nôtres ; la seconde, dont le scenario ou canevas était seul tracé et dont le dialogue était laissé à l'inspiration des acteurs. J'ai déjà, dans un autre ouvrage (1), expliqué les conditions et les procédés de cette double forme de l'art comique. Je n'y reviendrai pas.

La *commedia dell' arte* eut, comme la comédie soutenue, sa belle époque, son moment heureux, entre Ruzzante et Flaminio Scala. Dans cette première période, la passion, la mélancolie, la douleur même n'étaient nullement bannies du théâtre *all' improviso.* Les *soggetti* ou canevas qui nous en restent ne sont pas toujours bouffons ; il en est de très-dramatiques et de

(1) *Molière et la Comédie italienne,* ouvrage illustré de vingt vignettes représentant les principaux types du théâtre italien. Paris, à la librairie académique Didier et Cie, 1867.

très-touchants, sans toutefois que l'émotion devienne jamais trop cruelle. Quel qu'il soit, le drame se passe dans ce pays de l'Allégresse poétiquement décrit par Ruzzante : — « Vois-tu ce beau pays, tout entouré de collines fleuries, et ombragé de bois qui reverdissent par l'effet des dernières pluies ; ces bordures de saules échevelés ; ces petits ruisseaux qui gazouillent sur les cailloux en se perdant dans les herbes et les fleurs ? Entends-tu ce petit oiseau qui chante son air : *Hairo, hairo, hairo?*..... Regarde tant que tu pourras regarder dans le pays de l'Allégresse.... Regarde celui-ci, qui se roule à terre avec la bouche si grande ouverte qu'on croirait qu'il va crever, c'est le Rire..... Vois cette femme couverte de beaux habits, avec tant de bijoux et des bracelets plein son tablier, c'est la Fête ; à côté d'elle son frère le Bal a ôté ses souliers pour mieux danser. Tiens ! regarde, il danse ! Ces deux dames qui se tiennent par la main, c'est la Gaieté et la Joie ; celle-ci semble ne pouvoir tenir dans sa peau ; elle veut toujours chanter, jouer, lutiner... »

Parmi ces personnages aux costumes clairs ou bariolés, il en est d'autres dont les vêtements noirs et rouges font contraste avec ceux-là ; tels sont la Méchanceté, la Trahison, la Jalousie, la

Tristesse, « assise les mains jointes et la tête appuyée sur ses genoux. » Le Deuil et la Mort y peuvent entrer comme partout; sans cela, cette contrée idéale serait trop séparée du reste de l'espèce humaine. Mais ces lugubres personnages sont baignés eux-mêmes dans cet air fluide et doux qui est propre au pays de l'Allégresse.

Voilà le milieu poétique où s'ébat la comédie de l'art dans la belle période de la Renaissance. La gaieté n'y est pas montée à ce ton aigu et strident que lui donneront plus tard lés Fiorelli et les Dominique. On sent toujours que les artistes qui s'abandonnent à leur humeur leste et enjouée et à leur libre et très-libre fantaisie, sont les mêmes qui récitent ces suaves élégies : l'*Aminta*, du Tasse; l'*Alceo*, d'Antonio Ongaro; la *Mirtilla*, composée par Isabelle Andreini.

Elevat ardor, comme disait la devise de la célèbre *Accesa* : « la flamme élève; » ajoutons : et purifie tout. Ils ont vraiment une sorte de feu sacré pendant ce premier âge de leur joyeux apostolat à travers l'Italie et l'Europe.

II

Les comédies qui vont être racontées appartiennent à cet art et à cette époque. Ce sont des *soggetti*, des canevas où les situations, les incidents, les jeux de scène sont seulement indiqués et qui servaient d'aide-mémoire aux acteurs. Si les comédies dont il s'agit avaient été des pièces régulières, développées, écrites d'un bout à l'autre, ayant enfin une forme littéraire, il ne me serait pas venu à la pensée de les traiter et de les remanier à ma guise.

Mettre en récits, par exemple, *la Cassaria,* de l'Arioste, *la Calandra,* de Divizio da Bibbiena, *il Marescalco,* de l'Arétin, *la Flora,* d'Alamanni, *la Strega,* de Grazzini, me paraîtrait une entreprise au moins inutile ; une traduction me semblerait de beaucoup préférable. Il n'est pas question ici de telles œuvres. Les comédies dont j'ai emprunté les sujets de ces nouvelles n'existent, pour ainsi dire, qu'à l'état rudimentaire. Informes, illisibles, si on se bornait à les reproduire telles qu'elles sont, simples *ossature,* je pouvais fort bien essayer d'ajouter la chair et le sang qui manquaient à ces squelettes.

Il eût, sans doute, été plus conforme à la tradition, de métamorphoser ces canevas en comédies complètes. C'est ce que faisaient généralement les auteurs de ces canevas, lorsqu'ils voulaient les livrer au public; c'est ce qu'a fait Ruzzante pour les six comédies publiées sous son nom; c'est ce qu'a fait Fabrizio de Fornaris, surnommé le capitaine Cocodrillo, pour son *Angelica;* c'est ce que fit Beltrame (Niccolo Barbieri) pour son *Inavvertito.* Avant de donner à l'impression tel scenario composé par eux et joué avec un succès exceptionnel, ils prenaient la peine de le développer, *di spiegarlo.* Beaucoup d'entre ces auteurs italiens, à qui nous devons les innombrables comédies en vers ou en prose dont Leone Allaci a dressé, dans sa *Drammaturgia,* le catalogue partiel, n'ont fait, assurément, que remplir les canevas populaires de la *commedia dell' arte.* Peut-être eût-il paru plus naturel, plus logique, de suivre cet exemple et de procéder comme eux. Si j'ai pris une autre forme, c'est qu'ils travaillaient pour la représentation théâtrale et que je ne visais qu'à la lecture, et qu'à la lecture, la forme du récit est plus commode et plus agréable. J'ai peine à admettre les drames faits pour être lus, tels que l'on en a composé en grand nombre dans ces derniers temps. C'est là un genre hybride, qui laisse toujours à désirer, soit sous le rapport dramatique, soit sous le rapport narratif.

D'ailleurs les *soggetti* paraissent s'être prêtés dès l'origine à cette double transformation. Le *soggetto* était un embryon qui n'avait pas encore d'espèce bien déterminée. On peut voir une trace de cette indécision dans le titre d'une des pièces de Ruzzante qui, bien que rédigée et dialoguée en grande partie, est intitulée, probablement comme le canevas primitif : « *La Piovana, commedia overo novella del Tasco*, la Piovana, comédie ou nouvelle de la Bourse. » Flaminio Scala n'appelle ses canevas que des *favole rappresentative,* fables ou contes qui sont des sujets de représentation. Je me suis donc cru libre de choisir entre l'une et l'autre forme, selon la destination que mes récits devaient recevoir. Ces canevas étaient, d'autre part, extrêmement propres à la fin que je me proposais : voulant exprimer le caractère de la Renaissance italienne et française par des figures idéalisées, et non empruntées à l'histoire, comment aurais-je mieux fait que de m'emparer de ces ébauches si pénétrées de l'esprit du temps que j'essayais de peindre, et qui me fournissaient tout ce qui, dans une telle entreprise, ne saurait être inventé, en laissant pourtant à l'imagination une assez large carrière ?

En comprenant ces quatre récits sous ce titre général *les Méprises,* je n'ai fait que leur donner l'étiquette commune qui pourrait presque, comme je le disais tout à l'heure, servir pour toute cette comédie de la Renaissance. On verra que ces récits en particulier justifient parfaitement et cette remarque et le titre que porte le volume qui les renferme. Le premier est fondé sur l'erreur où tombe le jeune Horace, dont la jalousie s'enflamme et qui abuse du pouvoir que les circonstances lui ont donné sur son ami Faustin. Le second est fondé sur le mariage imaginaire de Celia et de Fabrizio. Le troisième récit repose sur le trépas mensonger de Silvia Demetria; et le quatrième, sur l'illusion qui persuade Eusebio de l'infidélité de sa maîtresse.

J'ai pris plaisir à associer dans ces récits la France à l'Italie. Je n'ai fait qu'obéir en cela à la vérité historique : les deux nations, après s'être fait la guerre, formèrent les liens les plus étroits qu'elles aient jamais eus. Des relations multipliées existent alors entre les deux pays. Les artistes affluent d'Italie en France. Henri II épouse une Médicis. Les poëtes et les gentils-hommes français s'habituent à aller compléter leur éducation en Italie, où ils reçoivent des leçons d'amour, comme Joachim Du Bellay de sa Faustine, ou des leçons d'escrime, comme Brantôme du grand Tappe de Milan. Mon but était mieux atteint, du reste, par ce rapprochement des deux peuples; c'est dans ce rapprochement, dans ce contact, que se dégagent plus distinctement la force et la lumière de la Renaissance.

III

Je n'ai nullement entendu exécuter une reproduction exacte, un calque fidèle d'après les documents que j'avais sous la main; je ne me suis pas astreint à suivre les textes pas à pas. Je voulais faire œuvre de conteur et de romancier.

J'en ai pris, par conséquent, tous les droits, modifiant, combinant, taillant, développant à mon gré. Je me transporte dans le passé pour y dessiner un point de vue qui m'a séduit ; mais le peintre n'en est pas moins d'aujourd'hui, et ne renonce pour cela ni à peindre avec ses couleurs, ni à plaire au goût actuel. S'il s'agissait, en pareil cas, de faire exactement et uniquement ce qu'auraient fait les écrivains ou les peintres du temps qu'on essaie de ressusciter, il serait fort inutile de s'embarrasser d'une telle besogne. Les conteurs n'ont pas manqué à cette époque ; et, pour la vérité absolue du tableau, nous n'avons certes aucun espoir d'égaler les contemporains. La tâche que nous nous donnons est différente. Nous traduisons une époque éloignée à l'époque où nous écrivons : nous parlons, par conséquent, le langage de celle-ci ; nous nous conformons à ses exigences en fait d'art. Le sujet est antique, mais tout doit se colorer nouvellement sous la plume ou le pinceau.

Je sais bien qu'on insiste. J'ai souvent entendu les objections se produire à propos d'ouvrages plus considérables que celui-ci. « C'est nous, disait-on, que nous voulons connaître ; ce sont nos caractères, nos mœurs, nos passions que nous voulons voir analyser. Vous prétendez me peindre une société disparue depuis trois siècles. Je n'ai ni le temps ni l'envie de rechercher si votre peinture est exacte et conforme aux enseignements de l'histoire. Mais, je vous le demande, entre cette société et la nôtre, qu'y a-t-il de commun ? Sont-ce là nos façons de comprendre, de sentir, de juger ? Que m'importe votre archéologie de meubles, de vêtements, de sentiments et d'idées ?... Vous n'êtes pas de votre temps. Au lieu de travailler sur le vif de la réalité et de m'intéresser à moi-même, vous m'entraînez vers les époques antérieures. Comme ces peintres qui n'ont jamais regardé la nature et qui font des tableaux d'après d'autres tableaux, vous faites du drame d'après l'histoire, des livres d'après des livres. Pour vous suivre, il faut que je fasse effort de mémoire... etc. »

Il y a une part de vérité et de raison dans ce langage. Qu'on invite les poëtes et les romanciers à s'occuper surtout de la réalité contemporaine, rien de mieux, pourvu que cette recommandation demeure un simple conseil et ne devienne pas un système exclusif ; pourvu qu'on n'aille point jusqu'à condamner et proscrire toute tentative d'un autre genre, toute œuvre qui n'aurait pas directement cette réalité contemporaine pour objet. « Peignez nos mœurs, notre

société, nous-mêmes! » nous crie-t-on. Soit!
Approuvons ceux qui l'entreprennent! Essayons
nous-mêmes ce que nous pourrons faire de ces
études et de ces tableaux! Mais qu'on ne pré-
tende pas interdire et fermer toutes les autres
avenues de la littérature et de l'art!

En élevant cette prétention insoutenable, on se
mettrait d'abord en contradiction formelle avec
le vaste enseignement, avec l'imposante expérience des siècles. L'une des fonctions les plus
spontanées et les plus rationnelles de la littérature
et de l'art consiste, au contraire, à ranimer les
figures évanouies de l'histoire, à évoquer les morts,
à remettre sous nos yeux quelque type mémora-
ble de la nature humaine, quelque action émou-
vante des âges écoulés. L'art et la littérature
ont généralement commencé par là, et chez tous
les peuples les premiers poëtes ont été les premiers historiens. C'est la tendance primitive et
naturelle répondant à un besoin spontané de
l'esprit humain, et nul sophisme ne saurait pré-
valoir contre elle.

L'art et la littérature n'ont pas seulement dé-
buté par là, ils ont continué de même. Quelle
belle énumération je pourrais faire ici, si je
voulais démontrer cette trop évidente vérité! Je
commencerais par les temps anciens, je ferais

défiler sous vos yeux les Homère, les Sopho-
cle, les Virgile, évoquant les anciens héros de la
Grèce ou de Rome, les combattants de Troie,
les Atrides, les compagnons d'Énée, tous personnages et événements qu'ils n'avaient pas vus
et qu'ils ne pouvaient peindre d'après nature. Je
passerais ensuite à nos premiers poëtes français racontant les exploits de Charlemagne et de
ses pairs disparus depuis longtemps et restés
seulement dans la mémoire des hommes. Puis,
allant d'une époque primitive à une époque cul-
tivée, pour prouver que la loi est générale, je
montrerais le grand Corneille crayonnant l'âme
d'Auguste et de Pompée; Shakspeare mettant
en scène Coriolan, César, Macbeth, Richard III,
Jean Sans Terre, d'après Plutarque et les chroniques d'Angleterre; tous nos plus grands gé-
nies faisant de l'archéologie, faisant du drame
d'après l'histoire, des livres d'après des livres,
imaginant les caractères et les passions de temps
qui n'étaient plus.

La vérité, c'est qu'une époque s'exprime
mieux, le plus souvent, dans la manière dont
elle conçoit et représente les âges antérieurs, que
dans les peintures qu'elle fait d'elle-même. Elle
s'y exprime naïvement, ce qui y est une condition pour ne pas se tromper. L'étude que l'on

fait directement de son temps est infiniment suspecte, sujette à erreur. On ne voit pas bien de trop près. Quand nous voulons retracer le passé, nous nous révélons à notre insu et plus sincèrement. « Tout portrait, dit-on, est le portrait de deux personnes, du modèle et du peintre. » J'ajoute que le portrait du peintre est presque toujours le plus véridique. Le dix-septième siècle, par exemple, est bien plus fidèlement peint dans les tragédies de Corneille et de Racine, que dans les romans de Sorel et de Furetière.

Mais c'est invoquer de trop grands noms, soulever une question trop haute, à propos d'une œuvre auſi peu ambitieuse que celle-ci. Le fait est que je n'ai guère songé à tout cela en écrivant ces récits. J'ai cédé à un mouvement de curiosité et d'imagination, qu'on approuvera ou qu'on blâmera suivant qu'on est dans une disposition plus ou moins analogue à celle où je me suis trouvé. Une sorte de réaction de mon esprit m'a chassé du présent et m'a rejeté vers les régions fleuries et idéales de la Renaissance. Mon devoir de publiciste faisant, au jour le jour, la critique des livres ou du théâtre, m'oblige à voir un assez grand nombre de ces peintures de mœurs contemporaines plus ou moins prises dans le vif de la réalité. J'ai pris plaisir à m'en détourner parfois pour des visions plus riantes. Érudit, j'avais ces images du temps jadis dans ma mémoire; j'avais ces couleurs toutes prêtes sous ma main. Je m'amusai à les broyer et à en tracer ces esquisses qui me dépaysaient pendant quelques heures. Le sentiment auquel j'ai obéi est peut-être partagé par plus d'un lecteur; auprès de ceux-là, ces courts récits trouveront grâce.

LE MUET

LES MÉPRISES

COMÉDIES DE LA RENAISSANCE

LE MUET

I

La ville de Lyon était, au seizième siècle, un cen-
tre de commerce non moins important que de nos
jours. Elle entretenait des relations très-multipliées
avec les grandes villes de l'Italie : Gênes, Florence,
Venise. Elle avait le privilége presque exclusif des

échanges que ces villes faisaient avec la France, à
qui elles fournissaient principalement des mar-
chandises précieuses : soieries, étoffes, perles d'O-
rient, objets d'art et d'orfévrerie. Lyon pouvait
passer pour le grand entrepôt du luxe dans le
Midi; Marseille était son port et son comptoir sur
la Mediterranée.

Des relations sociales avaient suivi les relations
commerciales. Les fils des riches familles de la
bourgeoisie lyonnaise allaient passer quelques années à Gênes, à Florence, à Venise, chez les cor-
respondants de leurs pères, tandis que ceux-ci en-
voyaient leurs héritiers faire un séjour à Lyon. Il
y avait en outre dans cette ville toute une colonie
italienne très-florissante. Les chroniques nous disent que cette colonie étonna la cour de France par
la splendeur des fêtes qu'elle offrit au dauphin
Henri, lorsqu'il ramena en 1533 la fille des Médicis qu'il avait épousée. Les Italiens avaient importé
à Lyon jusqu'à l'architecture propre à leur pays, et
l'on y voyait de ces maisons ayant pour vestibule
une galerie à ogives délicatement découpées, galerie
surmontée d'un vaste balcon dont les brouillards
de la Saône ne permettaient que bien rarement
l'usage.

C'est dans une de ces maisons, qui semblaient
regretter le ciel toscan, que notre récit nous conduit

d'abord. Celle-ci était la demeure d'un des plus hauts représentants du commerce italien à Lyon; il se nommait Pierre Lulle et était natif d'Arezzo. Fixé depuis longtemps sur les bords du Rhône, Pierre Lulle, qui avait épousé une Lyonnaise, était resté veuf avec une fille unique qui s'appelait Isabelle.

Isabelle avait vingt-trois ans; elle était célèbre dans la ville, qui l'eût choisie pour sa reine s'il y avait eu une royauté élective de la beauté et de l'esprit. Quoiqu'elle eût une double origine, Isabelle était, à dire vrai, plutôt Italienne que Française; elle était Italienne par les traits à la fois corrects et expressifs de sa physionomie, par son caractère, par ses talents et ses goûts. Elle avait cet amour de l'art et de la poésie qui était alors moins commun en France qu'en Italie; elle estimait à haut prix le bien dire, « le gentil parler, » pour employer un mot de la reine de Navarre. Elle était passée maîtresse dans la science du rhythme et de la musique. Platonicienne sans le savoir, vivant tout en imagination, elle avait dans sa conduite une indépendance sereine qui lui faisait braver l'opinion; et l'opinion, qui aime parfois qui la brave, témoignait pour elle d'un profond respect. Une circonstance pourra la faire apprécier sous ces points de vue divers. Dans les fêtes données par la bonne

ville de Lyon au roi François Ier, rendu à la liberté
et rentrant dans son royaume, Isabelle Lulle avait
représenté « la Nuit couverte d'étoiles, portant un
croissant d'argent sur le sommet du front, et chan-
tant dans un chariot traîné par deux *chevesches*
(chouettes ou chats-huants). » Elle avait, en rem-
plissant ce personnage de féerie, excité un tel enthousiasme, que jamais, dit un chroniqueur, le roi
ni tous ces galants de la cour n'eurent autant de
regret de voir partir la Nuit.

Isabelle, qui avait perdu sa mère de bonne heure,
et que son père avait élevée en princesse orientale,
ressemblait donc à une compatriote de l'Arioste et
du Tasse beaucoup plus qu'à une de nos bourgeoi-
ses françaises. Ajoutons, pour achever d'établir sa
véritable nationalité, qu'elle composait, « dans la
langue harmonieuse où le *si* résonne, » des églo-
gues, des sonnets non moins élégants, non moins
subtils et raffinés que ceux de sa fameuse contemporaine la marquise de Pescara, Vittoria Colonna,
aimée de Michel-Ange.

Isabelle Lulle, qui avait adopté en France les
gracieux atours florentins, était assise devant un
jeu de régale (petit orgue qui, se transformant par
la suite, devint le clavecin, puis le piano); elle s'occupait à déchiffrer quelques morceaux de la partition d'*Aretusa,* tragédie lyrique qu'on lui avait en-

voyée de Ferrare, où cette œuvre théâtrale, l'une des premières du genre, avait été représentée récemment. Une jeune fille, debout près d'elle, tenait sous ses yeux les feuillets de la partition. Cette jeune fille, nommée Olivette, avait pour père le précepteur d'Isabelle, le docteur Ficoroni, dont le savoir était depuis longtemps inutile à son élève, mais qui n'en restait pas moins dans la maison à titre d'homme de confiance. Olivette tenait lieu à sa maîtresse à la fois de cameriste et de compagne. Ayant grandi à ses côtés, elle était admise fort avant dans sa familiarité, et à des fonctions aussi variées que peu définies elle joignait celle de confidente.

— Oui, vraiment, j'ai entrevu une fois ou deux ce M. Faustin chez votre oncle Raynal.

— Et tu es sûre, Olli, dit Isabelle qui avait coutume d'abréger ainsi le nom d'Olivette, tu es sûre que ce gentilhomme était prisonnier en Afrique bien longtemps avant mon cousin Horace?

— C'est ainsi, du moins, que j'ai entendu raconter l'histoire. Au reste, vous pouvez éclaircir ce point en interrogeant mon père, que j'aperçois dans le jardin. Mon père est intime ami de l'intendant de votre oncle, qui a été chargé de porter au bassa d'Alger les trois cents ducats et qui est revenu avant-hier.

— C'est cela; appelle ton père, je te prie.

Le docteur Ficoroni, appelé par sa fille, se présenta aussitôt. Tout habillé de noir, avec une large collerette blanche, portant la robe ou soutane pardessus son pourpoint de velours, le docteur était un personnage cérémonieux et disert.

— Docteur, lui dit Isabelle, connaissez-vous bien tous les détails de la captivité et de la délivrance des deux hôtes de mon oncle, Horace Salviati et son compagnon?

— Nul ne pourrait connaître ces détails mieux que moi, répondit le docteur. Mon ami Bernardino m'a fait part de tout ce qu'il sait sur ce sujet, et personne n'est mieux informé que Bernardino, qui a été deux fois en Afrique pour cette affaire. Il a été le *deus ex machina;* il a été le messager de liberté et de salut. A peine de retour, il m'a fait le récit de sa périlleuse ambassade. Il m'a décrit les tourments que les captifs endurent dans ces redoutables séjours. En l'écoutant, j'ai frémi, surtout quand je me rappelais ce qui faillit autrefois vous arriver à vous-même.

— Quand Horace Salviati fut pris, dans la traversée de Livourne à Marseille, son compagnon n'était pas sur le même navire que lui, n'est-il pas vrai?

— Sans aucun doute, signora. C'est dans le

bagne même d'Alger que votre cousin a lié connaissance avec ce Français. Hélas! oui, le seigneur
Horace, tout riche qu'il est, a été au bagne; il a
traîné la chaîne, il a été soumis à la corvée; il a
ramé comme un autre sur les galères du bassa.

— Je suis parfaitement instruite des épreuves
que mon cousin Horace a eu à subir; mais c'est
de ce Français, nommé Faustin, que je n'ai presque pas entendu parler.

— Eh bien, le seigneur Horace, pendant les
trois mois qu'il a passés en Afrique, distingua parmi la foule des prisonniers ce Faustin, qui avait la
réputation d'un homme intrépide et énergique. Sa
force d'âme et de caractère en imposait, dit-on,
même aux gardiens de la chiourme. Ceux-ci ne se
livraient pas envers lui aux actes de brutalité, aux
mauvais traitements dont ils accablent surtout les
infortunés dont le rachat se fait attendre; ils ne lui
adressaient jamais de paroles injurieuses. Il arrivait fréquemment à ce gentilhomme de prendre la
défense des autres; et quand tous croyaient que la
vengeance des maîtres allait retomber sur l'auda-
cieux, quand tous tremblaient pour lui, il était seul
tranquille, et il semblait qu'on n'osât en effet lui infliger aucun châtiment. Ah! il a fait des choses qui
resteront longtemps dans la mémoire des gens de
ce pays.

1*

— En vérité, docteur, votre imagination s'emporte. Vous parlez de ce jeune homme comme d'un héros. Ce que je savais jusqu'ici à son sujet est beaucoup plus simple : il était, à ce qu'il paraît, sans ressources, sans famille; il n'avait, par conséquent, presque aucune chance de sortir jamais de ce dur esclavage. Il avait fait plusieurs tentatives d'évasion qui toutes avaient échoué : on le surveillait si bien qu'il lui fallait renoncer à toute entreprise de ce genre. Il ne lui restait plus d'espoir. Pourtant il ne rêvait que la liberté; un ardent amour de son pays, le désir intense de le revoir, éclataient dans ses paroles. Horace eut pitié de lui...

— Certes, il faut le reconnaître, reprit le docteur, votre cousin a fait là une belle action. J'ai été ému quand Bernardino m'a raconté comment les choses se sont passées. Le sauf-conduit était signé, le vaisseau était prêt à mettre à la voile. Horace déclara tout à coup qu'il ne partirait pas sans son ami Faustin. Bernardino, qui venait de verser mille écus d'or pour le rachat de votre cousin, n'avait pas de quoi payer une nouvelle rançon; il voulut persuader à Horace de s'en revenir toujours, sauf à prendre ensuite des mesures pour assurer la délivrance du Français. Horace fut inflexible. Il dit à Bernardino : « Retournez vers le seigneur

Raynal ou vers mon père, et rapportez l'argent qu'il faut pour délivrer mon compagnon, afin que tous deux puissions être libres ensemble. Je n'accepte pas la délivrance pour moi seul, je vous attends ici. » Il m'a paru que ce trait était digne d'un ancien Romain.

— Personne n'est moins disposé que moi à en diminuer le mérite.

— Qui était embarrassé ? continua le docteur. C'était Bernardino. Heureusement, le bassa, informé de ce débat extraordinaire, résolut de se fier à l'honneur des captifs : il consentit à les laisser aller l'un et l'autre, à la condition que les jeunes gens lui feraient parvenir trois cents ducats aussitôt qu'ils seraient rentrés dans leur patrie. Et c'est ce qui a obligé Bernardino à traverser de nouveau la mer, quoiqu'il se fût bien passé de revoir les infidèles.

— Votre ami ne vous a-t-il pas dit depuis combien de temps à peu près le Français était prisonnier ?

— Depuis plusieurs années, je pense. Je pourrais demander à Bernardino s'il sait cela exactement.

— Il est plus simple que je le demande à mon cousin Salviati, ou, mieux encore, à ce gentilhomme lui-même. Je vous remercie, docteur; les renseignements que vous m'avez donnés me suffisent.

Le docteur se retira.

— N'est-ce pas une chose singulière, Olli, dit Isabelle, que jusqu'ici notre attention ne se soit pas fixée sur ce Français, et qu'il ait fallu, pour que nous songions à lui, le retour de M. Bernardin? Il peut cependant y avoir un grand intérêt pour moi à interroger cet inconnu. Il faudra que je prie Horace de me l'envoyer demain.

II

Il y avait à cette époque, et il y eut encore bien longtemps après, une cause infiniment fréquente d'événements tragiques, une source perpétuelle d'aventures et de catastrophes : c'était l'audacieuse et formidable piraterie exercée par les Barbaresques sur les côtes d'Espagne, de France et d'Italie. La Méditerranée était le théâtre habituel de coups de main qu'on ne trouvait aucun moyen de réprimer. Les nations chrétiennes avaient fini par s'y accoutumer, à peu près comme on se fait à un mal sans remède. C'était un péril de plus ajouté aux périls de la navigation, et qui entrait dans les prévisions des voyageurs, sans les arrêter.

On s'imaginerait difficilement, si l'on n'en avait de si nombreux et si irrécusables témoignages, la hardiesse des corsaires qui venaient faire des captures jusque dans les ports les plus populeux, et qui, parfois, débarquant sur un point du rivage, allaient enlever les habitants d'un château ou d'une métairie situés bien avant dans l'intérieur des terres. On peut citer notamment l'excursion de Khaïr-Eddin-Barberousse sur Fondi, excursion entreprise dans le but de s'emparer d'une princesse célèbre par sa beauté, Julie de Gonzague, dont il voulait faire hommage au sultan. « Sa beauté, dit Brantôme, avait volé jusque dans le Levant. Barberousse, nouvellement nommé général de l'armée de mer du Grand-Seigneur, en voulait faire un présent à son maître. Deux mille Turcs, débarqués non loin de Naples, arrivèrent à Fondi si à propos et à l'improviste, au milieu de la nuit, qu'ils emportèrent la ville d'assaut en un moment et donnèrent l'escalade au château où était Julie de Gonzague. Cette princesse, qui était endormie, n'eut que le temps de se jeter, en chemise, par une fenêtre, de sauter sur un cheval, et de s'enfuir à toute bride vers les montagnes. Les Turcs entrèrent dans sa chambre comme elle n'en faisait que sortir. Barberousse fut désespéré d'avoir manqué ce beau coup de main. » — La légende maritime de cette époque offre mille traits de ce genre. On s'imaginerait difficilement quelle dîme, si l'on peut employer ce mot, les Africains prélevaient sur les populations d'Europe. On en aura une idée en songeant qu'à Alger, lorsque Michel de Cervantes y fut emmené en esclavage, le nombre des captifs dépassait vingt-cinq mille.

La course était une spéculation fondée bien moins sur les produits du travail qui pouvait être imposé aux prisonniers que sur leur rachat ; et ce rachat des captifs rapportait en effet des revenus immenses aux gouverneurs des Etats barbaresques. D'un autre côté, la lutte incessante qui était établie dans ces parages, lutte de piéges et de surprises, donnait lieu à d'étranges coups de fortune, à des prodiges d'intrépidité ou de constance, à des miracles de ruse, à des actes sublimes de dévouement et de sacrifice. Ainsi, peu d'années avant l'époque où commence notre récit, on avait beaucoup parlé, à Marseille et dans le pays d'alentour, de la généreuse conduite d'un jeune gentilhomme français qui, étant accouru trop tard pour porter secours à la fille d'un marchand lyonnais ravie sur la côte, était entré en pourparlers avec les corsaires déjà réfugiés dans leur barque et leur avait offert de prendre la place de la jeune fille; les corsaires consentirent à l'échange, qui s'était effectué sur le sable même du rivage; la jeune fille avait été remise aux compagnons du gentilhomme, et celui-ci avait été emmené comme une proie d'élite; en quoi les Sarrasins se trompaient, car ce gentilhomme était des plus mal partagés des biens de la fortune. Mais le père de la jeune fille ainsi délivrée avait envoyé promptement à Alger un agent marseillais chargé d'acquitter la rançon du libérateur. Quoique l'agent eût rempli son mandat, le gentilhomme n'avait point reparu; on supposa qu'il s'en était allé prendre du service à Naples ou en Hongrie. Peu à peu l'événement s'effaça de la mémoire de ceux mêmes qui en avaient été les témoins, et l'on cessa entièrement de songer à celui qui y avait joué le principal rôle.

C'est là un de ces mille traits qu'offre alors la légende maritime. Il n'y a rien de surprenant à ce que les Italiens, les Espagnols et les Français aient si largement usé des corsaires barbaresques dans leurs tragédies ou leurs comédies. Ces aventures étaient bien loin d'être aussi dépourvues de vraisemblance qu'elles le paraissent à nos yeux; elles

tenaient une grande place dans les préoccupations
de la curiosité publique; elles étaient du domaine
de la réalité autant que de celui de la fiction. Les
écrivains se trouvaient quelquefois à même de savoir par expérience le degré d'intérêt que ces aventures méritaient d'exciter : par exemple, l'auteur
de *Don Quichotte* et notre Regnard. Il est incon-
testable que la conquête de l'Algérie, en suppri-
mant à jamais ces grands repaires de forbans
échelonnés sur les rivages de l'Afrique, a tari une
des sources les plus fécondes du romanesque, et a
causé par là même un préjudice notable aux dra-
maturges et aux conteurs.

On ne s'étonnera donc pas qu'un incident si peu
extraordinaire en ce temps-là serve de point de
départ à un récit qui se passe juste au moment où
l'insolence des Barbaresques ne connaissait plus de
bornes, par suite de la rivalité de François Ier et
de Charles-Quint. Horace Salviati, dont il a été
question dans la conversation d'Isabelle Lulle et
du docteur Ficoroni que nous avons rapportée,
était le fils d'un riche négociant de Florence; Horace s'était embarqué à Livourne pour venir à
Lyon, chez Jean Raynal, le correspondant de son
père; le bâtiment sur lequel il avait pris passage
eut une fortune si contraire qu'il tomba au milieu
d'une escadrille de corsaires africains. La disgrâce

était moindre, après tout, pour le jeune Florentin que pour bien d'autres; il s'agissait de se faire racheter le plus promptement possible; la négociation fut ouverte presque aussitôt, non avec le père d'Horace, mais avec Jean Raynal, mieux placé pour traiter rapidement cette affaire.

Malgré toutes les diligences que put apporter le négociant lyonnais, Horace fut obligé de passer près de trois mois dans le bagne algérien. Pendant cet espace de temps, il se lia d'une étroite amitié avec un Français nommé Faustin, dont il put apprécier les belles qualités. Enfin, quand il partit, il procura la liberté à ce jeune homme, qui était prisonnier depuis cinq à six années, et qui semblait oublié et abandonné de tout le monde. Horace s'étant engagé à envoyer la somme de trois cents ducats, Faustin ayant prêté serment de reprendre ses chaînes si cette somme n'était versée dans un délai déterminé, ils purent quitter sur le même vaisseau ces rivages maudits. Au moment du départ, Faustin, versant des larmes de bonheur, se jeta dans les bras de son ami : — Ma vie, lui dit-il, vous appartient désormais! disposez et ordonnez de moi jusqu'à la mort !

III

Les deux jeunes gens débarquèrent à Marseille, et Faustin éprouva, bien plus vivement que son camarade, « une des joies les plus enivrantes qu'on puisse goûter en ce monde (c'est Cervantes qui parle ainsi, et il l'avait ressentie lui-même), la joie de fouler, sain et sauf, le sol de sa patrie après une longue captivité. »

Le Français n'avait pas été sans avoir autrefois quelques amis à Marseille ; il rencontra des gens avec qui il avait eu jadis de bonnes relations ; il s'aperçut tout de suite, et non sans quelque tristesse, que personne ne le reconnaissait. C'est ce qu'il lui fut, du reste, facile de s'expliquer par le changement produit en lui par six années d'angoisses et de souffrances. Son teint hâlé, sa barbe longue et touffue, devaient modifier entièrement sa physionomie. Ayant constaté l'incognito dont il jouissait involontairement, il résolut de ne pas le faire cesser, de ne pas soulever l'espèce de masque que le temps avait placé sur son visage.

Les jeunes gens s'équipèrent convenablement. On avait restitué à Horace Salviati son bagage ; il y retrouva les magnifiques habillements qui formaient alors la garde-robe d'un riche seigneur italien. Faustin quitta le justaucorps de gros drap bleu avec demi-manches, les hauts-de-chausses et le bonnet de même étoffe qui composaient le costume des prisonniers d'Afrique.

Il conserva toutefois ce triste costume qu'il avait porté si longtemps.

— Qu'est-ce que vous serrez si précieusement dans cette boîte ? lui demanda Horace.

Faustin lui montra la grossière défroque.

— Un de vos poëtes a dit, n'est-ce pas ? qu'il n'est point de plus grande douleur que de se rappeler les temps heureux, quand on est plongé dans l'affliction.

— C'est le divin Alighieri lui-même qui a exprimé cette pensée.

—Eh bien, reprit Faustin, j'ai dans l'esprit qu'il ne doit pas être, au contraire, sans quelque douceur, que surtout il doit être salutaire, quand la fortune nous sourit, de remettre de temps en temps sous nos yeux les reliques du malheur passé.

Lorsque le Français eut remplacé l'uniforme du bagne par des habits simples et de couleur sombre, mais élégants, comme l'étaient tous les habits à cette époque, lorsqu'il eut coiffé le chapeau de cavalier, revêtu le pourpoint violet et les hauts-de-chausses gris bouffants à la François Ier, et attaché à ses épaules le manteau noir descendant sur l'épée portée en verrouil, il eut une très-fière tournure, et personne ne se serait senti l'envie de lui contester la qualité de gentilhomme.

Ils remontèrent le Rhône en belle et honorable compagnie. Jean Raynal vint à leur rencontre jusqu'à Valence. Il s'empressa de donner des ordres pour que les trois cents ducats fussent expédiés à Alger. Ce fut alors que l'intendant Bernardin, chargé de toute cette négociation, repartit pour l'Afrique. Les autres continuèrent et achevèrent leur voyage en pleine et entière allégresse.

Jean Raynal accueillit Horace comme un fils. Le jeune Italien fut d'autant plus fêté dans les cercles de Lyon, qu'il avait couru une périlleuse aventure et qu'il avait porté les fers des Sarrasins comme un saint Louis.

Quant à son compagnon, toujours enveloppé de mystère, il fuyait le bruit, l'éclat, et restait le plus possible à l'écart. Faustin attendait le retour de l'intendant, afin d'avoir la certitude que sa parole était dégagée. Après quoi il se proposait de prendre du service militaire. Il comptait trouver en France les moyens de regagner bientôt sa position perdue.

Jean Raynal, le correspondant des Salviati de Florence, était le beau-frère de Pierre Lulle d'Arezzo, et par conséquent oncle de la charmante et brillante Isabelle. Horace, du premier jour où il vit la belle Lyonnaise, en devint éperdûment amoureux. Il eut le cœur subitement ravi par une de ces passions italiennes dont Roméo offre le type immortel. Isabelle fut maîtresse absolue du bonheur de sa vie, et il ne forma plus d'autre vœu que de devenir son époux. Il était, du reste, en fort bonne situation pour cela ; il ne doutait pas d'être soutenu par Jean Raynal et d'être agréé par Pierre Lulle ; mais il savait bien qu'il n'aurait pas suffi de leur appui et de leur assentiment pour faire la conquête de l'impérieuse Isabelle, qui, parmi tant d'amants qu'elle avait embrasés de ses feux, n'avait pu se décider encore à choisir un mari.

Il s'agissait pour lui de plaire à sa cousine : Horace avait découvert entre eux ce lien de parenté éloignée et un peu vague, et il en tirait le meilleur parti possible. Isabelle témoigna au jeune Florentin une sympathie qui pouvait être d'un heureux augure : elle prenait un visible plaisir à s'entretenir avec lui dans le pur langage parlé sur les bords de l'Arno ; ils lisaient ensemble les poëtes. Horace n'était pas sans trahir parfois la violente impression qu'Isabelle produisait sur lui ; il mettait parfois une chaleur bien significative à déclamer quelque *canzone* ou quelque sonnet ; il récitait, par exemple, avec des intentions sur lesquelles il était difficile de se méprendre, l'*Amor che vedi*...

« Amour, qui sais toutes mes pensées et qui vois bien le rude chemin par lequel tu me mènes, jette un peu ta vue sur moi, et vois, de grâce, ce qui se passe dans le fond de mon cœur, qui est ouvert à toi seul et caché à tous les autres... (1). »

Isabelle ne se montrait pas trop offensée de ces hardiesses. Les astres paraissaient favorables, et le jeune Florentin voyait s'ouvrir devant ses yeux des perspectives plus que célestes.

Faustin évitait avec un soin tout spécial, quoique sans affectation, Pierre Lulle et sa fille. Personne n'en faisait la remarque, et Horace moins que personne. Faustin était en cela très-favorisé

---

(1) Amor che vedi ogni pensiero aperto
    E i duri passi onde tu sol mi scorgi,
    Nel fondo del mio cuor gl' occhi tuo' porgi
    A te palese, a tutt' altri coverto...
                (PÉTRARQUE.)

par la passion de son ami ; celui-ci n'était occupé que de son amour, et pourvu que Faustin voulût bien prêter une oreille complaisante aux éloquents discours qu'il lui tenait sur les perfections de sa maîtresse, Horace n'exigeait pas davantage. D'autre part, il accaparait complétement l'esprit d'Isabelle en inventant chaque jour pour elle quelque divertissement nouveau. Faustin avait donc réussi à passer presque inaperçu, quand le retour de l'intendant Bernardin vint au dernier moment déranger tout ce plan de conduite.

IV

— Hier soir, dit Horace à son ami, la signora Isabelle m'a parlé de vous ; elle désire vous interroger elle-même, et j'ai promis en votre nom que vous iriez lui rendre visite aujourd'hui. Réjouissez-vous, mon cher Faustin, vous la verrez une heure plus tôt que moi.

—Que pourrais-je dire à votre cousine qu'elle ne sache déjà ? repartit Faustin avec quelque vivacité. Je vous serais grandement obligé si vous trouviez moyen de me dispenser de cet interrogatoire.

— C'est impossible, mon cher ami, car elle a mis à sa demande une insistance très-particulière. Ce qui me semble le plus probable, c'est que, s'assurant en votre raison et en votre maturité d'esprit, elle a dessein de vous consulter sur mes sentiments et sur mon caractère; et voici, ami Faustin, que vous allez être à même de me rendre un service mille fois plus grand que celui que je vous ai rendu. Ne craignez pas, je vous prie, de m'accorder infiniment plus d'éloges que je n'en mérite, car les qualités qui me manquent, je les acquerrai, je vous jure, afin d'être digne d'elle. Plaidez donc chaleureusement ma cause ; je suis persuadé que votre voix grave et votre accent sincère auront sur son esprit une soudaine autorité.

— Je vous l'avoue, mon ami, je n'irai que malgré moi à cette entrevue. Il vous serait si facile de détourner la curiosité de votre cousine jusqu'à mon départ, qui est maintenant très-prochain.

— D'où vient ce refus ? dit Horace en fronçant les sourcils. Quelle inexplicable frayeur vous inspire donc Isabelle ? Cette frayeur, un seul sentiment peut la motiver : vous vous défiez peut-être de vous-même.

— Vous vous méprenez complétement, Horace ; je suis tout à fait sûr de moi, veuillez le croire. J'aurais éludé volontiers l'invitation que vous venez de me transmettre ; mais, puisque vous attachez tant d'importance à cette démarche, je cède ; vous savez bien que vous avez sur moi un pouvoir souverain ; je ne ferai, du reste, qu'obéir à ma conscience en vous dépeignant à votre cousine comme le plus noble cœur qu'elle puisse rencontrer.

— Je vous remercie, ami Faustin, reprit Horace en se rassérénant avec la mobilité d'impressions propre à sa nation. Je compte donc sur votre complicité. Souvenez-vous que je ne respire plus que pour la beauté d'Isabelle ; ses yeux sont les arbitres de mon sort, et je ne survivrais certainement pas à la chute de mes espérances. Allez donc, mon ami ; voici l'heure où ma maîtresse vous attend ; acquittez-vous avec zèle des devoirs de l'amitié.

Faustin, après avoir serré la main de son ami, se dirigea vers la maison de Pierre Lulle. Il avait à peine disparu à l'angle de la rue, qu'Horace vit s'approcher un pauvre qui portait les habits

des captifs algériens; le pauvre tendit son bonnet vers le jeune homme avec un geste qui sol-
licitait sa charité.

— Tu as été prisonnier chez les Turcs ? lui
demanda Horace avec intérêt.

Le mendiant fit un signe affirmatif; puis, montrant sa bouche avec la main, il fit comprendre
que les Turcs lui avaient coupé ou brûlé la langue, et qu'il avait perdu la parole.

— Quelle misérable et cruelle destinée ! murmura Horace saisi de pitié.

Et il mit sa bourse entière dans la main du
mendiant.

V

Faustin, cependant, arrivait à la maison de
Pierre Lulle et y entrait. — Mes meilleurs amis
ne m'ont pas reconnu, se disait-il en franchissant
le seuil; elle non plus ne me reconnaîtra pas.

Lorsqu'il eut demandé la signora Isabelle, on le conduisit dans un beau jardin qui déployait en arrière du somptueux logis ses parterres fleuris et ses frais ombrages, et on lui indiqua la jeune fille qui se promenait dans une des avenues. Un large chapeau de couleur incarnate, aux bords dentelés, protégeait son front ; elle était vêtue de la grande robe à fleurages que les femmes portaient dans l'intérieur des appartements et qu'on appelait une *chamarre*. Un cordon de soie terminé aux deux bouts par deux grosses houppes était négligemment noué autour de sa ceinture.

Faustin affermit sa contenance et vint la saluer.

— Horace Salviati, dit-il, m'a fait part du désir que vous avez de me parler : je me suis hâté de venir recevoir vos ordres.

— Je vous remercie de votre empressement. J'ai souhaité en effet vous adresser quelques questions. A ce que j'ai appris, vous êtes demeuré à Alger bien plus longtemps que mon cousin. Horace affirme que vous avez habité pendant six années ce funeste séjour.

— J'y ai effectivement passé à peu près ce long espace de temps. Dieu veuille m'en tenir compte pour mes fautes !

— Eh bien, vous avez dû, dans le commencement

de votre captivité, voir là un jeune gentilhomme français qui se nommait M. de Balagnier.

Faustin tressaillit et tarda à répondre.

— Je vous prie, continua Isabelle, de bien rappeler vos souvenirs. Ce gentilhomme ne fit au bagne qu'une courte demeure ; son rachat fut promptement effectué. Mais vous me causeriez une vive satisfaction si vous pouviez m'apprendre qu'il n'eut pas de trop pénibles privations ni de trop grandes souffrances à endurer pendant le temps qu'il fut prisonnier.

Une expression d'étonnement se peignit sur la physionomie de Faustin pendant qu'Isabelle prononçait ces paroles.

— Il me semble bien réellement que ce nom a appartenu à un de mes compagnons de captivité, dit Faustin en portant le bout de sa main ouverte sur son front comme pour aider sa mémoire, et en cachant à demi son visage qui avait un peu perdu de son impassibilité. Mais, ajouta-t-il, à moins que je ne prenne un personnage pour un autre, ce M. de Balagnier est un de ceux d'entre nous dont le séjour au bagne s'est prolongé davantage.

— Vous confondez bien certainement. Ce jeune homme fut délivré au bout de quelques semaines.

— Je ne crois pas, dit Faustin en secouant la tête. Nous avons été plus d'une année à la même chaîne. Il était, comme moi, oublié de tous les vivants, et n'avait à attendre de secours que de la Providence.

— Ce que vous me dites là est impossible. Vous me frappez de terreur. Mais qu'est-il devenu alors ?

— Il fut vendu, je pense, à un renégat qui l'emmena à Alexandrie ou à Constantinople. Je le perdis de vue et je ne saurais vous en donner d'autres nouvelles.

— Grands dieux ! vous m'annoncez une chose horrible ! Je ne veux pas vous croire. Savez-vous que ce gentilhomme m'a épargné la destinée la plus affreuse, qu'il m'a sauvé bien plus que la vie, qu'il s'est dévoué pour moi ? C'était moi qu'il remplaçait dans les chaînes des infidèles. Mon père, dès qu'il apprit le tragique événement, dépêcha un agent chargé de libérer à tout prix mon sauveur ; cet agent revint avec les certificats les plus réguliers. Il nous dit que M. de Balagnier s'était fait conduire à Naples et qu'il se proposait même d'aller en Chypre ou en Hongrie combattre les musulmans. J'attendis, j'espérai longtemps que ce brave gentilhomme nous donnerait quelque signe de sa délivrance, mais

2*

en vain ; nous n'entendîmes point parler de lui.

— Tout me porte à supposer, dit Faustin, que votre messager a trompé votre confiance.

— Mais alors, dit Isabelle avec un vrai accent de détresse, quelle conduite doit nous imputer le malheureux qui s'est sacrifié pour moi ! Pour quelle indigne et ingrate créature dois-je passer à ses yeux ! Il doit croire que je l'ai laissé, faute d'un peu d'argent, exposé à toutes les tortures, à tous les supplices ! S'il existe encore, il me maudit justement. Mais il est mort, sans doute... Oh ! je ne me pardonnerai jamais !

— Rassurez-vous...

L'émotion avec laquelle ces mots furent prononcés frappa Isabelle, qui avait mis dans ses mains son visage tout en larmes. Elle redressa brusquement la tête. Ses yeux, grands ouverts, se fixèrent sur celui à qui elle parlait. Puis, d'un mouvement impétueux, se jetant à son cou :

— Ah ! c'est vous, dit-elle, et je ne vous reconnaissais pas !

Faustin fut un moment avant de pouvoir surmonter son trouble. Mais, recouvrant bien vite sa présence d'esprit, il se dégagea doucement de l'étreinte dont Isabelle l'entourait avec un noble abandon ; puis de sa voix la plus ferme, il lui dit :

— Je suis, en effet, celui à qui la fortune a permis

autrefois de vous épargner un grand malheur.
Mais, pour des raisons qui me sont personnelles,
e vous supplie de me garder le secret et de ne pas
révéler mon nom. Je vais quitter ce pays, et il est
douteux que vous me revoyiez jamais. Je vous sais
gré du vif souvenir que vous m'avez conservé, il
uffit à ma récompense. Mais si vous pensez me
devoir encore quelque reconnaissance, vous avez
ine occasion décisive de me la témoigner : aimez
votre cousin Horace qui vous adore, accordez-lui
votre main, rendez-le ainsi le plus heureux des
mortels, et c'est moi qui resterai votre obligé.

Il salua et se retira, laissant Isabelle étonnée et
stupéfaite de son air froid et de son ton sévère. En
quelques pas rapides, Faustin franchit l'espace qui
e séparait du vestibule. Comme il y entrait, il se
trouva en présence d'Horace Salviati, qui, pâle et
es regards irrités, venait à sa rencontre. Horace
sortait d'une des chambres dont les fenêtres s'ouvraient sur le jardin. Son impatience l'avait conduit
à. Il avait vu ce qui s'était passé entre Faustin et
Isabelle, mais sans pouvoir entendre ce qu'ils disaient. Quand sa maîtresse embrassa Faustin dans
un élan qu'il lui était difficile de ne pas attribuer à
un accès de folle tendresse, Horace fut saisi d'un
violent transport d'indignation et de jalousie.

Il s'approcha de Faustin, et, le geste impérieux,

les lèvres frémissantes : — Ah! c'est ainsi que tu sers tes amis! dit-il. Je comprends tout maintenant; je m'explique tes hésitations, tes allures mystérieuses, bien des circonstances singulières de ta conduite passée. Il paraît que tu avais pris l'avance sur moi, et que tu jugeais à propos de dissimuler ta secrète victoire. Mais j'aurai ma revanche, si tu n'as pas usurpé la réputation que tu avais jadis d'être fidèle observateur de ta parole. Tu m'as juré que ta vie m'appartenait et que je pouvais disposer de toi jusqu'à la mort. Voici ce que je t'ordonne; écoute bien : tu reprendras tes habits du bagne, tu iras errant devant toi, mendiant et vivant d'aumônes; tu ne prononceras pas une parole et passeras pour muet, pendant trois années à partir de ce jour. Je n'ai pas besoin d'ajouter que tu sortiras de cette ville et de cette province. Laisse-moi dire; je ne veux pas que tu entreprennes de te justifier. Tu as entendu ce que j'exige de toi en vertu de ton serment. Je verrai si tes protestations n'ont pas été vaines. La loi t'est imposée dès ce moment; éloigne-toi sans répondre, sans regarder en arrière, et mets-toi immédiatement en chemin. Adieu.

Faustin courba le front et sortit. Horace fit un mouvement pour se diriger vers Isabelle; mais, se sentant bouleversé par la colère, il ne franchit pas la porte du jardin, et, voulant reprendre un peu de calme et de sang-froid, il se retira à la hâte. Dans son agitation, il se mit à marcher précipitamment en suivant la rive du Rhône, jusqu'au moment où les ombres du soir commencèrent à tomber. Il s'en retourna alors vers la ville; il y rentra à une heure assez avancée de la nuit, et il remit au lendemain l'explication qu'il voulait avoir avec Isabelle. Pendant cette longue et orageuse méditation, il s'était confirmé dans la pensée qui lui était venue tout d'abord, que l'amour de Faustin et d'Isabelle devait remonter à une époque antérieure à la captivité du jeune Français. Cette conviction était faite pour augmenter ses craintes. Il fallait que ce fût un attachement très-profond pour qu'il eût survécu à tant d'années. Horace ne trouva pas que les torts de Faustin fussent moins graves; il lui reprochait de l'avoir laissé se livrer à des illusions mortelles, et ne jugeait point qu'il lui eût infligé une punition trop dure en comparaison de ce que lui-même allait souffrir.

Le lendemain, Horace alla rendre visite à sa cousine, qui s'étonnait de ne l'avoir pas vu la veille.

— Et votre ami, où est-il? demanda Isabelle aussitôt qu'elle l'aperçut.

Cet extrême empressement porta un coup douloureux au cœur du jeune Italien. Il répondit :

— Faustin est parti; il ne doit plus revenir.

Isabelle, qui, un livre à la main, était assise dans une grande chaise à dos sculpté, fut debout avant qu'Horace eût achevé sa réponse.

— Déjà parti ! s'écria-t-elle. Quel peut être le motif d'une fuite semblable ? Horace, j'ai absolument besoin de lui parler de nouveau ; il ne saurait être à une distance bien grande ; montez à cheval et ramenez-moi M. de Balagnier.

— Ah ! Faustin s'appelle M. de Balagnier. Vous êtes mieux instruite que moi : j'ignorais ce nom.

— Mon cousin, courez vite, ne perdez pas de temps, je vous prie. Je ne veux pas qu'il s'éloigne de cette façon, ou je croirais à un injuste ressentiment. J'ai promis à mon père de le lui présenter aujourd'hui, et mon père a le plus grand désir de le voir. Il est impossible que votre ami ne puisse différer son voyage d'un jour ou deux. Horace, vous avez tout pouvoir sur lui ; obtenez, de grâce, ce que je vous demande.

Toute cette véhémence irritait prodigieusement la jalousie d'Horace. Exaspéré par ce qu'il considérait comme un défi, il répondit avec amertume :

— J'ai malheureusement usé déjà de mon pouvoir. M. de Balagnier ne peut revenir ; M. de Balagnier n'existe plus : il ne reste plus que Faustin le captif que j'ai ramené d'Alger. Oui, signora, Faustin a quitté ses vêtements d'emprunt et repris le costume du bagne, et il s'en va mendiant sur les grandes routes. Il ne saurait plus avoir avec vous aucun entretien : il a perdu la voix, il est muet. Vous voyez donc bien que ce que vous demandez est impossible.

— Quels contes me faites-vous là, Horace ? Avez-vous l'esprit égaré ?

— Je vous ai dit la vérité pure. Faustin a commis envers moi une faute que, pendant trois années, il expiera ainsi que je vous l'ai déclaré.

— Vous, Horace, vous auriez fait cela ?

— Sans doute, et de nous deux ce n'est pas lui qui est le plus à plaindre, puisqu'il a su exciter en vous un intérêt si puissant.

— Certes, je lui porte un intérêt extrême... et ne savez-vous pas pourquoi ?

— Je n'ai pas de peine à le deviner : hier et aujourd'hui votre passion a éclaté assez ouvertement.

— Vous n'avez donc pas ouï dire que moi aussi j'ai failli être enlevée par des corsaires africains ? A l'heure qu'il est, je serais peut-être dans quelque harem, car on n'obtient que rarement le rachat des captives, je serais l'esclave d'un Turc ou d'un renégat, si M. de Balagnier n'avait pris ma place. C'est pour moi qu'il a passé six années au bagne, et voilà qu'à mon occasion vous lui imposez un nouveau martyre ! Mais c'est moi qui devrais revêtir les habits des prisonniers : il est temps que je le remplace à mon tour. M. de Balagnier, songez-y bien, a sur moi les mêmes droits que vous avez sur lui, et bien plus légitimement encore; ce n'est pas avec de l'or qu'il les a acquis! Rien ne me fait supposer qu'il m'aime : c'est à peine s'il me connaissait quand il s'est dévoué avec une admirable grandeur d'âme. Mais si cela était, je ne pourrais pas lui refuser ma main, je lui appartiendrais. Et maintenant, seigneur Horace, entendez bien mes paroles : partez vite à sa recherche, poursuivez-le nuit et jour; ramenez-le par la main, car je vous défends de reparaître sans lui en ma présence. Déliez-le de son serment, rendez-lui la parole, car, je le jure, je ne serai jamais à vous que si, de sa propre bouche, il m'ordonne d'être à vous. Ainsi, veuillez vous retirer, et, tant que vous serez seul, adieu!

VI

Horace Salviati resta comme étourdi sous le coup de cette foudroyante apostrophe. Revenu à lui, il reconnut qu'un seul parti restait à prendre, celui de retrouver et de ramener Faustin. Il recueillit à la hâte quelques informations sur le chemin que le fugitif avait pu suivre, puis il se lança lui-même sur ses traces. A Châlons-sur-Saône, comme il pensait l'avoir rejoint, il s'aperçut qu'on lui avait donné le change, et que celui qu'il venait de rattraper était ce véritable muet à qui il avait donné l'aumône, et dont la vue lui avait sans contredit suggéré l'idée d'une si malencontreuse vengeance.

VII

A quelques jours de là, un mendiant portant le costume de la chiourme algérienne recevait l'hospitalité dans une pauvre maisonnette située aux environs de la ville de Nice. Ce mendiant, privé de la voix, ne s'exprimait que par signes; il était muni d'un téorbe et de son archet, instrument assez rare dans les mains des vagabonds; il avait belle et haute mine, malgré sa misère.

Tout en offrant au captif du pain et des fruits, la bonne femme lui racontait qu'elle avait perdu son mari et qu'elle restait seule avec plusieurs petits enfants, et prodiguait les soupirs et les plaintes intarissables auxquels un tel récit donnait naturellement lieu. Les enfants, bien étrangers aux soucis maternels, jouaient bruyamment sur le pas de la porte. Le captif, après avoir apaisé sa faim, vint s'asseoir sur le banc qui était devant la maison, et, prenant en main le téorbe, il se mit à en jouer à la grande admiration des enfants qui l'entouraient. L'un d'eux surtout, un petit garçon de huit à dix ans, paraissait extasié. A chaque pause il battait des mains, faisait des pirouettes, se livrait à des transports qui appelèrent un sourire sur les lèvres du captif.

Quand le musicien eut cessé de jouer, l'enfant, sans doute pour montrer à son tour son savoirfaire, chanta une chanson burlesque dans un patois moitié provençal et moitié italien. Voici le sens des paroles :

En allant à Farbon,
Je trouvai un citronnier,
Je jetai mon bourdon dessus,
J'en fis tomber des poires.
Vaderali, vadourenne,
Vaderali, vadouron.

Mais accourut le bonhomme
A qui était le pêcher ;
Il lança son chien à mes trousses,
Et sa chèvre me vint mordre.
Vaderali, vadourenne, etc.

Elle me mordit au talon,
Et je saignai par l'oreille ;
On alla quérir le médecin
Pour me guérir l'épaule.
Vaderali, vadourenne, etc.

La chansonnette, populaire en ce temps-là, avait je ne sais combien de couplets. Le petit garçon la chanta avec une voix si plaisante, avec des gestes et des grimaces si comiques, que le musicien en parut émerveillé.

— Oh ! celui-là, dit la bonne femme, sera un gentil chanteur. Je suis sûre que, s'il était un peu instruit et mené par le monde, il ferait son chemin. Tenez, Monsieur, vous devriez le prendre avec vous : il chanterait en même temps que vous feriez de la musique, et sa bonne grâce toucherait tout le monde. Je vois à votre air que vous êtes très-honnête et respectable ; je vous le confierais volontiers, si vous me promettiez d'en avoir soin et de le bien surveiller. Vous n'auriez pas à vous plaindre de lui : il est le fils d'un homme de bien et ne vaudra pas moins que son père; n'est-ce pas, Piperollo?

La perspective d'être toujours à même d'entendre le magnifique instrument dont jouait le muet enflamma et enchanta Piperollo. Il supplia avec toutes sortes de promesses le mendiant de le prendre pour son compagnon. Après quelques moments de réflexion, le captif fit signe qu'il y consentait et qu'il traiterait l'enfant comme son fils. La mère se hâta de préparer le petit paquet de hardes dont elle pouvait disposer pour le jeune voyageur.

— Serez-vous longtemps avant de revenir dans ce pays? demanda-t-elle au mendiant.

Celui-ci fit comprendre qu'il ne fallait pas compter les revoir ni recevoir de leurs nouvelles avant une année au plus tôt. La bonne femme trouva que ce serait bien long, mais se résigna pourtant : — Fils, dit-elle, je te mets avec un bon maître ; sois docile, ne laisse pas échapper les occasions que tu auras de t'instruire. Va, et que Dieu te guide!

Piperollo embrassa sa mère; tous deux ne purent retenir quelques larmes au moment de la séparation. Les autres enfants virent aussi en pleurant partir Piperollo. Mais celui-ci, qui semblait singulièrement attiré par le captif, et à qui le pays lointain et l'avenir inconnu inspiraient plus de curiosité que d'effroi, se mit bravement en chemin.

Les deux musiciens ambulants s'en allèrent le

long de la côte, et à quelques journées de là entrèrent dans le pays génois.

VIII

Depuis l'épisode picaresque que nous venons de
retracer, près d'une année s'est écoulée. Une ca-
valcade composée de trois personnes entre dans la
rue de Faenza, à Florence. Deux femmes envelop-
pées dans leurs capes et leurs capelines s'avançent
d'abord, suivies d'un majordome ou d'un précepteur. Ces trois personnes, dans lesquelles les habitants de Florence n'ont pas de peine à reconnaître des étrangers, se dirigent vers la demeure
du gonfalonier Melchior Tofano. A l'approche des
voyageurs, le gonfalonier se montre sur le seuil,
avec son fils Cinthio; ce dernier s'avance vers la
dame qui est en tête de la petite caravane, l'aide
à descendre de cheval, et, la prenant par la main,
vient la présenter à son père.

— Signora Isabelle, dit le magistrat florentin, soyez la bienvenue dans notre cité ! La fille de mon vieil ami Lulle d'Arezzo peut considérer ma maison comme la sienne. Nous nous empresserons surtout de lui faire fête, lorsqu'elle vient disputer la couronne académique à nos poëtes d'Italie.

Isabelle, ayant relevé la capeline qui lui couvrait en partie le visage, répondit par un gracieux remercîment à l'accueil de Melchior Tofano. Cinthio se chargea de conduire les dames jusqu'à la porte de l'appartement qui était préparé pour les recevoir, et que leurs domestiques, arrivés avant elles, occupaient déjà.

— La comète...

— Cinthio, dit le gonfalonier.

— La comète nous avait bien promis...

— Cinthio, reviens dès que tu auras installé nos hôtes.

— De merveilleux événements... Allons, on me laisse à peine le temps de commencer ma harangue ; permettez-moi, signora, d'en remettre la suite à un autre moment.

— Seigneur Cinthio, nous vous saurons gré de nous laisser réparer les désordres occasionnés dans nos toilettes par le voyage.

Les dames entrèrent chez elles. La compagne d'Isabelle n'était autre qu'Olivette, la cameriste favorite. Tout en débarrassant Isabelle de la cape qui l'enveloppait :

— Eh bien, dit Olivette, nous voici enfin dans l'illustre ville de Florence où notre arrivée avait été, à ce qu'il paraît, annoncée par une comète, et où nous allons arracher aux *Intenti* le prix de la pastorale, si le seigneur Apollo nous est propice.

— Ah! Olli, répondit Isabelle, je me soucie assez peu de leurs couronnes. Il me fallait un prétexte pour venir à Florence, et je n'en ai pas trouvé d'autre que celui-là.

— Vous voulez avoir des nouvelles d'Horace Salviati; soyez tranquille, j'aurai bientôt appris tout ce qu'on sait ici sur son compte.

— Peut-on concevoir une conduite comme la sienne? Voilà plus d'un an qu'il partit de Lyon annonçant qu'il allait chercher son ami Faustin, et depuis lors je n'ai eu aucune révélation de l'un ni de l'autre. Décidément, Olli, ma beauté, à qui tu attribuais tant de pouvoir, commence à décliner : tu vois qu'Horace a mieux aimé satisfaire son dépit que gagner mes bonnes grâces.

— J'aime mieux supposer qu'il lui aura été impossible de retrouver son ami.

— C'est bien invraisemblable, s'il y a mis un peu d'ardeur; quoi qu'il en soit, il faut que je sache à quoi m'en tenir; il faut que je fasse tout ce qui m'est possible. Mon inquiétude ne me permet pas de repos. Je me figure sans cesse la douloureuse existence que doit mener le loyal gentilhomme à qui j'ai attiré une si longue suite d'infortunes. Et il aurait encore deux années à vivre de cette vie misérable, si Horace ne le relevait de son serment! Non, je serais trop coupable de le souffrir. Je n'aurais pu rester paisiblement à Lyon dans cette incertitude; j'ai besoin d'être rassurée sur son sort. Ici, j'espère avoir du moins quelque nouvelle.

— Je sais combien vous êtes cruellement tourmentée par cette pensée. Mais, au milieu de tous ces tourments, croiriez-vous que je ne puis deviner au juste si c'est M. Faustin que vous aimez, ou bien votre cousin Horace. L'admiration que l'un vous inspire, l'irritation que vous nourrissez contre l'autre, laissent, je l'avoue, mon esprit fort perplexe : si j'avais à choisir pour vous, ma foi, j'hésiterais encore.

— Tu es une petite peste, Olli. Il ne saurait être question d'amour dans toute cette affaire. J'ai pour M. Faustin infiniment de reconnaissance, infiniment d'estime aussi; et, je le dis avec franchise, je serais heureuse de l'épouser et de lui consacrer ma vie. Mais comment l'aimerais-je dans toute la force du mot? Je l'avais vu si rarement avant sa captivité, que je ne le reconnus pas quand il revint avec Horace ; puis, dès que je l'eus reconnu, il disparut de nouveau. Ses traits sont maintenant bien gravés dans ma mémoire ; son caractère est le plus noble et le plus généreux qu'il y ait au monde. Mais son humeur, ses goûts, ses qualités d'esprit, je les ignore absolument, et, te le dirai-je ? son air m'a paru un peu froid et sévère. Quant à mon cousin, il avait su me plaire, j'en conviens, pendant ces quelques semaines où nous nous sommes trouvés ensemble presque chaque jour. J'appréciai fort son enthousiasme pour les belles choses, pour la poésie, pour les arts. Sur bien des points nos sentiments étaient d'accord ; il me semblait même qu'il comprenait la tendresse comme je la comprends. Mais il est hors de doute qu'il y avait beaucoup d'illusion de ma part. L'acte insensé qu'il a commis, l'abus qu'il a fait d'un avantage que lui avait donné la fortune, le peu de zèle qu'il a mis à réparer sa faute, ont détruit la sympathie que je ressentais pour lui, et à présent je le déteste.

— Ta, ta, ta, fit Olivette en souriant ; on ne sait pas toujours bien ces choses-là soi-même.

La cameriste, tout en parlant ainsi, s'occupait activement à parer sa jeune maîtresse. La conversation continua sur beaucoup d'autres sujets

3

qui n'auraient point le même intérêt pour nos lecteurs; nous ne resterons donc pas plus longtemps dans la compagnie des deux voyageuses.

IX

Pendant que les jeunes dames, conduites par Cinthio, montaient l'escalier et que le docteur Ficoroni, avant de franchir le seuil à son tour, se confondait en salutations et en compliments, un vieillard qui passait fit un signe de la main à Melchior Tofano.

— Bonjour, voisin Salviati, dit amicalement le magistrat.

— Pourrais-je avoir un moment d'entretien avec Cinthio ? J'aurais quelques mots à lui dire, s'il voulait bien m'accompagner jusqu'à la Loge des marchands.

— Les hôtes qui viennent de nous arriver retiennent mon fils; mais il va être libre et vous accompagnera comme vous le souhaitez.

Cinthio, appelé par son père, se présenta presque immédiatement, et accompagna le seigneur Girolamo Salviati.

— Cinthio, dit le vieillard, je suis bien malheureux : depuis huit jours qu'Horace est de retour, je le vois dans un état alarmant. Il n'y a moyen de lui rien dire : il ne m'écoute ni moi, ni sa sœur qui cherche en vain à le distraire et à le consoler. Il faut que sa captivité chez ces maudits Turcs lui ait troublé le cerveau. Vous ne savez pas, Cinthio, d'où peut venir cet abattement où nous le voyons ?

— Non ; Horace évite ses camarades et ne cherche que la solitude ; depuis son retour nous n'avons pas eu ensemble de conversation suivie.

— Imaginez qu'après avoir parcouru la France à l'aventure pendant toute une année, après avoir erré de l'ouest à l'est, du nord au sud de ce pays, sans aucune direction raisonnable, à peine revenu, languissant de tristesse, exténué de fatigue, il parle de se remettre en route ; c'est pure folie ! Cinthio, Horace a toujours eu beaucoup d'amitié pour vous et vous étiez son plus intime compagnon ; tâchez, je vous prie, de le dissuader de ce projet insensé. Je viens de le laisser là-bas, dans le petit bois qui est derrière notre maison de plaisance ; allez lui parler, le rappeler à la raison; découvrez au moins la cause de cette mélancolie qui l'accable. Si l'origine du mal nous était connue, nous pourrions peut-être y trouver un remède. Voilà, mon ami, le service que j'avais à vous demander.

— Je puis disposer d'une heure; je vais de ce pas, seigneur Salviati, essayer de remplir vos intentions.

Cinthio se dirigea lestement vers la maison de plaisance des Salviati, qui était située sur les bords de l'Arno, à un quart d'heure de marche de l'enceinte de la ville. Il entra dans le petit bois que le vieux marchand lui avait désigné.

Ce petit bois, dont Cinthio trouva la barrière ouverte, était une agréable dépendance d'une des plus riantes habitations qui fussent autour de la cité florentine. Il offrait une retraite silencieuse, pleine d'ombre et de fraîcheur. Cinthio y savait une murmurante fontaine particulièrement favorable à la rêverie. Il se dirigea de ce côté, et ne tarda pas, en effet, à apercevoir Horace livré à sa mélancolie accoutumée. En s'approchant, il l'entendit qui récitait le sonnet de Pétrarque : *Ahi, bella libertà.*

« Ah! belle liberté, en t'éloignant, comme tu m'as fait connaître l'état où j'étais lorsque le premier trait fit la blessure dont je ne guérirai jamais!

« Je ne saurais plus écouter ceux qui ne

m'entretiennent pas de celle qui me fait mourir, et je ne remplis l'air que de son nom qui sonne si doucement.

« L'Amour ne m'attire pas autre part, mes pieds ne savent plus d'autre chemin !... (1) »

— Ah ! diavolo, dit Cinthio à part lui, je n'ai pas besoin de demander quel est le fléau qui ravage la bergerie... Je tiens le loup par les oreilles...

— Ami, reprit-il en s'adressant à Horace qui s'était retourné au bruit de ses pas, rassure-toi, je n'ai pas l'intention de t'importuner par d'autres discours que ceux qui en ce moment ont seuls le pouvoir de te plaire, et si je n'ai pas démérité de ton ancienne affection, j'espère que tu ne refuseras pas de me confier tes ennuis.

(1) Ahi, bella libertà, come tu m'hai,
Partendoti da me, mostrato quale
Era 'l mio stato quando 'l primo strale
Fece la piaga ond' io non guarrò mai...

Ne mi lece ascoltar chi non ragiona
De la mia morte, e sol del suo bel nome
Vo empiendo l'aere, che si dolce suona.

Amor in altra parte non mi sprona :
Ne i piè sanno altra via...

Horace serra la main que lui tendait son compagnon.

— Ah ! *fratello,* je te rends grâce de ta cordialité. Je ne crois pas que, depuis le roi Ulysse, personne ait été plus accablé que moi par le destin. Je suis infortuné au delà de ce que je te puis dire, et je n'ai presque pas le droit de me plaindre. Je ne sais quelle ironie se mêle à mon désastre, et ce n'est qu'une pitié railleuse que peuvent exciter mes chagrins.

— Je t'assure qu'en te voyant si pâle et si défait, on n'a aucune envie de te railler, mon cher Horace. Mais je suis convaincu que tu t'abuses sur l'étendue de ce désastre, et que tu te crées des monstres imaginaires, comme font tous les amants.

— Promets-moi d'être discret, et je te montrerai le triste labyrinthe où je suis égaré. Tu vas juger à quel point ma situation est déplorable. Ecoute : voilà un an que je poursuis mon esclave qui est mon maître, mon prisonnier dont j'attends ma délivrance, ma victime qui est aussi mon bourreau, un muet à qui j'ai ravi et à qui je veux rendre la parole, un malheureux que j'ai condamné à la vie errante et qui m'entraîne sur ses traces, un vagabond plus triomphant que tous les princes de la terre; le rival, enfin, à qui je commande souverainement et qui, seul, a le pouvoir de me donner à celle qui me possède et qui lui appartient !

— Que diantre signifie tout cela ? dit Cinthio en souriant. Sont-ce des énigmes que tu me proposes de déchiffrer ?

— Et pour comble de misère, cet être fatal est insaisissable, invisible ; il m'échappe, et, par conséquent, il me réduit au trépas.

— Je ne comprends rien à tes paroles, mon cher Horace, non plus que si tu parlais hébreu.

— En effet, ce sont des choses tellement inouïes qu'il est nécessaire d'entrer dans quelques explications, si je veux, ami Cinthio, que mon langage ne te paraisse pas extravagant. Sache que le correspondant lyonnais chez qui mon père m'envoya l'année dernière a une nièce italienne, fille d'un citoyen d'Arezzo. Elle se nomme Isabelle, et elle est la bien nommée : *bella di nome, bella di corpo e bellissima d'animo!* La France possède en elle un chef-d'œuvre de beauté, un assemblage de toutes les perfections. Ah ! mon ami, si tu connaissais la signora Isabelle, tu avouerais que je ne suis pas comme les autres amoureux, que je n'exagère point, et que le ciel ni la nature n'ont rien produit de plus accompli.

— *Corpo di Bacco!* je puis bien t'en dire mon avis, puisque je lui donnais la main il n'y a qu'un moment.

Horace Salviati fit un mouvement en arrière en regardant Cinthio avec une surprise inquiète :

— C'est toi maintenant, dit-il, que je soupçonne de perdre le sens.

— Je ne te dis rien qui ne soit parfaitement exact : la signora Isabelle Lulle est en ce moment chez mon père.

— Isabelle à Florence ! et depuis combien de temps ?

— Depuis une heure. Pierre Lulle d'Arezzo est un ami d'enfance de mon père ; il nous a envoyé sa fille, la brillante Isabelle, qui désire prendre part au grand concours académique des *Intenti* qui va s'ouvrir. C'est en son honneur que je prépare pour demain une fête comme la France ne doit pas lui en offrir souvent. Je t'aurais déjà entretenu de tout cela si tu n'avais pas été en proie à ton humeur sauvage.

— Elle à Florence ! répéta Horace, dont la joie illuminait les traits. Elle n'est pas venue sans songer qu'elle pourrait me rencontrer ici, ou qu'elle entendrait parler de moi… Ami Cinthio, que je t'embrasse pour une si bonne nouvelle !

Et Horace se jeta si follement dans les bras de son ami qu'il faillit le faire tomber à la renverse.

— *Evviva la speranza!* Ami, il faut que je la voie, que je lui parle !

— Rien de plus facile ; viens à la maison quand tu voudras.

— Sans doute, mais il m'est défendu de paraître
à ses yeux.

— Au moyen de quelque masque, on peut élu-
der la défense. Nous arrangerons cela pour demain,
s'il te plaît. Mais je crains que mon père ne s'impa-
tiente de mon absence. Je te quitte, nous nous re-
verrons bientôt.

— Et je m'en vais réfléchir à la conduite que je
dois tenir dans ces graves circonstances; en attendant que j'aie recours à ton esprit inventif, garde-
moi le secret.

Cinthio sortit du bois, et avant de reprendre
le chemin de la ville, il songea qu'il avait une recommandation à faire à Flaminia, la sœur d'Horace. Il fit donc un léger détour, vint à la porte de
l'habitation, la trouva ouverte et entra.

X

Pendant l'entretien de Cinthio et d'Horace, une
scène assez curieuse se passait devant la maison des

Salviati. Cette maison avait sa façade sur la route
qui conduisait à la ville. De l'autre côté de la route,
l'Arno coulait derrière un rideau de saules. Flaminia, assise à une fenêtre du premier étage, était occupée à broder une gorgerette avec des fils de soie
et d'or. C'était une très-séduisante et très-suave
jeune fille que Flaminia Salviati : elle avait une
beauté toute naïve, une physionomie à la fois vive,
mutine même et ingénue ; elle était, pour employer
une vieille et jolie expression, éveillée comme une
matinée d'avril ; mais on devinait toujours, à travers
les boutades de l'enfant espiègle, un naturel exquis.
Elle était, du reste, de plusieurs années moins âgée
que son frère, elle ne devait pas avoir plus de dix-
huit ou dix-neuf ans. Sa figure, extrêmement fine,
n'indiquait pas davantage, et les tresses blondes
de ses cheveux, entourant sa tête comme un double diadème, coiffure juvénile, la rajeunissaient
encore.

Du balcon où elle était, Flaminia découvrait une
certaine étendue de la route, où l'on ne voyait d'ailleurs que de rares passants.

— Tu aimes donc mieux, Clarice, les manches
à crevés que les manches tailladées ? dit-elle à une
servante qui travaillait dans la chambre.

— Les manches à crevés vous vont mieux, à vous,
signora. Je le dis à mon corps défendant, car ces

crevés, avec leurs manches de dessous, me donnent un ouvrage incroyable. Mais il faut que vous soyez la plus belle de nos Florentines.

— Clarice, sais-tu qui vient là-bas ? le captif français, le muet qui joue du téorbe.

— Et ce petit fripon de Piperollo qui est si dégourdi et qui chante si bien l'italien et le français ?

— L'enfant est toujours avec lui.

— Ah ! signora, il faut lui faire signe de nous jouer quelque chose.

— Certes, je n'y manquerai pas. Vraiment, Clarice, je ne puis m'en dédire, ce captif a l'air d'un prince.

— C'est peut-être un prince déguisé, dit Clarice, qui n'était pas sans avoir vu quelques-unes des tragédies ou des comédies du temps, où les personnages de ce genre pullulaient.

Quand les deux musiciens ambulants s'arrêtèrent sous sa fenêtre, Flaminia fit de la tête un petit geste d'approbation.

— Que désire entendre votre seigneurie ? s'écria, en ôtant son bonnet avec grâce, le petit virtuose Piperollo : des stances de l'Arioste, une ballade du vieux Sacchetti, ou une chanson française ? Une chanson française ? très-bien, signora, ce sont celles que nous aimons le mieux à chanter...

Le captif, préludant par quelques accords,

interrompit le caquet de l'enfant, en même temps
qu'il lui indiquait ainsi le morceau qu'il devait exécuter. Piperollo chanta avec beaucoup de gentillesse le *Blason du Souci* :

> J'aime la belle violette,
> L'œillet et la pensée aussi ;
> J'aime la rose vermeillette,
> Mais surtout j'aime le souci.
>
> Belle fleur, jadis amoureuse
> Du dieu qui nous donne le jour,
> Te dois-je nommer malheureuse,
> Ou trop constante en ton amour ?
>
> Ce dieu qui en fleur t'a changée,
> N'a point changé ta volonté ;
> Encor, belle fleur orangée,
> Sens-tu l'effet de sa beauté ?
>
> Toujours ta face languissante
> A ses rayons s'épanouit ;
> Et quand sa lumière s'absente,
> Soudain la tienne se ternit.
>
> Je t'aime, souci misérable,
> Je t'aime, malheureuse fleur,
> D'autant plus que tu m'es semblable
> Et en constance et en malheur.
>
> J'aime la belle violette,
> L'œillet et la pensée anssi ;
> J'aime la rose vermeillette,
> Mais surtout j'aime le souci.

L'auditoire, c'est-à-dire Flaminia et Clarice, applaudit le jeune chanteur.

— Descendons, dit Flaminia à Clarice; tu leur serviras des gâteaux et du vin. Je gage que le muet sait écrire, et, décidément, je veux l'interroger.

Un moment après, Flaminia apparut sur le seuil et invita les musiciens à entrer dans les *terrene stanze,* comme disent les Italiens, dans les salles du rez-de-chaussée. Piperollo y fut bien régalé par la servante Clarice, dont il avait conquis les bonnes grâces.

— Votre courtoisie vient fort à propos, disait-il à Clarice; je n'ai guère mangé depuis ce matin plus gros qu'une noix de pain; et puis toujours marcher, c'est être par trop traître à son pauvre corps. Imaginez-vous, ô déesse, que depuis le jour où nous sommes passés devant votre porte, nous avons été à Rome et à Naples. De grâce, au lieu de ces *tartufoli,* si vous me donniez une tartine avec des saucisses tout autour !

— Merci Dieu ! quel petit glouton ! dit Clarice en riant.

— Et quel petit babillard ! ajouta Flaminia.

— Fleur des dames, repartit Piperollo, je suis un peu babillard sans doute, parce que, mon seigneur et maître étant muet, il faut que je parle pour deux.

Le captif s'était assis sur une escabelle; Flaminia lui versa elle-même un verre de vin d'Espagne, puis, montrant les tablettes qu'elle avait apportées :

— Si je ne craignais de vous offenser, dit-elle, je vous demanderais de me faire connaître en quelques mots les malheurs qui vous ont frappé.

Le captif prit les tablettes et y traça ces lignes empruntées de la *Vita Nuova :* « Mes yeux ont vu quelle compassion s'est manifestée sur votre figure quand vous observiez l'air et les habitudes que la douleur me fait prendre si souvent. Alors je me suis aperçu que vous étiez occupée du triste état de ma vie ténébreuse, et la peur me vint de laisser voir l'abaissement où je suis tombé. (1). »

Flaminia lut avec surprise ces vers du Dante cités si à propos. — En vérité, lui dit-elle, je vois qu'il n'y a dans votre esprit, non plus que dans

---

(1) Videro gli occhi miei quanta pietate
　　Era apparita in la vostra figura,
　　Quando guardaste gli atti e la statura
　　Ch' io faccio pel dolor molte fiate.

　　Allor m' accorsi che voi pensavate
　　La qualità della mia vita oscura ;
　　Sicchè mi giunse nello cor paura
　　Di dimostrar cogli occhi mia viltate.

votre personne, rien de vulgaire. Je sais, d'après ce que l'enfant a dit à Clarice, que vous êtes Français. Quel est le pays de France où vous êtes né ?

Le captif écrivit : « Je suis né sur les bords de la mer qui regardent l'Italie. »

Flaminia avait bonne envie de lui demander le nom qu'il portait; mais elle résista à la tentation.

— Y a-t-il longtemps que vous êtes privé de la parole ?

Le captif écrivit : « Depuis une année, je ne parle plus. »

— N'avez-vous aucun espoir de guérir ?

Le captif écrivit : « Que Dieu ne me soit pas trop sévère! j'ai au contraire la certitude de guérir un jour. »

— Vous avez été prisonnier des Sarrasins ?

« Pendant six années j'ai été dans leurs fers. »

— Et ce sont leurs cruautés qui vous ont rendu muet ?

Le captif secoua la tête avec un sourire et écrivit : « Ni le Turc ni le Maure ne sont cause du silence auquel vous me voyez condamné; mais une dame presque aussi jeune, presque aussi belle, presque aussi riche, presque aussi aimable que vous. »

— Et par quel sortilége ? dit Flaminia, non sans y mettre un peu de vivacité.

« Un innocent baiser qu'elle me donna me ravit tout à coup la parole. »

— Etrange histoire! dit Flaminia; et comment comptez-vous la recouvrer?

« Si j'en crois ce qui m'a été prédit, un baiser d'une jeune fille innocente me la rendra. »

— Et qui vous a fait cette prédiction?

« Un ermite qui habite le Monte-Serano. »

— L'ermite du Monte-Serano!

— Oh! signora, intervint la servante Clarice qui s'était signée en entendant prononcer ce nom, l'ermite du Monte-Serano n'a jamais menti.

— Et à moi donc, il a promis bien d'autres merveilles, dit Piperollo qui trouvait sans doute qu'on ne s'occupait pas assez de lui : il a promis que je ferais du bruit dans le monde, et que, sans y penser, je deviendrais un personnage; mais, hélas! il ne m'a pas dit au juste quelle sorte de personnage, tant je lui apparaissais sous des formes changeantes et sous des habits divers!

Le captif s'était levé, et, par une respectueuse inclination, prenant congé de Flaminia, il se disposait à sortir, quand Cinthio parut sur le seuil, et regarda avec quelque curiosité le musicien ambulant. Celui-ci salua fort dignement le nouveau venu, et, faisant signe à Piperollo de le suivre, se retira.

— Comment se nomme ce majestueux bohémien? demanda Cinthio à l'enfant.

Piperollo, se grattant la tempe gauche du bout des doigts, fit semblant de chercher dans sa mémoire, puis :

— J'ai le nom de ce seigneur sur le bout de la langue; regardez si vous ne l'y verrez pas.

Et il s'esquiva avec prestesse, à la grande risée de la servante Clarice.

— Ah! seigneur Cinthio, dit-elle, si vous avez besoin d'un petit masque pour égayer votre fête, enrôlez ce *bambino* : il est tout plein de drôlerie.

— C'est justement de notre *conversation* que je venais vous parler, dit Cinthio à Flaminia. Vous savez, signora, que je compte sur vous pour en faire le principal ornement.

— Il y aura donc, demain soir, bien grand gala?

— Je ferai de mon mieux pour que la soirée ne vous paraisse pas longue. Je vous donne un avis, c'est que vous aurez une rivale redoutable. L'étrangère à qui nous souhaitons la bienvenue n'est pas, je vous en préviens, une beauté ordinaire, et, sans vous, je craindrais fort pour l'honneur de notre cité florentine.

— Votre *conversation* sera donc une lice, un champ clos...

— Un champ de bataille. Nous aurons besoin de votre aide pour défendre la cause de votre frère. Je ne vous en dis pas davantage en ce moment, signora; à demain soir!

XI

Le lendemain soir, le gonfalonier donnait en l'honneur de la belle Lyonnaise une de ces fêtes qu'on appelait modestement des *conversations*, mais dans lesquelles les Florentins déployaient une incroyable magnificence. Les appartements, splendidement illuminés, étaient remplis d'une foule aux costumes éblouissants; les hommes et les femmes, rivalisant de parure, portaient ces riches et gracieux habillements tout de satin, de soie et d'or avec lesquels les grands peintres de la Renaissance ont pour ainsi dire familiarisé nos yeux. Les perles et les pierreries scintillaient sur les baudriers et à la garde des épées que portaient les hommes, étincelaient en diadème sur le front des femmes et en triples colliers sur leurs poitrines. On allait et on venait, on se suivait, on se croisait dans le labyrinthe des salles, pendant qu'un nombreux orchestre placé à l'extérieur faisait retentir ses concerts.

Dans ces fêtes, qui n'étaient pas *travesties,* circulaient cependant des masques, des acteurs comiques, des danseurs; une série de divertissements passaient tour à tour sous les regards de la foule et donnaient lieu à toutes sortes d'incidents et de surprises. C'est dans ces jeux que le jeune Cinthio déployait une fantaisie et une imagination remarquables; Cinthio, qui ne rêvait que ballets et comédies, faisait alors des prodiges; il se multipliait comme un général d'armée.

On était sûr qu'une fête à laquelle il prenait part ne manquerait ni d'animation ni d'imprévu. L'attention des hôtes de Melchior Tofano n'eut, en effet, presque pas de répit, tant les intermèdes se succédèrent rapidement.

Deux célèbres comédiens de la troupe des *Sempiterni,* vêtus en paysans, vinrent faire, à l'improvisade, un dialogue à la manière du Padouan *il Ruzzante,* qui était à cette époque dans tout l'éclat de sa réputation. Le pessimiste Menego et l'optimiste Duozzo, légèrement avinés, s'entretinrent en dialecte rustique des petits événements du jour et obtinrent leur succès accoutumé.

Puis un rideau qui s'ouvrit laissa voir la caverne de l'indispensable nécromant. Des oiseaux de nuit, des lézards, des bêtes fantastiques entouraient la porte de l'antre. Le mystérieux personnage, armé de la baguette traditionnelle, se montra prêt à rendre ses oracles. Une grande orfraie, aux yeux immobiles, était à son côté et de temps en temps battait des ailes.

— Approchez donc, *signore e signori,* disait le nécromant ; ne me reconnaissez-vous pas ? C'est moi qui suis le passé, le présent et l'avenir. Toutes les puissances souterraines et toutes les vertus supérieures m'obéissent ; ne perdez pas l'occasion de me consulter et de vous éclairer sur tout ce qui vous tracasse la cervelle. Avez-vous perdu quelque chose et voulez-vous que je vous dise où vous *le* trouverez ? vous n'avez qu'à m'interroger ; je vous désignerai l'endroit si clairement que vous pourrez y aller avec un bandeau sur les yeux. Est-ce l'avenir qui vous tourmente ? Voulez-vous apprendre comment réussiront vos entreprises, vos projets, vos espérances, vos amours ? approchez-vous ; mon miroir magique vous présentera l'image distincte de vos futures destinées. Voulez-vous revoir les êtres dont votre âme est occupée, les absents dont le sort vous inquiète ? approchez hardiment, ils viendront à ma voix, ou, s'ils sont empêchés de venir, mes dragons de l'air, de la terre ou des eaux, en un clin d'œil, vous en apporteront des nouvelles.

Cet appel du nécromant semblait plus spécialement s'adresser aux deux reines de la fête : Isabelle et Flaminia, qui, se donnant la main, passaient non loin de la grotte fatidique. Isabelle et Flaminia étaient dans tout l'éclat de leur beauté : Flaminia en robe de satin blanc, avec manches et jupe de dessous à dessins lilas; Isabelle en robe et corsage de satin rose; celle-ci plus imposante et plus fière, celle-là ayant plus de gentillesse et de douceur.

— Voulez-vous que nous interrogions ce devin? dit Flaminia à sa nouvelle amie. C'est pitié de le laisser s'enrouer ainsi dans la solitude.

— Volontiers, répondit Isabelle. Je vais lui demander si j'obtiendrai un prix au concours académique. Voilà une prophétie qui lui fera honneur si elle se réalise.

Isabelle et Flaminia s'avancèrent vers le nécromant, et la première le pria de lui dire si elle atteindrait le but de son voyage, et si elle serait victorieuse dans la joute poétique qui se préparait.

— Astre le plus brillant du ciel de la France, répondit le nécromant, je puis vous déclarer que le but de votre voyage sera atteint. Mais quel

4*

est ce but? Est-ce bien la palme littéraire? Sachez que mon art n'est pas si frivole que je réponde à vos paroles et non à vos secrètes pensées.

Une expression d'étonnement se peignit sur la physionomie d'Isabelle.

— Puisque rien n'échappe à votre clairvoyance, vous devinez sans doute ce que je suis venue chercher en Italie.

— Prenez cette baguette, entrez dans cette grotte. Vous y verrez un miroir supporté par deux Chimères. Avec ma baguette frappez l'une et l'autre de ces Chimères, le miroir vous répondra.

Isabelle consentit à tenter l'épreuve. Prenant la baguette, elle entra seule dans la grotte; elle aperçut le grand miroir ou plutôt la glace sans tain que le nécromant lui avait indiquée, et elle frappa les deux monstres sculptés qui en formaient les pieds. Aussitôt la personne d'Horace Salviati apparut dans le cadre, triste et le front baissé.

Isabelle ne put maîtriser entièrement son émotion. Horace plia un genou et fit le geste d'implorer sa grâce et son pardon. Revenue de sa première surprise, Isabelle se rendit compte sur-le-champ de l'artifice, d'autant plus facilement qu'elle avait appris par Olivette le retour d'Horace à Florence.

— Si celui qui se montre à mes yeux, dit Isabelle, n'était pas une ombre, il serait infidèle à ses promesses, traître à son devoir, également coupable envers l'amitié et envers l'amour. Tant qu'il n'aura pas rempli les impérieuses obligations que sa conscience lui impose, il sait bien qu'il n'a droit d'attendre de moi ni un regard bienveillant ni une parole favorable. Aussi j'aime mieux me croire le jouet d'une illusion mensongère et la dupe d'un vain fantôme, que supposer qu'Horace Salviati ait pu manquer de courage ou fausser sa foi.

Isabelle, s'éloignant brusquement, sortit de la grotte; une visible pâleur avait envahi son visage. Elle rendit au nécromant sa baguette, et, accompagnée de Flaminia, elle se mêla silencieusement à la foule.

— Ah! signora, lui dit Flaminia, il ne faut pas être impitoyable pour ceux qui vous aiment avec constance. Il y a quelqu'un en cette ville qui est bien malheureux et désespéré, et c'est à cause de vous.

— Celui-là ne vous a pas révélé la véritable occasion du malheur dont il se plaint, repartit Isabelle; je vous la dirai volontiers, un jour que nous causerons seule à seule. Mais ce n'est pas le moment de vous en faire le récit, au milieu de cette fête : voyez les féeriques spectacles qu'on nous prodigue !

En ce moment, en effet, une troupe de satyres et de vierges forestières passaient à travers le bal, dansant et formant les groupes les plus pittoresques : les satyres aux pieds de chèvre, couverts de peaux de léopard et de loup-cervier; les vierges accoutrées « à la nymphale, » le corsage de damas rouge cramoisi et la jupe de fine toile de Chypre toute battue d'or, troussées jusqu'à mi-jambe, le front enguirlandé de feuilles et de fleurs, un arc à la main et un carquois derrière l'épaule.

XII

Sur la fin de la soirée, comme l'heure avancée allait disperser l'assemblée, une dernière mascarade vint couronner la fête. On vit paraître le personnage du capitan chasseur *il signor Fiascone,* le visage caché par un faux nez et de formidables moustaches; il était vêtu de jaune et de rouge, chausses et pourpoint à bandes rouges et jaunes, manteau rouge écarlate doublé de jaune, un immense chapeau de feutre roux surmonté de plumes de coq rouges et les bottes de cuir jaune. Il portait sur l'épaule une gigantesque arbalète qui devait dater du temps de Charlemagne. Sur les talons d'*il signor Fiascone* marchait un petit page chargé d'un cor de chasse presque aussi grand que lui; le jeune garçon avait une veste de bouracan bleu clair, et une culotte dont une jambe était jaune et l'autre rouge; une énorme casquette de feutre gris couvrait sa figure mutine et rieuse. Derrière eux venaient trois chasseurs ridicules, l'un ayant une chatte en laisse, l'autre une guenon, le troisième tenant sur le poing une poule en guise d'épervier. Tous trois, munis de trompes de chasse, annoncèrent leur arrivée par une bruyante fanfare.

Quand ils furent arrivés au milieu de la plus grande salle, les trois sonneurs firent silence. Le jeune page, portant alors à ses lèvres son colossal instrument, en tira une note sourde et étrange qui excita un éclat de rire universel. Quand l'hilarité fut un peu calmée :

— Piperollo, mon page, dit le capitan, va-t'en de ce pas avertir les dames de cette ville que demain matin je serai en équipage pour aller à la chasse du Capricorne, bête dévorante.

— Quoi! seigneur, dit Piperollo, vous vous délectez encore au plaisir de la chasse?

— Quelquefois; mais je ne m'amuse point, comme tu peux le penser, à poursuivre des bestioles dans les buissonnets. Oh! il ferait beau voir le capitan Fiascone perdre son temps à éventrer un pauvre petit sanglier, comme fit ce poltron d'Hercule dans les bois d'Érymanthe. Non; mais l'autre jour, voulant goûter ce plaisir, je résolus d'aller à l'ébat dans les champs du ciel, et de faire un mauvais parti à la Grande Ourse et à la Petite Ourse, si je pouvais les rencontrer.

— Les champs du ciel sont, à coup sûr, de très-beaux lieux pour se promener; mais l'accès n'en est pas permis à tout le monde.

— Il est vrai; mais sache comment je m'y suis pris. Je me pourvus d'une échelle de soie de longueur suffisante, avec son crochet de fer attaché au bout, dans la forme de celles que les galants jettent aux balcons de leurs dames. Je la lançai vigoureusement dans l'espace, et elle

lemeura accrochée à la lune; je grimpai alors, et
de là je m'en allai aisément par les détours de
la Voie lactée. Mais sais-tu ce qui m'advint?

— Comment le saurai-je, si vous ne le racon-
tez, n'ayant pu vous accompagner, à cause que
je n'ai point les jambes assez longues?

— Quand je fus parvenu à la porte de l'Em-
pyrée, je trouvai le gardien de cette porte,
Janus, avec ses deux visages, dont l'un regarde
le ciel et l'autre regarde la terre. Quand il me vit,
il me voulut repousser, sous je ne sais quel prétexte ridicule. Que fit alors le capitan Fiascone?
Que fit-il?

— Je présume que vous cherchâtes une autre
entrée.

— O pécore! ô *furfante!* Saisi de colère chaude
et bouillante, je donnai à ce Janus un si grand
soufflet que je lui fis tourner la tête sur ses épaules, de sorte que la face qui auparavant regardait le ciel regarde la terre à présent, et que
celle qui regardait la terre regarde le ciel; ce
qui apportera de notables changements dans
la conduite des choses divines et humaines. Le
laissant pleurer, je me mis à piétonner dans
la forêt des étoiles fixes. Arrivé à la huitième
sphère, je débusquai la Grande Ourse et la Petite
Ourse, et les tuai l'une et l'autre, ce qui serait

un acte de remarque pour tout autre que pour
moi. Ayant donc contenté mon désir, je descen-
dis par la même échelle et rentrai chez moi tran-
quillement. Mais demain je veux prendre ma
course d'un autre côté, et pénétrer dans le can-
ton des étoiles errantes : je me propose de rapporter la peau de ce vilain Capricorne qui me dé-
plaît. Piperollo, va le dire aux dames que le
succès de l'aventure peut intéresser, mais dis-le
avec une langue de bronze et une voix de métal,
comme il convient au serviteur de l'incomparable
capitan *il signor Fiascone.*

Le page fit entendre de nouveau le son baro-
que de son instrument, qui provoqua un nouvel
accès de fou rire dans l'assemblée. Puis la mascarade reprit sa marche, et, avec une dernière
fanfare des trois chasseurs, s'éloigna et disparut.

Au moment où le jeune page venait de franchir la porte au delà de laquelle les hôtes n'é-
taient plus admis, une main, une jolie main se
posa sur l'épaule de l'enfant :

— Où donc est ton maître, Piperollo ? demanda Flaminia, qui s'enveloppait dans sa mante
pour le départ.

— Mon maître, c'est un drôle de maître, dit
Piperollo encore tout à son rôle ; il est si occupé des astres et des planètes, qu'il a oublié

de me donner des bas neufs, comme il l'avait promis.

— Je ne te parle pas du capitan, petit masque ; je te parle du captif muet. J'espère que tu ne l'as pas abandonné.

— Fleur des dames, excusez-moi, je ne vous avais pas reconnue. Oh ! non, certes, je n'ai pas abandonné mon vrai maître, celui qui est comme mon père ; il n'y a aucun risque que je fasse rien sans son consentement. Mais il m'a permis de servir de page au capitan ; j'irai le rejoindre tout à l'heure.

— Où donc cela ?

— A deux pas d'ici, sous le porche du couvent de San Onofrio, où il dort sans doute.

— Pourquoi ne lui a-t-on pas donné l'hospitalité dans cette maison ?

— O signora, ce serait contre son vœu, il n'aurait pas accepté.

— Conduis-moi près de lui, je veux la lui proposer moi-même.

Et la jeune fille sortit sur les pas de Piperollo.

Horace Salviati errait dans le jardin, l'âme remplie d'amertume, et agitant de sombres résolutions. Il aperçut sa sœur Flaminia qui gagnait la rue, conduite par le petit garçon. — Où va-t-elle ainsi ? se dit-il avec étonnement.

Et il la suivit, se glissant le long des murailles.

Flaminia arriva bientôt, de son pas léger, au porche du couvent. Là, sur le banc qui était ménagé autour de l'hémicycle, le captif, à demi étendu, enveloppé dans un manteau de serge rayée, sommeillait, la tête appuyée contre sa besace. Les saints de pierre, debout dans leurs niches étagées du haut en bas de la voûte, semblaient veiller sur son repos. La lune, de ses plus vifs rayons, éclairait la physionomie mâle du dormeur. Flaminia s'approcha de lui, et, le voyant ainsi assoupi, une idée singulière traversa l'esprit de la jeune fille.

— S'il était vrai !.... dit-elle. L'ermite du Monte-Serano n'a jamais menti !

Se penchant avec la légèreté coquette d'un *oiseau*, elle effleura de ses lèvres vermeilles les lèvres du dormeur, puis se rejeta brusquement en arrière, effrayée elle-même de l'étrangeté de son action.

— Maudite soit l'effrontée qui déshonore notre maison ! s'écria Horace ; et, mettant l'épée à la main, il ajouta : — Mort au misérable qui ne craint pas de jouer un pareil jeu avec les Salviati !

Cette voix réveilla le mendiant, qui fut aussitôt debout. Horace reconnut les traits de Faustin et recula en frémissant; puis, laissant tomber son arme, il saisit dans ses mains les mains de son ami :

— Est-ce donc vous que je retrouve ? reprit-il avec des larmes dans les yeux ; est-ce vous que je revois après tant d'inutiles recherches ? Pardonnez-moi, Faustin, l'engagement que je vous ai imposé et dont j'aurais voulu vous délier depuis longtemps.

— Ainsi, dit Faustin, vous me faites grâce des deux années de servitude qui me restaient à accomplir ? Je puis librement retourner en France ?

— Il parle ! s'écria Flaminia. Dieu et la Madone soient loués !

— *Un gran miracolo!* murmura Piperollo en s'agenouillant sur les dalles du portique.

— Faustin, reprit Horace avec un accent de profonde tristesse, vous n'avez pas besoin de vous en retourner en France ; la signora Isabelle est ici. Flaminia, ma sœur, veuillez la prier de venir tout de suite.

Flaminia se dirigea à la hâte vers la maison du gonfalonier.

— Cette jeune dame est votre sœur ? demanda Faustin.

— O maître ! dit Piperollo, c'est un ange du ciel. En vous donnant un baiser pendant votre sommeil, elle vous a rendu la parole.

— Au fait, dit Horace, dans quelle action incompréhensible ai-je tout à l'heure surpris Flaminia?

En ce moment, Isabelle et Flaminia accoururent.

Isabelle, fléchissant un genou devant Faustin, lui dit :

— Vous qui avez tant souffert à cause de moi, ne gardez pas de ressentiment contre votre servante et dictez-lui vos commandements.

— O signora Isabelle, dit Flaminia, ne sacrifiez pas mon frère Horace; si vous saviez combien il vous aime et combien il a été malheureux! Ne le rebutez pas, ne le dédaignez pas pour votre mari, vous lui donneriez la mort!

Faustin regardait Flaminia avec une expression d'attendrissement profond.

— Signora Isabelle, dit-il à celle-ci en la relevant par la main, si vous voulez bien me conférer quelque autorité sur vous, je vous ferai connaître mon désir et ma volonté : je vous donne pour femme à Horace Salviati, qui vous aime et que vous aimez.

— Ami, dit Horace, comment ferais-je pour n'être pas vaincu par ta générosité et ton grand cœur? Écoute : tout me porte à croire que ma sœur Flaminia a su te deviner à travers ton déguisement, a su deviner le plus noble des gentilshommes sous les haillons du captif. Eh bien, si tu as aperçu en elle quelque mérite, je te supplie de tourner les yeux vers elle et de me faire l'honneur de devenir mon beau-frère. Flaminia, j'en suis sûr, ne me contredira pas.

Flaminia baissa sa jolie tête toute confuse, sans que son attitude fît pourtant prévoir une résistance bien opiniâtre.

— *Ella vèramente un angel' del Paradiso!* murmura dans son coin Piperollo, dont l'enthousiasme ne fléchissait pas.

— Qui pourra jamais exprimer, dit Faustin, tout ce que j'ai trouvé chez la signora Flaminia de compassion délicate, de gracieuse bonté ? Dire que je n'en ai pas été touché jusqu'au fond de l'âme et que son souvenir s'effacera jamais de ma mémoire, ce serait mentir. Mais je suis pauvre, mon nom est oublié : il faut que je lui rende son ancien lustre avant d'accepter le bonheur qui m'est offert.

— Monsieur de Balagnier, dit Isabelle, sachez que, tel que vous êtes, une reine devrait être fière de vous. D'ailleurs, en recevant la main de la sœur d'Horace, vous ne faites que vous prêter à une transaction, à un échange où, permettez-moi de vous le dire, continua-t-elle en souriant, vous ne gagnez pas, car je suis fille unique, et mon père est bien aussi riche que le seigneur Salviati. J'étais à vous, vous me cédez à votre ami ; Horace ne peut plus accepter si vous refusez une compensation ; et pour moi, je vous le déclare formellement, je retire mon consentement, si vous ne donnez le vôtre ; je vous imite, si vous donnez l'exemple de la révolte ; je cesse d'obéir, si vous n'obéissez à Horace, car nous sommes tenus par les mêmes lois. Il ne faut pas non plus, seigneur Faustin, usurper un trop beau rôle ; nous ne nous laisserons pas écraser par vous, et la France n'humiliera pas l'Italie.

— Vous le voyez, dit Faustin à Flaminia, c'est vous qui êtes immolée ; consentirez-vous à me suivre dans ma patrie et à partager les hasards de ma destinée ?

— Mon frère sera heureux, répondit la jeune fille ; et moi je ne me croirais pas à plaindre, quelque orageuse que dût être cette destinée.

— Mais moi, dit Piperollo qu'on paraissait oublier, que vais-je donc devenir ?

Cinthio, dans son costume de capitan, moins le faux nez et les moustaches, survenait en ce moment :

— Rassure-toi, mon page, dit-il à Piperollo, je ferai de toi un comédien dont on parlera dans l'Italie. *Ohimè !* ajouta-t-il en s'adressant à toute la compagnie, que faites-vous sous le porche de ce couvent ? Est-ce une conjuration contre

l'Etat ? Faut-il que j'appelle les sbires ? Allons,
déserteurs, rentrez tous au logis !

— O Cinthio ! dit joyeusement Horace, un
double mariage finit la fête : voilà une surprise
que tu n'as pas préparée !

LE MARI IMAGINAIRE

II

LE MARI IMAGINAIRE

~~~~~~~~~~~~~~~

I

Il y avait sept années que le Rosso (*maître Roux,* comme disaient les Français) était venu en France, avec toute une légion d'artistes italiens appelés par le roi François Ier, pour agrandir et décorer le château de Fontainebleau, et, par suite, initier la nation française aux arts de l'Italie.

Le Rosso, nommé surintendant des bâtiments royaux, avait sous lui, en première ligne, Lorenzo Naldini, sculpteur et architecte, qui était, comme le Rosso, élève de Michel-Ange; puis d'autres sculpteurs, peintres, stucateurs et ornemanistes. Parmi les peintres, on distinguait des artistes de mérite et dont les noms n'étaient déjà plus obscurs : Luca Penni, Domenico del Barbiere, Bartolommeo Miniati, Francesco Caccianemici, etc. Ces artistes, avec leurs élèves et leurs praticiens, formaient à Fontainebleau une véritable colonie. Ils avaient leurs ateliers dans le château, mais ils étaient logés dans la ville. Une rue presque exclusivement habitée par eux avait reçu des bourgeois le nom de rue des Fantasques, à cause des mascarades, qui étaient à cette époque le goût dominant des Italiens. Jeunes pour la plupart, touchant de grosses pensions, ils menaient, sous le ciel hospitalier de la France, une existence assez joyeuse. Parmi eux figuraient un certain nombre d'artistes français, qui vivaient en bon accord avec les étrangers et qui s'attachaient, au delà même de ce qui eût été désirable, à les prendre pour modèles.

Le sculpteur-architecte Lorenzo Naldini et le peintre Bartolommeo Miniati, par leur âge et leur caractère, étaient comptés parmi les plus sages et discrètes personnes de la colonie. Ils étaient tous deux Florentins. Naldini avait un fils nommé Fabio, et Miniati une fille nommée Celia. Celia était la reine de beauté de la colonie italienne, l'ornement de l'académie des *Esuli,* que les artistes de Fontainebleau avaient fondée. En ce temps-là, partout où un certain nombre d'Italiens se trouvaient réunis, la première chose qu'ils fesaient, c'était d'établir une académie. Il était d'usage que chaque académicien ou académicienne adoptât un surnom. La fille de Miniati s'appelait *la Desiosa* (la Désireuse) et signait, suivant la formule accoutumée : *Celia academica Esule detta la Desiosa.*

Les personnes qui étaient le plus avant [dans sa familiarité avaient cru qu'elle avait adopté ce surnom pour signifier que l'objet de ses désirs était absent et qu'elle soupirait après le moment de le revoir. Mais les événements allaient dérouter complétement leurs conjectures.

Depuis plus de trois ans et demi, Fabio Naldini avait quitté la France. Il était allé à Venise travailler sous la direction du Sansovino, ami particulier de son père. Lorenzo Naldini avait eu sans doute d'excellentes raisons d'envoyer son fils étudier auprès de ce maître et se retremper

à la source natale. Il ne semble pas toutefois
que la question d'apprentissage artistique eût
seule influé sur cette détermination. Lorenzo, en
confiant son fils au Sansovino, fit, en effet, parvenir à ce dernier une lettre secrète dans laquelle il le priait de retenir Fabio à Venise par
tous les expédients que les circonstances lui four-
niraient, et de l'empêcher de revenir en France
jusqu'à ce qu'il donnât lui-même avis de le laisser partir. L'absence de Fabio se prolongeait
bien au delà des prévisions qu'il avait manifestées en prenant congé de ses amis. Son père ne
parlait plus de lui, ne communiquait à personne
les nouvelles qu'il pouvait recevoir de son fils,
comme s'il eût souhaité que le souvenir du jeune
sculpteur s'effaçât parmi ses anciens camarades.

Lorenzo avait une certaine supériorité de réputation et de fortune sur Bartolommeo Miniati.
De plus, il plaçait le ciseau et l'équerre bien au-
dessus du pinceau, suivant les idées qui étaient
en faveur chez les disciples de Michel-Ange. Lorenzo Naldini s'était aperçu que l'amitié qui
existait entre son fils Fabio et Celia Miniati se
transformait en amour à mesure qu'ils avançaient
en âge. Quoiqu'il entretînt de cordiales relations
avec le peintre, son compatriote et son ami, il
n'avait pas l'intention de consentir à une union

que son orgueil jugeait inégale. Autant donc pour écarter le danger qu'il voyait poindre que pour permettre à Fabio de compléter son éducation dans un des plus célèbres ateliers de l'Italie, il prit le parti d'envoyer son fils à Venise.

Entre Fabio et Celia l'amour avait devancé les prudentes précautions de Lorenzo. Les deux jeunes gens s'étaient déjà avoué leur tendresse mutuelle lorsque le départ de Fabio fut résolu. Avant la séparation, ils échangèrent bien des serments. Fabio jura à Celia qu'il abrégerait son absence autant que possible et reviendrait au plus tôt réclamer sa foi et sa main. Il fixa à l'expiration de la troisième année le terme le plus éloigné qu'il assignât à son retour : s'il n'avait pas reparu dans ce délai, Celia pourrait le considérer comme traître et parjure et serait libre de disposer de son cœur. Ni l'un ni l'autre n'admettaient la pensée d'une si lâche infidélité, et si des larmes accompagnèrent leurs adieux, ils n'en ressentaient pas moins au fond de leur âme une inébranlable confiance.

Le temps s'écoula d'abord sans trop de lenteur pour Celia, qui n'était nullement une nature mélancolique. Puis elle commença à s'étonner et à se plaindre de ne pas recevoir de nouvelles de Fabio; Lorenzo Naldini était, bien plus que Fabio,

coupable de ce silence ; il abusait de ce que
son fils n'avait aucun soupçon de son mauvais
vouloir ; on sait, en outre, qu'à cette époque il ne
pouvait y avoir, entre Fontainebleau et Venise,
que de très-rares communications. L'inquiétude,
la tristesse de Celia augmentèrent à mesure qu'approcha le terme fatal. Pendant les derniers jours,
elle s'imaginait à chaque instant apercevoir, entendre Fabio, mais son attente était toujours trompée.

La dernière heure de la troisième année sonna
à la chapelle de Saint-Saturnin, sans que le jeune
sculpteur eût donné aucun signe d'existence. Cette
heure signifiait à Celia l'oubli, l'abandon. On était
aux premiers jours du printemps. Celia, cruellement agitée, sortit avec sa nourrice Fiorina ou
Florine, dont elle avait fait la confidente de ses
peines ; elle s'avança jusqu'au bord de la forêt
toute proche de sa maison, comme pour jeter un
coup d'œil interrogateur aux nombreux sentiers
qui s'ouvraient dans toutes les directions. Les arbres n'avaient pas encore de feuilles ; l'unique
verdure était toujours celle des sapins et des mé-
lèzes, dont les massifs sombres s'allongeaient au-
dessus des roches grises. Le paysage était froid
et morne comme un paysage du Nord pendant la
saison morte. Cette brume, ce ciel inclément ser-
raient le cœur de l'enfant du Midi, qui songeait

aux doux climats qui lui retenaient, qui lui ravissaient ce qu'elle avait de plus cher.

— Eh bien! Florine, il n'y a plus à en douter, n'est-ce pas? je suis délaissée.

— Les hommes tous ensemble ne valent pas une baïoque, répondit la nourrice. Du temps où je jouais sur le théâtre siennois, j'avais un rôle où je foudroyais les perfides dans une imprécation superbe : *O cuor di tigre! o anima d'inferno! o bocca omicida!*... Je ne me souviens plus de cette tirade ; sans cela, ce serait vraiment l'occasion de la réciter ici.

— Qui eût dit cela de Fabio, et quelle confiance avoir désormais dans les serments d'amour ?

— Je l'avoue, je n'aurais jamais cru le seigneur Fabio capable de se conduire ainsi ; et j'en suis tout à fait fâchée pour son honneur.

— Vois-tu, nourrice, Venise, ses splendeurs, ses fêtes, ses merveilleuses beautés l'auront enivré et séduit. Comment, au milieu de ce monde éblouissant, aurait-il conservé la mémoire de la pauvre exilée? Je n'ai pas lieu d'être surprise du changement qui s'est fait en lui. Je n'avais pas réfléchi à tout cela. Il n'était guère possible qu'il en advînt autrement.

— Je suis, moi, grandement étonnée, au contraire. Fabio Naldini était sincère, généreux, plein de cœur; et il vous aimait! comme Bertolin lui-même ne m'aime pas.

— L'ambition lui sera venue, en voyant la haute fortune où il pourrait atteindre; il aura craint de s'embarrasser de moi comme d'un fardeau.

— Non, non, ces suppositions ne me contentent point; et cet incroyable silence, comment l'expliquer?

— Fabio n'avait aucun moyen plus simple, plus facile, plus décisif de se dégager de ses promesses. En pareil cas, le silence coûte moins que la franchise.

— Non, non, non. Il y a là-dessous quelque chose qui n'est pas naturel, et que je voudrais éclaircir.

— Va, tout est bien éclairci, nourrice, et je n'ai plus d'espoir. Il ne me reste qu'à m'ensevelir au fond d'un couvent.

— Eh bien, et moi, que ferai-je?

— Tu feras comme moi, si tu veux.

— Moi, le Lesbino de la troupe des *Intronati,* m'ensevelir au fond d'un couvent! non, non, non. Dites-moi, *madonna figliuola,* pouvez-vous disposer, à l'insu de votre père, d'une somme d'argent un peu forte?

— Oui, j'ai de belles économies et d'assez riches joyaux dans ma cassette. Pourquoi me fais-tu cette demande?

— Je ne sais, je médite quelque plan de campagne dont je vous ferai part lorsque j'aurai tout
arrangé dans mon esprit.

— Ce serait peine perdue. J'aime mieux appeler ma fierté à mon aide, et essayer de haïr celui
qui me dédaigne.

Quoi qu'il eût pu résulter des projets de Florine,
la nourrice n'eut pas le temps de les mettre à exé-
cution. Quinze jours après l'entretien que nous
venons de rapporter, elle fut, un matin, trouvée
morte dans sa chambre. Ce trépas subit causa
d'autant plus d'étonnement que Florine était jeune
encore et avait joui toujours d'une santé inaltérable. Le médecin constata le décès, sans pouvoir en déterminer la cause. La défunte fut portée en terre, au grand regret de tous ceux qui
l'avaient connue, car c'était à la fois une fille
honnête, allègre et entendue. Sa maîtresse perdait en elle une compagne plutôt qu'une servante.
Dans sa jeunesse, Florine avait eu une existence
assez agitée; elle avait joué la comédie avec succès, comme elle vient elle-même de nous l'apprendre; elle avait rempli dans une troupe célèbre, les rôles de *Lesbino* ou les *travestis*. Elle
renonça à cette profession pour se marier; puis,
ayant perdu son mari, elle devint la nourrice de
Celia, s'attacha à cette enfant, et demeura auprès

d'elle. Malgré ces divers changements de fortune, elle n'avait pas beaucoup plus de trente-cinq ans lorsque la mort l'enleva. Elle fut surtout pleurée par Bertolin, le *fattore,* intendant ou principal serviteur de Bartolommeo Miniati. Bertolin, homme mûr, n'avait pas résisté aux charmes de l'ex-comica, et il avait l'espoir fondé, si elle eût vécu, de lui faire accepter un nouvel époux quand leur jeune maîtresse se marierait. La mort brisait tous ces projets.

Celia Miniati se remit peu à peu du double coup qui l'avait frappée. A l'âge qu'elle avait, les chagrins n'ont pas le pouvoir de maîtriser longtemps une âme; quelques mois écoulés adoucirent ses chagrins. A la fin de l'été, elle se trouva même si réconciliée avec la vie, si rattachée au monde, qu'elle ne se montra pas indifférente aux hommages que lui rendit un gentilhomme romain récemment arrivé en France, le chevalier Fabrizio della Rocca. L'opulent et élégant Fabrizio s'était présenté avec des lettres d'introduction signées par les plus hauts personnages que Bartolommeo Miniati connût en Italie. Quoiqu'il eût fixé sa résidence à Paris, il rendait de fréquentes visites aux artistes ses compatriotes. Il s'éprit promptement de la belle Celia, il lui fit ouvertement sa cour, et ne parut pas lui déplaire. Enfin, il demanda au peintre la main de sa fille, et, Celia manifestant des sentiments favorables, cette demande fut bien accueillie. Comment aurait-on pu refuser un si brillant seigneur, qui réunissait tous les dons de la naissance et de la fortune ? Six mois après cette soirée où la Desiosa parlait de s'ensevelir au fond d'un couvent, elle était fiancée, dans toutes les règles, au chevalier Fabrizio della Rocca. Cette rapide conquête émerveilla beaucoup de monde, car Celia avait jusqu'alors repoussé tous les assauts tentés contre son cœur. On en conclut que le chevalier Fabrizio était de la race des Césars.

La surprise fut grande surtout chez les personnes qui étaient dans le secret de l'ancien amour de Celia. Il y avait au moins deux personnes instruites, en tout ou en partie, de ce qui s'était passé : Bertolin et le père de Fabio.

Les sentiments de ces deux personnages, en présence d'un événement si inattendu, furent très-différents. Bertolin, qui restait attaché au jeune sculpteur, essaya, à plusieurs reprises, de réveiller le souvenir de l'absent; à chaque fois, sa maîtresse lui ferma impérieusement la bouche dès les premières paroles; il fut réduit au silence. Quant à Lorenzo Naldini, Fabrizio della Rocca n'avait point de plus déclaré partisan. Lorenzo ne tarissait pas dans les louanges dont il comblait le gentilhomme romain. Il allait jusqu'à regretter de n'avoir pas une fille pour disputer ce gendre aux Miniati. Et lorsque les fiançailles furent célébrées, ce fut lui qui adressa les plus chaleureuses félicitations à son vieux camarade Bartolommeo.

La cérémonie du mariage devait avoir lieu un mois après celle des fiançailles. Mais un nouveau délai de quinze jours fut sollicité par Fabrizio à qui il restait quelques lettres à recevoir et quelques affaires à régler. Le jour des noces fut fixé définitivement à l'expiration de cette quinzaine. Les artistes italiens préparèrent pour cette journée leurs fêtes accoutumées. Ils saisissaient avec empressement les occasions de divertissement qui se présentaient à eux : il y avait, dans les jeux propres à leur nation, une saveur qui devenait plus piquante sur la terre étrangère.

Ils y mirent cette fois d'autant plus de zèle que le peintre Bartolommeo venait de remporter un grand succès artistique. Il venait d'achever les fresques de la salle du Pavillon dont la décoration picturale lui avait été confiée. Ces fresques, représentant quelques pages de la vie d'Alexandre le Grand, étaient unanimement admirées. Le surintendant leur donnait de grandes louanges, et il avait déjà annoncé à Miniati que Son Altesse Madame la Dauphine en avait témoigné ouvertement son entière satisfaction. Une telle approbation de la part de Catherine de Médicis était une victoire pour la colonie italienne.

II

Le jour des noces arriva enfin. On était à la fin de l'automne. Un personnage vêtu bizarrement sortait des ateliers de la Cour des Fontaines à une heure matinale, et, longeant la lisière de la forêt, se dirigeait vers la maison des Miniati. C'était un gros garçon, affublé d'un pourpoint rouge cramoisi, les manches et les chausses jaunes rayées de rouge. Un ceinturon de cuir jaune serrait son ventre rebondi. Il avait au nez, sur le front, sur ses larges joues, des plaques d'un rouge visiblement artificiel. Un feutre blanchâtre, très-haut et finissant en pointe, lui servait de coiffure. Quiconque eût été familiarisé avec les costumes ou les types de la mascarade italienne eût du premier coup d'œil reconnu dans ce personnage le valet du capitan, le grand Affamato. De sa véritable personne, l'individu avait nom Taddeo; il était ce que nous appellerions aujourd'hui le rapin d'un des plus jeunes peintres de la colonie, Francesco Caccianemici. Son maître et lui s'étaient chargés des rôles comiques du *capitano parabolano* et de son valet glouton, car il n'y avait point de fêtes alors pour des Italiens sans ces masques traditionnels. Ils devaient être les héros d'un divertissement qu'on préparait pour finir la journée.

Taddeo s'en allait, méditant peut-être ses lazzis, lorsqu'un inconnu se montra à demi hors du taillis, et le salua d'un — Homme de bien, Dieu te gard'!

— Oh! oh! fit Taddeo, voici quelqu'un qui n'est pas de ce pays.

L'inconnu était enveloppé dans un grand manteau qui lui couvrait plus qu'à demi le visage; son chapeau aux larges bords était en outre baissé sur ses yeux, de sorte qu'il n'était pas possible de distinguer sa physionomie. Il reprit : — Qui es-tu, homme de peu de cervelle?

— Eh! eh! fit Taddeo! il semble pourtant qu'il ait entendu parler de moi.

Puis, s'adressant à son interlocuteur : — Vous savez bien qui je suis, si, comme votre langage l'indique, vous avez vu le jour sur les bords de

l'Arno ou de la Brenta ; je suis le grand Affamato, né à Pise, dans la tour de la Faim, et
connu plus ou moins par tout l'univers.

— Ah ! je te reconnais à présent : tu es Taddeo l'*imbrattamuri* (le gâte-murailles), ennemi
de la fatigue et des soucis, grand courtisan du
far niente et du sommeil, aimant les bons morceaux et buvant du meilleur.

— Qui en boirait volontiers, oui ; mais qui
en boit, *negatur*.

— Te voilà de bonne heure dans ce galant
costume.

— Quand on est Affamato, on l'est dès l'aube
du jour. Mon redouté maître, le capitaine Bellorofonte Caccianemici, est également en train de
s'équiper, et vous ne tarderez pas à le voir paraître. Il ne faut pas qu'on puisse nous accuser de laisser, lui sa vaillance, moi mon appétit,
s'alanguir dans les bras de Morphée.

— Où vas-tu de ce pas ?

— Je vais à la maison des Miniati, si cela
peut vous être agréable, curieux ami dont j'ignore
le nom et n'aperçois pas le visage.

— Je suis un ami, en vérité. Voudrais-tu,
Taddeo mio, me rendre un service ? Ce serait
de prier Bertolin de venir seul me parler en cet
endroit.

6

— Parler à qui ?

— A un voyageur.

— Soit, je m'acquitterai de ce message mystérieux, car je suis courtois de ma nature, surtout quand il n'en coûte point de peines.

— Je t'en serai fort obligé.

Le voyageur rentra dans le taillis, pendant que
Taddeo continuait paisiblement sa route. L'Affamato entra bientôt dans la cour de la maison
habitée par Bartolommeo Miniati.

Bertolin, le *fattore,* faisait, du haut du perron, une harangue aux garçons de la noce, sonneurs de trompe et choristes, qu'il avait rassem-
blés pour leur expliquer leurs devoirs.

— Mes amis, leur disait-il, j'espère que **vous**
saurez tous vous élever à la hauteur de vos **fonc-**
tions ! Les sonneurs de trompe tâcheront de sonner en mesure, et ils auront les mains propres,
si faire se peut. Les chanteurs ne hurleront point
à la française. Vous, jeunes gens, qui accompa-
gnerez l'époux, pénétrez-vous bien de l'importance de votre rôle. Que nul étonnement, tristesse ni raillerie ne se montre sur vos figures !
Ayez le regard agréable, posé, délibéré même,
mais ni vague, ni égaré, ni louche, autant du
moins que la nature vous permet de l'avoir autrement. Ayez le front serein, les lèvres souriantes,

non d'effronterie, mais de noble candeur et
de naïve satisfaction. Faites bien attention que
votre bouche, non plus que vos yeux, ne s'ouvre
démesurément pour trop fixement regarder. Ne
vous grattez point où il vous démange, au moins
pendant la cérémonie. Ne vous mouchez pas sur
la manche de vos pourpoints neufs, afin de les
conserver propres pendant cette journée ; demain,
vous en ferez ce qui vous conviendra. N'éternuez
pas avec affectation, et ne faites pas la cigogne
par derrière : ce serait le fait d'hommes sans jugement et sans respect. J'espère également, mes
amis, que la fin de ce grand jour vous trouvera
tous debout. Si toutefois quelqu'un n'avait su se
contenir dans les bornes de la modération, il serait prié de se détourner en quelque lieu à part.
Je n'ai pas besoin d'adresser de recommandations
spéciales à ceux d'entre vous qui doivent parti-
ciper aux triomphes du capitan et de l'Affamato :
ceux-là sont obligés, plus encore que les autres,
de ne se mettre point dans l'incapacité de se tenir sur leurs jambes ; il n'est fait d'exception
qu'en faveur de l'ivrogne Silène, qui peut agir à
sa guise. N'oublions pas que nous avons pour
spectateurs un peuple inculte et barbare, et effor-
çons-nous de faire honneur à l'Italie !

— *Viva l'Italia !* crièrent les comparses émus
par cet éloquent discours.

— Bonjour, Taddeo l'Affamato, dit Bertolin
qui était descendu de sa tribune. A la bonne heure!
te voilà sous les armes.

Taddeo tira Bertolin un peu à l'écart. — Il y
a là-bas un voyageur qui demande à vous parler sur-le-champ.

— Qui est ce voyageur ?

— Je ne sais. Mais il est Italien et il me connaît parfaitement. Il vous attend au premier car-
refour de la forêt. Voilà mon ambassade accom-
plie.

— Qui cela peut-il être ? se demandait Bertolin, devenu aussitôt songeur et inquiet. Si c'é-
tait !... Mes amis, reprit-il, je crois qu'il est temps
de vous rendre chez le seigneur Fabrizio. Allons,
mettez-vous en route.

— En avant! ajouta l'Affamato, partez en bon
ordre. Voici le moment d'entonner le premier couplet de l'invitation *alle Nozze*.

La bande se mit en effet en chemin, en com-
mençant la chanson populaire :

> Da piani e da valli,
>   Monti e colline,
>   Belle vicine,
> Venite a'balli.
> Liete e festose
> Spargete rose,
> Cinte intorno d'un guarnello
>   Di bucato bianco e bello !

Pendant qu'ils s'éloignaient, Bertolin gagna d'un pas hâtif la forêt. A peine en avait-il franchi les premiers buissons qu'il se trouva en présence du voyageur; celui-ci, s'étant assuré qu'il n'y avait personne à l'entour, venait à sa rencontre, le visage découvert. Bertolin donna aussitôt toutes les marques d'une vive émotion.

— Grands dieux! c'est vous, seigneur Fabio! s'écria-t-il en levant les mains au ciel, vous qu'on a si longtemps attendu en vain, et qui arrivez dans un tel jour!

— Ah! Bertolin, toi aussi tu m'as abandonné!

— Moi vous abandonner, seigneur! Non; j'ai toujours plaidé votre cause; toujours j'ai soutenu que si vous ne reveniez point, ce n'était pas votre faute.

— Merci, Bertolin, dit Fabio se jetant au cou du *fattore;* merci pour avoir pris la défense d'un infortuné! Ainsi, tout ce que j'ai appris en arrivant dans ce pays est bien vrai? Celia est déjà fiancée, et son mariage a lieu aujourd'hui même?

Bertolin répondit par un signe de tête affirmatif.

— Elle y a consenti! reprit Fabio.

— Je ne puis dire le contraire : aucune contrainte n'a été exercée sur sa volonté. Vous savez que mon maître n'est pas homme à tyranniser sa fille.

— Elle est dans son droit; c'est moi qui ai manqué à ma parole. Elle a pu se croire libre. Cependant je n'aurais jamais cru que Celia mît un tel empressement à profiter de cette liberté.

— Pardonnez-moi, seigneur Fabio, si mes paroles ont un air de reproche; mais comment se fait-il que vous ayez violé un pacte si sacré? Vous deviez l'observer d'autant plus fidèlement que votre père possède quelques avantages sur mon maître, et qu'il les fait sonner aussi haut qu'il peut. Je comprends bien le dépit de la signora Celia; si elle était plus riche ou seulement aussi riche que vous, elle vous eût excusé sans doute. Mais elle a dû se croire négligée, dédaignée. Votre oubli était une offense, et je ne doute pas qu'elle *en* ait été profondément irritée.

— Tu es fou, Bertolin; jamais Celia n'a pu se mettre de telles idées dans l'esprit. Elle sait bien quel prix inestimable j'attachais à son amour; elle sait que la possession de son cœur était ma plus haute ambition. Ou bien, alors, à quoi ont servi nos années de fraternel accord et de confiante tendresse, puisque mes sentiments ont pu être si étrangement méconnus, si incroyablement dénaturés? En vérité, Bertolin, on a peine à s'imaginer que les tristes effets de la séparation et de l'absence puissent aller jusque-là!

— Votre père, lorsqu'il a ordonné cette séparation, savait, lui, parfaitement où il voulait en
venir, je vous le garantis.

— Quels desseins vas-tu aussi prêter à mon
père? Mon père ne savait rien. D'ailleurs, c'est
sur son avis même que j'ai quitté Venise. C'est lui
qui a mandé au Sansovino de me permettre de
partir. Il est vrai que je me disposais de mon côté
à passer par-dessus tous les obstacles et à me
mettre en route. Plût au ciel que j'eusse pris plus
tôt cette résolution!

— A quelle époque cet avis du seigneur Lorenzo est-il parvenu à votre maître?

— Il y a environ un mois. Depuis lors j'ai
voyagé jour et nuit.

— C'est bien cela. Votre père a écrit au Sansovino peu de temps avant les fiançailles. Il était
alors assuré que tout serait conclu et terminé quand
vous arriveriez ici. Ne nous redoutant plus, il a
permis de rompre votre chaîne. Dans tout cela le
seigneur Naldini a obéi aux suggestions de son
orgueil. Il s'estime infiniment au-dessus de nous;
il s'en fait accroire. Quand on peint à fresque
comme Bartholommeo Miniati, on est l'égal de
tous les architectes et sculpteurs de l'univers; moi
Bertolin, je ne crains pas de vous le déclarer à
vous-même.

— Ne te fâche pas, bon Bertolin; mais, encore une fois, je ne puis me persuader que tes accusations soient fondées.

— Elles le sont, vous dis-je; et la preuve, c'est que c'était aussi l'opinion de Florine.

— Hélas! entre toutes les nouvelles funestes qui m'ont assailli à mon retour, j'ai appris la mort de cette vaillante Florine. Quels coups du sort! Vois-tu, Bertolin, je suis sûr que si Florine avait continué de vivre, Celia ne m'aurait pas trahi comme elle a fait.

— C'est bien possible, seigneur Fabio. Vous avez perdu en elle un auxiliaire dévoué. Je n'ai pas besoin de vous dire combien pour moi la perte a été cruelle. Je la ressens maintenant aussi vivement que le premier jour, et je reconnais qu'elle est irréparable : ce sera le dernier projet de mariage que j'aurai formé, aucun, par le décret du ciel, n'ayant jamais réussi. Mais, pour en revenir au point où nous étions, Florine avait percé à jour les intentions secrètes de votre père en vous envoyant en Italie; elle m'avait presque annoncé d'avance ce qui arriverait; et la pauvre Florine, quand elle se mêlait de prophétiser, ne se trompait guère.

— Maudit sois-tu, toi et ta Florine, pour avoir inquiété par ces chimères l'esprit de Celia! Et quand ces intentions auraient réellement existé, que nous importait à nous? Pourquoi m'en rendre responsable? N'étais-je pas aussi éloigné que possible de partager ces sentiments? M'est-il jamais venu à l'esprit que j'avais une superiorité quelconque sur Celia, et ne lui ai-je pas toujours rendu bien humblement grâce de l'amitié et de la douceur qu'elle me témoignait? Qui d'entre vous a jamais pu mettre en doute que je ne fusse fier de la préférence qu'elle m'accordait alors, et que je n'eusse été glorieux d'obtenir sa main?

— Sans doute, seigneur, sans doute...

— Je l'avoue, Bertolin, je me crus peut-être un peu trop assuré de sa foi; mais je me persuadais aussi qu'elle était entièrement assurée de la mienne. Voilà mon tort. Hélas! cette confiance reçoit un cruel démenti. Voilà que Celia est presque l'épouse d'un autre! Mais il est impossible que cela se passe ainsi. Non! il faut que je lui parle. Bertolin, fais en sorte que je puisse avoir tout de suite une entrevue avec Celia. Va, je t'en prie, va lui demander de vouloir bien m'entendre.

— A quoi cela servirait-il, seigneur Fabio? Il n'est plus temps de revenir sur ce qui est fait. Celia porte au doigt l'anneau du gentilhomme romain; elle est liée à lui par des nœuds qu'il n'est pas permis de briser. Vous ne pourriez que troubler son âme et lui rendre son devoir pénible. Écoutez, entendez-vous? voici le marié qui arrive.

On entendit, en ce moment, une fanfare suivie d'un nouveau couplet de la chanson italienne :

> E voi, vangatori,
> Voi che sarchiate,
> Voi che potate,
> Lavoratori,
> Lasciate l' opre!
> Ognun si sciopre,
> Lasci 'l campo, lasci i buoi,
> Per t allar con esso noi!

— Non, je le jure, qu'il n'en ira pas ainsi, continua Fabio. Je ne me laisserai pas enlever Celia sans résistance. Cet inconnu ne jouira pas de son triomphe; je saurai bien y mettre obstacle. Bertolin, si tu ne viens à mon aide, quelque grand malheur signalera cette journée!

— Que voulez-vous que je fasse, seigneur Fabio? répondit Bertolin avec anxiété. Comment ma maîtresse pourrait-elle disposer d'un seul instant dans un jour comme celui-ci? Comment y aurait-il moyen de la trouver seule? Ah! si du moins la pauvre Florine vivait encore!

— Mon bon Bertolin, au nom de ta Florine, en souvenir de son amitié pour moi, fais ce que je te

demande, ce qui peut seul me sauver. Comme tu le
reconnais toi-même, Florine, si elle vivait, n'hési-
terait pas à me seconder et à me permettre de me
disculper aux yeux de Celia. Tu ne me seras pas
plus contraire que ta chère Florine ne l'eût été certainement, n'est-il pas vrai?

— Je veux bien essayer, seigneur Fabio, je ferai
tout mon possible. Demeurez derrière ces rochers,
ne vous laissez pas voir. Il ne dépendra pas de moi
que vous ne soyez satisfait, quoi qu'il en advienne.

— Je t'en serai éternellement obligé, Bertolin.
Va vite et ne tarde pas à venir me tirer d'angoisse.

III

Bertolin regagna à la hâte la maison des Miniati;
il y arriva à temps pour assister à la conclusion ordinaire de la scène du capitan et de l'époux, scène
qui faisait alors partie presque intégrante du céré-
monial; invariable dans ses traits essentiels, cette

scène était perpétuellement renouvelée par l'inspiration capricieuse, par la libre fantaisie des personnages qui y figuraient. C'était à qui y déploierait plus de bizarrerie et d'extravagance.

Devançant de quelques instants le cortége du marié, on avait vu entrer dans la cour le capitan Bellorofonte Caccianemici, suivi de son valet l'Affamato. Le peintre qui faisait ce personnage était un des capitans les plus distingués que l'on connût alors ; il acquit, du reste, une telle réputation dans ce rôle, que son nom véritable a été oublié, et que son nom d'emprunt, Caccianemici, s'ajoutant à son prénom Francesco, a été seul conservé par l'histoire.

Il avait tout à fait le physique de l'emploi : *il* était d'une très-haute taille et d'une maigreur extraordinaire. Ses longs membres secs semblaient se casser à chaque mouvement ; sa physionomie rappelait celle d'un chat en colère. Il était vêtu d'un pourpoint à bandes rouges et jaunes, les chausses de même. Un petit manteau écarlate flottait sur ses épaules, et était relevé par une rapière gigantesque. Un chapeau de feutre roux surmonté d'une profusion de plumes de coq couvrait sa tête. Il s'avançait à pas comptés, le corps rejeté en arrière. Le gros Taddeo le suivait, pareil à une masse roulante, et présentait aussi parfaitement que possible le contraste recherché dans cette association comique. Le valet s'était muni d'une petite guitare à l'espagnole.

— Affamato, dit le capitan, fais-moi le plaisir, je te prie, de donner une petite sérénade à ma maîtresse, afin de l'avertir de ma présence.

L'Affamato s'avança au pied du balcon en faisant des mines ridicules; il tira quelques accords de son instrument, puis se mit à chanter d'une voix de stentor :

O diva mia, vieni alla finestra
E mostrami quel viso angelicato.
Porta al tuo Taddeo una minestra
Overo un pezzo di porco salato (1).

— Fi! interrompit le capitan, fi! ta chanson est trop vile !

— Mais, seigneur, le *viso angelicato* est pour vous et la *minestra* est pour moi. Si vous me laissez mourir de faim, n'est-il pas juste que la dame de vos pensées prenne au moins quelque soin de votre serviteur ?

(1) « O ma déesse, viens à la fenêtre et montre-moi ce visage angélique. Porte à ton Taddeo une soupe ou bien une tranche de porc salé. »

7

— Paix! te dis-je; tes beuglements ont eu du moins pour effet d'amener à son balcon ma belle Amazone, ma vaillante Camille, ma superbe Penthésilée.

Puis, s'approchant à son tour du balcon :

— Ciel où toutes mes espérances s'acheminent, dit-il, premier mobile où toutes mes volontés se dirigent, sphère où tous mes pensers résident, me voici avec mon tribut ordinaire d'hommages et de révérences; recevez mes devoirs respectueux et l'augure d'une belle journée.

Celia Miniati était apparue, entourée de quelques compagnes, dans le cadre fleuri de la fenêtre. Celia, toute fraîche, souriante et parée, se baissa vers le capitan, et lui répondit :

— Je me réjouis d'être ciel, premier mobile et sphère; mais, seigneur étranger, qui êtes-vous?

— Qui je suis? qui est le capitaine Bellorofonte Caccianemici, prince de l'ordre de chevalerie, dompteur et dominateur de l'univers, proche parent de la Mort, ami très-étroit du Destin? Qui je suis? Je suis la foudre et le tremblement de terre.

— Oh! alors, écartez-vous de la maison, je vous prie.

— Rassurez-vous, ma déesse et ma reine, je ne suis formidable qu'à mes ennemis; et avec les

dames, au contraire, je suis tout amabilité et
toute douceur. Ces yeux ont la double vertu d'é-
pouvanter et de charmer; ils donnent la mort,
et ils donnent l'amour.

— Qu'ils prennent garde surtout de commettre
quelque erreur! Que venez-vous demander ici?

— Je viens vous épouser, comme cela a été
écrit de toute éternité dans les registres de la destinée.

— Vous arrivez trop tard, capitaine. J'attends
celui avec qui j'ai échangé déjà l'anneau des fiançailles.

— Feu et sang! Et qui serait assez hardi, assez téméraire, assez privé de jugement pour oser
vous disputer à moi? Je jure, par la puissance de
ce bras, par la vertu de cette épée, de le réduire
en atomes imperceptibles. Ah! pourquoi n'est-il
ici, afin que je puisse exhaler le Vésuve, l'Etna,
le Mont-Gibel, que je sens gronder en moi! Tu
ne saurais, ô ciel, me faire un plus grand plaisir
que de le faire comparaître ici : serait-ce sous la
forme du grand diable d'enfer, eût-il à chaque
poil du corps une armée de guerriers, chaque
guerrier fût-il enfermé dans une ville, chaque ville
fût-elle entourée de douze forteresses, chaque forteresse fût-elle garnie d'une puissante artillerie!
Moi, joyeux et intrépide, j'irai à sa rencontre,

en dansant, en me jouant avec allégresse; et, d’un seul cri, je ferai descendre le monstre dans les profondeurs de l’abîme!

Pendant que le capitan Bellorofonte, du haut du perron où il était monté, lançait cet effroyable défi, le cortége du marié, annoncé par des chants et des fanfares, entrait dans la cour. Au milieu de la troupe marchait le chevalier Fabrizio della Rocca. Ce seigneur n’avait rien absolument du monstre hyperbolique que venait d’évoquer le capitan : c’était un gracieux jeune homme, vêtu avec splendeur; il portait le pourpoint et le jupon de toile d’or, la trousse de satin rouge-cerise, les nœuds et les rubans de même. Au cou, aux manches, à la poitrine, ruisselaient de riches dentelles; un chapeau gris galonné d’argent et garni de plumes blanches et bleu de ciel était posé coquettement sur ses cheveux noirs. Il marchait d’un pas leste et délibéré, la main sur la garde d’une fine épée au fourreau blanc. Survenant à point pour entendre les dernières phrases de la provocation du capitan, il s’avança vers lui, et, le saluant :

— Capitaine, dit-il, le ciel te fait la faveur que tu lui réclames : c’est moi qui ai dessein de t’enlever la belle Celia. Venge-toi si tu peux : me voici prêt à répondre à tes coups.

Le capitan, s'adressant à son valet qui se tenait au bas des degrés :

— Affamato, prends cet enfant par le collet, et jette-le si haut dans les airs qu'il ne retombe point d'ici à la consommation des siècles.

— Seigneur patron, veuillez m'excuser, répliqua l'Affamato. Je n'ai rien mis encore sous ma dent ce matin ; et quand je suis à jeun, je suis si faible que mes jambes ont peine à me soutenir. Voyez, toute chaleur naturelle m'a presque abandonné.

— Allons, capitaine, reprit Fabrizio, allons, le temps presse, tirez cette épée valeureuse.

— Affamato, ce jeune gaillard me plaît. Il a du feu, de l'audace. Les hommes de courage deviennent rares de jour en jour. Je veux ménager celui-ci.

— Non, point de défaite ; en garde ! en garde ! reprit Fabrizio.

— J'ai compris, seigneur chevalier, votre intention généreuse. Vous avez vu que mon courroux était près de me suffoquer, et vous avez voulu, non sans grand péril, lui ouvrir une issue. Je vous sais gré de votre courtoisie ; me voici redevenu maître de moi-même. Ne craignez plus l'explosion du volcan.

— Vous renoncez donc à vos prétentions à la main de ma fiancée ?

— Je ne suis pas un ingrat ; toujours je rends service pour service. J'entends que la signora Celia soit vôtre, et je prétends, en outre, vous donner comme cadeau de noces une couronne royale, à votre choix, celle qui vous sera le plus agréable, vous n'avez qu'à parler.

— C'est trop, capitaine.

— C'est ainsi que sont les grands cœurs. Je me propose de célébrer, à l'occasion de votre mariage, un superbe tournoi. Je ferai venir toute la chevalerie de Constantinople, toute celle de Perse et de Nubie. Je ne crains qu'une chose, c'est que la tendre Celia n'ait pas la force de supporter la perte qu'elle fait ; puissiez-vous, mon ami, parvenir à la consoler !

— Rassurez-vous, dit Fabrizio, la voici qui vient. Voyez : son visage ne dénote pas une affliction si profonde.

En ce moment la porte s'ouvrait. Celia Miniati, à la tête de ses compagnes, se montra radieuse sur le perron, que le capitan avait abandonné. Elle tendit sa main à Fabrizio, qui y appliqua ses lèvres et qui, gardant cette main dans la sienne, entra au logis, suivi de la plus grande partie de la noce.

Bertolin était venu à temps, avons-nous dit, pour assister à cette réception de l'époux. Il avait observé sa jeune maîtresse avec attention. Il l'avait vue sourire gaiement; aucune ombre ne paraissait voiler ce sourire; rien, dans cette physionomie toute charmante, ne laissait deviner un souci, un regret. Lui, qui savait combien Celia avait aimé Fabio, ne pouvait comprendre cette parfaite sérénité d'âme, et, à son tour, faisait d'assez sévères réflexions sur l'inconstance du cœur féminin. Il entra au logis parmi la foule des conviés. Il épiait une occasion de s'acquitter de la promesse qu'il venait de faire à Fabio Naldini; mais comment serait accueilli un pareil message? Celia ne manquerait certainement pas de le repousser avec indignation. Il éprouvait un embarras extrême. Tournant avec hésitation autour des jeunes époux, il regardait l'un et l'autre, attendant que Fabrizio vînt à s'éloigner. Dans cette situation difficile, le souvenir de Florine se raviva dans son esprit; il songea avec des regrets plus amers à la défunte. Son trouble se mêla d'attendrissement, des larmes lui vinrent aux yeux.

Son attitude, ses gestes singuliers n'échappèrent pas à Celia, qui, sous le prétexte de quelque recommandation à faire au *fattore,* quitta le groupe formé autour d'elle et alla trouver Bertolin.

— Qu'as-tu donc, Bertolino? lui demanda-t-elle amicalement.

— Je n'ai rien, absolument rien, signora. C'est

la pauvre Florine qui me revient en mémoire. Je ne sais pourquoi tout me la rappelle aujourd'hui, tout me fait sentir plus vivement le malheur que j'ai eu de la perdre. Tenez, je pleure malgré moi.

— C'est bien, cela, Bertolin, c'est bien : le cœur qui a aimé véritablement ne doit jamais oublier.

— Ah! signora, le conseil est bon sans doute, mais tel le donne et ne le suit pas.

— Qu'est-ce à dire ? Est-ce un blâme que tu m'adresses ?

— Non; Dieu me garde de vous attrister pendant cette journée! Et pourtant il est bien vrai que ce jour ne serait pas venu si vous n'aviez invoqué le secours de l'oubli.

— En effet, mais je me trouvais dans une situation bien différente; moi, j'avais la preuve qu'on ne m'avait pas aimée ou au moins qu'on ne m'aimait plus.

— De ceci vous n'êtes point parfaitement sûre, signora.

— On ne pouvait me le témoigner plus clairement qu'on ne l'a fait en ne revenant pas, à ce qu'il me semble.

— Il a pu survenir telle chose, telle chose...

— Tu vas me répéter encore ce que tu m'as dit trop souvent ?

— Non, mais *il* pourrait vous le dire lui-même, *il* est ici.

— Fabio!

— Il désire vous voir, vous parler un instant...

Celia devint pâle comme une morte, et, s'évanouissant, elle glissa sur le tapis. Tout le monde s'empressa autour d'elle; les femmes l'emportèrent dans sa chambre pour lui donner des soins.

Fabrizio, qui paraissait tout observer d'un œil vigilant, s'approcha de Bertolin :

— C'est toi, lui dit-il, qui es cause de cet accident.

— Moi! répondit Bertolin non sans laisser paraître un grand trouble; comment pouvez-vous le croire? Comment voulez-vous?...

— Qu'as-tu dit à la signora Celia?

— Ce que j'ai dit? Je n'ai rien dit, sinon que la saison est belle et que le brouillard s'est levé.

— Je te soupçonne de te mêler de vilaines affaires. J'ai le droit de savoir la nouvelle qui a produit un effet si violent sur ma fiancée; j'exige que tu m'en fasses part.

— Mon Dieu! illustrissime seigneur, ce n'est pas, je vous assure, ce que vous pensez.

— Qu'est-ce que je pense?

— Vous vous imaginez sans doute... Non, c'est Florine, c'est la pauvre Florine qui est cause de tout cela.

7*

— Eh bien, est-elle revenue au monde, ta Florine?

— Hélas! elle est allée au pays d'où l'on ne revient pas!...

— Qui donc est revenu?

— Qui? mais personne, balbutia Bertolin que ce pressant interrogatoire achevait de décontenancer.

— Tu es un coquin, je te devine; tu es un de ces serviteurs pervers qui font marché de corrompre les mariages. Je te dénoncerai à qui de droit, et tes jours finiront en l'air, je t'en avertis.

— Mais, illustrissime...

— On en a pendu qui étaient moins coupables que toi, te dis-je. Prends garde, je te surveille.

Bertolin courba la tête sous ces menaces, car il ne se sentait pas tout à fait innocent.

IV

Cependant la fête nuptiale était interrompue. Bientôt la jeunesse rassemblée dans les salles basses de la maison apprit avec satisfaction que l'épousée avait repris ses sens et que son indisposition ne présentait aucun caractère de gravité. Elle avait besoin de quelques moments de repos, et tout faisait présumer qu'ensuite les cérémonies pourraient suivre leur cours.

C'était en de telles circonstances que des personnages comme ceux du capitan et de l'Affamato étaient précieux. S'ils n'eussent été là, ce temps d'attente aurait paru d'une longueur insupportable et aurait engendré la froideur et l'ennui, qui peut-être se fussent difficilement dissipés. Leur présence remplit ce vide imprévu. Ils improvisèrent un intermède qui tint toute la compagnie en belle humeur.

— L'accident qui vient d'avoir lieu, dit le capitan avec conviction, n'était que trop aisé à prévoir. Il faut bien avouer, Affamato, que ma générosité m'oblige parfois à être inhumain.

— Quelle que soit la cause de cet accident, répondit l'Affamato, j'en pressens les atroces conséquences : il retardera inévitablement le banquet. Malheur à moi! Tout ce qui me restait de chair se consume, et je suis en danger de périr d'inanition.

— Veux-tu que je te maintienne en vie par le seul récit de mes prouesses?

— Mon patron, le moindre pâté de volailles truffé serait bien autrement efficace.

— Te rappelles-tu mon combat contre ces fanfarons de dieux et de demi-dieux qui voulaient me contraindre, moi, le capitaine Bellorofonte Caccianemici, à leur rendre hommage? Je m'étais, ce jour-là, armé à la fantasque : j'avais pris la tour de Babel pour cuirasse et le mont Taurus pour morion. J'avais pour arbalète l'arc-en-ciel, le labyrinthe de Crète pour carquois, et toutes les pyramides d'Égypte pour flèches et viretons. Je montai sur le sommet du mont Olympe dans la ferme intention de rompre et de fracasser l'un et l'autre pôle. Arrivé à la cime, je me mis donc à arbalétrer le firmament, tant que je le trouai comme un crible. Planètes et étoiles commencèrent alors à tomber. Jupiter, monarque des dieux, voyant un tel débris, cria aux armes, et il eût fallu voir accourir clopin clopant tous les dieux pauvrement armés à la bourguignonne! Je n'attendis pas cependant que toute l'armée fût mise en ordre et rangée en bataille pour me livrer assaut; je tirai une arbalétrade et lançai la grande pyramide droit dans le visage de Jupiter. Jupiter, saisissant à l'instant la même pyramide et la transformant en foudre, me le lança sur la tête. Mais moi, reprenant le foudre avec la main

gauche, je le relançai derechef au ciel; et derrière lui je bondis, d'un saut j'escaladai la voûte
éthérée, et je fis prisonnier le gouverneur des
mondes en lui disant : Tu ne seras plus nommé
Nature, Providence ou Destin, comme t'appelait la sotte troupe des mortels !

— Le capitaine s'imagine sans doute, reprit l'Affamato en haussant les épaules, que je me repais
de semblables balivernes. Quelle honte ! moi le père
des cuisines, le roi des gourmets, l'empereur des
parasites, moi dont le ventre capace a englouti tant
de mets succulents, succomber par faute de nourriture en un jour de noces ! *Padrone mio,* serait-ce
un effet de votre vaillance de me conquérir une aile
de poulet pour m'aider à patienter ?

— Insolent faquin ! pourquoi faut-il que ta bas-
sesse m'empêche de tirer vengeance d'une si inju-
rieuse proposition ?

— Quelle vengeance plus cruelle pouvez-vous
prendre de moi que de me laisser à jeun ?

— Nourris-toi, comme moi, du seul amour de la
gloire, du seul désir d'étonner l'univers !

— Grand merci ! mes entrailles réclament une
nourriture plus substantielle. Tel que ce Tantale
qui endure la famine pendant que des objets déli-
cieux sont exposés à ses regards, je connais dans
ses moindres détails le grand festin qui nous est

préparé, et je désespère de pouvoir atteindre jusque-là! Voulez-vous que je vous en conte tout le menu? j'en suis fort exactement informé. Écoutez bien. La table sera couverte de quatre nappes fines, blanches et parfumées, parce qu'il y aura trois régals successifs, le premier gras, le second maigre, le troisième gras encore. Chacun de ces régals sera composé de deux services de buffet et de trois services de cuisine. Le premier service de buffet consistera en confitures, pignons sucrés, tasses de crème, tranches de jambon cuites au vin, pâtisseries et friandises. Dans les premiers services de cuisine viendront les pâtés de riz de chevreau, les perdreaux rôtis, paonneaux de même, tourtes feuilletées aux riz de veau battus, ortolans, poulets d'Inde, têtes de chevreau sans os couvertes de blanc manger, faisans en cartes, pâtés de pis de vache et autres divers; puis, filets de chevreuil, râbles de lièvre, viandes bouillies et rôties, avec le second service de buffet. On enlèvera ensuite la première nappe, et, sur la deuxième, on servira le régal maigre. Premier service de buffet : choses confites, bonbons, massepains, citrons de moyenne saveur arrangés dans du sucre, etc. Les trois services de cuisine comprendront les grosses lamproies, thons, barbues, carpes marinées, têtes d'esturgeon, pâtés de truite et de poissons divers. Au second service de buffet, tourtes aux moules et aux huîtres, écrevisses, homards, truffes étuvées à l'huile vierge, et autres plats rares et précieux. La deuxième nappe retirée, nouveaux services de buffet et de cuisine en gras, que je n'ai pas le courage d'énumérer. Enfin sur la quatrième nappe sera servi le dessert, dont la seule idée me donne un voluptueux frisson. Grands dieux! faudra-t-il rendre l'âme avant de voir cette table de promission!

— Vilain! il s'échappe de ton entretien comme des fumées de marmite. Crois-tu donc que des préoccupations si grossières soient jamais capables de souiller la pureté de mon cerveau?

En cet instant, Bertolin traversait la salle précipitamment.

— A l'aide! au meurtre! cria l'Affamato en courant après lui. Où te sauves-tu ainsi, ô majordome infidèle, en nous abandonnant comme des naufragés sur un roc aride?

— Laisse-moi, Taddeo, laisse-moi, j'ai hâte.

— Mes amis, reprit l'Affamato, je vous dénonce le *fattore;* il a des conférences avec l'ennemi, pour affamer la place.

— Selon toutes les lois de la guerre, prononça le capitan, c'est un crime que la corde seule peut expier.

Bertolin, poursuivi par ces clameurs, disparut

de toute la vitesse de ses jambes. Il se dirigea, non sans se retourner souvent pour s'assurer qu'on ne le suivait pas, vers l'endroit où il savait qu'était Fabio Naldini. Il trouva le jeune homme qui se dévorait d'impatience et accusait déjà le *fattore* de l'avoir leurré et trahi. Il le mit en quelques mots au courant de ce qu'il avait fait.

— Pour moi, ajouta Bertolin d'un air de détresse, je me demande si je dois rentrer au logis. Le chevalier Fabrizio a conçu des soupçons, et je pressens qu'une fâcheuse disgrâce est suspendue sur ma tête, pour être entré dans vos intérêts plus activement sans doute que je n'aurais dû.

— Rassure-toi, je couperai la gorge à ce Fabrizio.

— Et je serai considéré comme votre complice, car Taddeo est un bavard qui déjà commence à se donner carrière à nos dépens. Je ne sais vraiment où tout cela nous conduira. Vous feriez bien, croyez-moi, de renoncer à vos desseins.

— C'est là toute l'assistance que tu m'apportes, Bertolin! Ne comprends-tu pas que tout va bien, au contraire? L'émotion qui a saisi Celia n'est-elle pas la preuve que je ne suis pas oublié?

— C'est la crainte, peut-être.

— C'est l'amour qui se réveille! Bertolin, je te

jure que si tu ne me procures pas l'entrevue dont j'ai absolument besoin, je vais de ce pas chez les Miniati, j'entre dans la maison à visage découvert, je dis à voix haute tout ce que j'ai sur le cœur, j'implore Celia, je défie Fabrizio, et je cause une telle confusion, que les noces, je t'en réponds, seront en complète déroute.

— Allons, le sort en est jeté! Puisqu'il est impossible de vous faire entendre la voix de la raison, je suis obligé d'exécuter ma promesse. La signora Celia, revenue de son évanouissement, est descendue seule au jardin pour respirer l'air libre et se calmer. Vous connaissez la petite porte du jardin; en voici la clef, et qu'un dieu vous accompagne!

— Voilà donc ce qu'il fallait dire tout de suite, pécore de Bertolin! Mille grâces te soient rendues, *mio Bertolino d'oro!* Je te serai reconnaissant toute ma vie!

Fabio, agitant la clef comme un trophée, courait déjà vers la ruelle qui lui était désignée. Il ouvrit la petite porte et pénétra dans le jardin. Il ne tarda pas à apercevoir, à travers les ombrages, la Desidiosa assise sur un banc, au bord d'une source. Elle avait encore le visage un peu pâle et paraissait absorbée dans ses pensées. La vue de sa maîtresse toucha profondément le cœur du

jeune homme et lui fit sentir avec plus de force
les torts qu'il avait eus. Il alla se précipiter aux
pieds de Celia.

— C'est un coupable qui vient implorer son
pardon, lui dit-il. O chère âme que j'ai attristée,
que j'ai offensée, soyez clémente! Que n'aurais-je
pas dû braver, que n'aurais-je pas dû souffrir,
plutôt que d'être un seul instant indigne de votre
affection? Combien ai-je été insensé et ingrat, si je
pèse ma faute au prix du trésor que je possédais!

Celia s'était levée; l'air froid et les traits ri-
gides, elle lui répondit :

— Ah! c'est vous, seigneur Fabio; je ne comp-
tais plus vous revoir ; je supposais que l'Italie
vous retenait dans ses délices, et que vous n'auriez garde de revenir sous le ciel brumeux de la
France.

— C'est Venise qui n'avait qu'un ciel obscur.
Mes regards se tournaient vers la France pour y
chercher la lumière. L'orient n'est-il pas pour moi
du côté de l'horizon où votre beauté rayonne?
Celia, laissez-moi vous contempler après de si
longues ténèbres. Vraiment, vous êtes plus belle
encore qu'au temps où je vous ai quittée, et je
sens que je vous aime mille fois davantage.

— Ce langage a lieu de me surprendre, seigneur Fabio; il n'est plus de saison entre nous.

Les engagements que nous avions formés autrefois sont rompus. Ces liens ne sauraient se rejeter et se reprendre tour à tour. J'ai dû croire que vous aviez abjuré votre foi, et je n'avais plus à vous garder la mienne.

— Vous auriez pu croire que je renonçais à vous! Celia, je suis sûr du contraire; vous me connaissez assez pour savoir que c'était impossible. Vous n'ignorez pas que votre tendresse est toute ma vie, et que du jour où je la perdrais, ce serait fait de moi, je n'existerais plus. Bien loin que l'absence diminuât mon amour, je vous jure, Celia, que chaque jour venait l'accroître et me faisait aspirer plus ardemment au bonheur de vous revoir.

— Oh! menteur, comment osez-vous me parer ainsi? Ce feuillage d'automne ne vous avertit donc point que j'ai éprouvé ce que valent vos serments?

— Celia, je vous ai dit déjà que j'étais coupable. Je ne veux pas essayer de me justifier; mais j'ai pourtant quelques excuses à faire valoir. Veuillez m'entendre. Le sort a conspiré contre moi, et peut-être aussi, à ce que je commence à soupçonner, mon maître le Sansovino. Le Sansovino m'avait confié la partie la plus importante des ornements des *Procuratie nove* de la place

Saint-Marc. La construction fut terminée moins vite qu'on ne le supposait d'abord ; mais à force de travail je rattrapai le temps perdu. Malheureusement, des contre-temps de tout genre vinrent ensuite à la traverse. Des mesures mal prises par le Sansovino m'obligèrent à recommencer plusieurs bas-reliefs. Enfin, il y a six mois, comme, malgré tout, j'allais finir, un échafaudage qui s'écroula, renversa ou mutila quelques-unes de mes statues, qu'il me fallut réparer. Le Sansovino me supplia de ne pas laisser mon œuvre imparfaite, la comblant d'éloges et m'assurant que j'étais seul capable de restaurer ce que j'avais si bien exécuté. Je tenais à conserver ma part intacte dans ce magnifique monument qui traversera les âges. Vous, fille d'artiste, vous comprendrez cela, quoique je m'en repente à présent, et que j'eusse dû vous sacrifier cette vaine gloire.

— Vous deviez au moins me faire connaître les circonstances qui empêchaient votre retour.

— Je croyais avoir tout achevé dans trois mois ; six mois m'ont suffi à peine. Ah! Celia, si vous saviez avec quelle rage je maniais le ciseau à mesure que les jours succédaient aux jours, et combien de fois je fus sur le point de déserter mon poste et de prendre la fuite à l'insu de mon maître ! Je ne résistai à cette tentation qu'en me fiant en vous, en votre bonté, en votre tendresse. Je m'assurai que votre cœur me pardonnerait généreusement. Je ne m'imaginai pas que ce retard changerait tellement ma Celia que je la retrouverais parée du voile nuptial pour un autre !

— Je vous ai cru changé vous-même, seigneur Fabio, et je me suis résolue à imiter votre inconstance. J'ai accepté librement un époux ; il n'est plus temps de me dédire. Vous aurez souci de mon honneur, vous ne m'exposerez pas à un scandale ; vous respecterez ce que la destinée a voulu.

— Non, Celia, n'espérez pas cela. Cet hymen impie et sacrilége ne s'accomplira pas, moi vivant. On ne vous enlèvera à moi qu'après m'avoir arraché la vie.

— On vient... De grâce, qu'on ne vous voie pas ! Fabio, si vous pensez avoir à expier votre manque de parole et si vous voulez me prouver que vous m'aimez encore, vous m'obéirez. Retirez-vous derrière ces charmilles, ne vous montrez pas.

Fabio s'inclina, et avec une docilité douloureuse, se retira derrière les buissons qui lui étaient indiqués. Le chevalier Fabrizio entrait dans le jardin, Celia se hâta d'aller à sa rencontre. Le gentilhomme aborda sa fiancée avec sa galanterie ordinaire, puis ils se promenèrent pendant quelques instants l'un à côté de l'autre, s'entretenant avec vivacité. Ils se tenaient trop loin de l'endroit où était Fabio pour que celui-ci pût entendre ce qu'ils disaient. Mais ce qui ne pouvait lui échapper, c'était le parfait accord, l'entente confidentielle et intime qui régnait entre eux; c'était l'air de joie réciproque dont ils se parlaient. Fabio avait peine à contenir sa fureur; il eût voulu fondre l'épée à la main sur ce rival triomphant et vider sur-le-champ sa querelle avec lui. La présence de Celia lui imposait seule assez pour le faire rester en place.

Soudain un grand bruit s'entendit du côté de la maison. L'essaim des compagnes de Celia accourut dans le jardin et entoura la jeune fille. — Signora, disaient-elles toutes ensemble, signora, on annonce l'arrivée de Son Altesse madame la Dauphine; elle apporte à votre père le brevet de peintre du roi. Serez-vous en état de paraître? Comment vous trouvez-vous?

— Je vous rends grâces pour les bonnes nouvelles que vous m'apportez, répondit Celia. Je vais bien, mes amies; je suis prête à continuer la cérémonie. Venez m'aider, s'il vous plaît, à vérifier si quelque désordre ne s'est pas produit dans ma toilette. Salut, seigneur Fabrizio, dit-elle en saluant son fiancé et en lui faisant un signe d'intelligence.

Celia rentra au logis avec toutes ses compagnes. Le chevalier Fabrizio demeura seul dans le jardin, et, se retournant du côté où Fabio était caché, il dit à voix haute : — A nous deux maintenant, Fabio Naldini !

V

La Dauphine, Catherine de Médicis, était pour les artistes italiens ses compatriotes plus qu'une patronne; une madone ne serait presque pas trop dire; elle en était adorée. Catherine avait alors vingt ans à peine; il y avait six années qu'elle était femme du prince Henri. Elle était dans toute la fleur de cette beauté qu'elle garda jusqu'à la fin de ses jours, et que Brantôme a louée avec enthousiasme : elle avait riche taille, blanche carnation, visage noble et gracieux. Elle avait

aussi cette gaie humeur que Brantôme ne loûe
pas moins; elle aimait à chasser, à tirer l'arbalète, à faire de grandes traites à cheval, au risque
de se rompre la jambe ou de se casser la tête,
comme il lui arriva, tellement qu'il fallut la tré-
paner. Elle s'amusait et riait de grand cœur aux
bons mots, aux bons contes, aux mascarades,
aux jeux de ẓanni et de pantalons. Elle savait être
joviale et majestueuse, familière et imposante, libre et irréprochable à la fois. Elle se faisait chérir
de tout le monde, du roi François, de son mari,
de ses rivales même, par une douceur et une bienveillance inaltérable. Que la politique y eût autant
de part que le naturel, peu importe pour ce qui
concerne notre récit.

Catherine venait souvent à Fontainebleau; elle
y était attirée et par le plaisir de la chasse où
elle était passionnée, et par la présence des Italiens dont elle suivait attentivement et encoura-
geait les travaux. Elle avait beaucoup de joie
quand elle pouvait obtenir pour ses compatriotes
quelque nouvelle faveur, et elle ne manquait pas
de la leur apporter elle-même. C'est ainsi qu'elle
survint au milieu des noces de Celia Miniati. On
la vit arriver dans cette « belle et superbe bom-
bance » décrite par son contemporain, le biogra-
phe des Dames illustres de France. Magnifiquement

ment habillée, elle s'avançait la première de quarante ou cinquante dames ou damoiselles. C'était peu, quand on songe que le roi traînait après lui douze mille et parfois dix-huit mille chevaux. Mais elle n'était que Dauphine, et plus tard sa suite fut d'au moins trois cents dames ou damoiselles. « Toutes, pour emprunter le style de Brantôme, étoient montées sur de belles haquenées harnachées; toutes se tenoient à cheval de si bonne grâce, que les hommes n'y paraissoient pas mieux. Leur vêtement d'amazone étoit si bien en point, qu'on n'y pouvoit souhaiter rien de plus; leurs chapeaux étoient garnis de plumes, ce qui enrichissoit encore la grâce, tellement que les plumes voletantes en l'air représentoient à demander amour ou guerre. Virgile, qui s'est mêlé d'écrire le haut appareil de la reine Didon quand elle alloit et étoit à la chasse, n'a pas approché de celui de notre princesse avec ses dames, et ne lui en déplaise. »

Le Rosso venait derrière les dames, cavalcadant comme un prince, suivi de ses amis particuliers et de ses nombreux serviteurs; parmi les premiers on remarquait Francesco da Pellegrino, qui allait lui être si fatal, et il Primaticcio, qui devait lui succéder.

Catherine s'arrêta devant la porte de Bar-

8

tolommeo Miniati. Le peintre se présenta entouré des principaux membres de la colonie résidant à Fontainebleau, Italiens et Français : Lorenzo Naldini et maître François d'Orléans, Ruggiero Ruggieri et maître Claude de Troyes, Domenico del Barbiere et maître Laurent Picard, Giovan-Battista da Bagnacavallo et maître Léonard le Flamand, en tout une cinquantaine d'artistes dont les costumes de fête égayaient les yeux par l'éclat et la variété de leurs couleurs.

— Seigneur Miniati, dit la princesse en tendant au peintre un parchemin scellé du sceau royal, le roi a visité la salle du Pavillon que vous avez décorée, et, pour vous témoigner sa satisfaction, Sa Majesté m'a chargée de vous remettre ce brevet, auquel est jointe une pension de quatre cents écus d'or.

Le peintre florentin remercia la fille des Médicis. La distinction qu'il obtenait était considérable et le plaçait au rang des artistes étrangers les plus favorisés.

— Qu'ai-je donc entendu dire, misser Bartolommeo ? reprit Catherine d'un ton de voix moins officiel. Il paraît que vous mariez votre fille. Je veux la voir ainsi que son mari; faites-moi le plaisir de me les présenter l'une et l'autre.

Un ordre fut aussitôt donné, et l'on vit toute

la noce sortir de la maison, et les mariés s'avancer vers la princesse. Mais l'étonnement fut général, quand on s'aperçut que le jeune homme qui donnait le bras à Celia n'était point Fabrizio della Rocca, et que la plupart reconnurent Fabio Naldini depuis plus de trois ans et demi éloigné de France. Les jeunes époux, parfaitement calmes, vinrent faire la révérence devant Son Altesse madame la Dauphine.

— Qui êtes-vous, seigneur époux ? demanda Catherine fort ignorante de la substitution qui venait de s'opérer.

— Altesse, je suis Fabio, fils de votre sculpteur Lorenzo Naldini, ici présent.

— Seigneur Fabio, recevez mes félicitations, et vous aussi, Bartolommeo Miniati et Lorenzo Naldini, car je vois avec plaisir la sculpture faire alliance avec la peinture et une heureuse union régner parmi les beaux-arts. Monsieur le surintendant, dit-elle au Rosso, je demeure aujourd'hui au château; amenez-moi les époux après la cérémonie, afin que je leur fasse mon présent de noces. Et s'il y a quelque divertissement préparé, je serai aise de le voir.

Après avoir prononcé ces mots, Catherine, avec un gracieux salut, rendit la bride à sa monture, et tout le royal cortége se remit en route.

Fabio et Celia furent aussitôt entourés par leurs
parents stupéfaits de cette aventure.

— Qu'est-ce que signifie cela? demanda Lorenzo à son fils.

— Mon père, dit Fabio, la charmante Celia,
cédant à mes prières, a daigné m'accorder sa
main ; vous devez vous réjouir de cette faveur
insigne, et vous joindre à nous pour solliciter le
consentement du seigneur Bartolommeo. Les honneurs qu'on vient de lui décerner n'auront pas,
j'en suis sûr, tellement enflé son cœur qu'il refuse pour gendre celui à qui il témoignait jadis
une grande amitié.

— Non certes, ami Fabio, si tu m'avais demandé la main de Celia quand elle était libre.
Mais ma fille est légalement fiancée au chevalier
Fabrizio della Rocca, gentilhomme romain, et
elle ne peut accepter un autre époux.

— Ces fiançailles sont nulles ; Fabrizio della
Rocca a cessé d'exister.

— Que veux-tu dire, mon fils ? dit Lorenzo.
Est-ce donc toi qui aurais mis fin à ses jours ?

— C'est moi-même.

— *Santo Dio!* s'écria Bartolommeo Miniati ; et
ma fille est prête à épouser celui qui vient à
l'instant même de donner la mort à son fiancé !
Dans quel monde aurait-on jamais vu se passer
des choses pareilles ?

— Malheureux ! reprit Lorenzo, tu vas attirer sur nous toutes les rigueurs de la justice. Qu'as-tu fait de ce jeune gentilhomme ?

— Il n'importe guère, fit négligemment Fabio. Allons, s'il vous plaît, recevoir la bénédiction nuptiale.

En ce moment on entendit un grand bruit dans la maison, et l'on vit Bertolin, donnant toutes les marques d'une frayeur extrême, descendre les degrés en courant et se réfugier parmi les garçons de la noce.

— Dieu nous aide ! dit-il en tremblant ; je viens de voir l'esprit de Florine errant dans les corridors ! Pauvre âme en peine, c'est moi qu'elle poursuit.

En effet, on vit tout à coup apparaître sur le perron la nourrice avec sa mine éveillée et malicieuse, portant son ancien costume des dimanches : le casaquin rouge bordé de noir, la jupe gris-perle, et la coiffe de dentelles coquettement rehaussée de touffes de rubans roses. Les deux mains dans les poches de son garde-robe ou tablier blanc, elle se tourna du côté de Bertolin et lui dit :

— Eh bien, *idolo mio,* n'est-il pas convenu que nous nous marions en même temps que notre maîtresse ?

8*

— Défendez-moi, mes amis, dit Bertolin dont les dents claquaient. C'est un fantôme, il veut m'entraîner aux enfers !

— Mon père, dit Celia à Bartolommeo Miniati, vous demandiez tout à l'heure où était le chevalier Fabrizio ; regardez, le voilà.

— Florine ! dit Miniati, Florine que nous avons portée en terre !

— Oh ! elle n'était pas dans la bière ; sa mort n'a été qu'une léthargie volontaire causée par un breuvage et vite dissipée.

— Et c'est elle qui était Fabrizio !

— Elle nous a donné une nouvelle preuve de ce grand art de travestissement qui l'a autrefois rendue célèbre en Italie.

— Mais pourquoi cette invention ?

— Florine est une personne prudente, dit Celia en rougissant un peu : elle n'a pas voulu, j'imagine, s'engager une seconde fois dans les chaînes du mariage sans bonne caution; elle a tenu à éprouver la fidélité de Bertolin.

— Ma bru, dit Lorenzo Naldini en menaçant Celia du doigt, je devine là-dessous quelque machination perfide que vous avez soin de taire. Si ce que je soupçonne est vrai, vous avez réussi. Mon cher confrère, reprit-il en tendant la main au peintre, nous n'avons qu'une chose à faire, c'est de donner l'un et l'autre notre agrément à tout ceci. Nous ne voudrions pas défaire ce qui a été hautement approuvé par notre bien-aimée souveraine. Unissons ces deux jeunes gens. Je vous dirai que le Sansovino, chez qui Fabio vient de passer trois années, le tenait pour un de ses meilleurs élèves, et que ce maître illustre lui a prédit une brillante carrière.

— Je suis enchanté de ce dénoûment, répondit le peintre, quoique toute cette comédie ne me soit pas bien expliquée encore. Oh! cette Florine! c'est un véritable prodige!

— *Evviva la Fiorina!* criait en ce moment la population italienne rassemblée dans la cour des Miniati.

Cette exclamation était excitée par la scène demi-comique, demi-touchante, qui avait lieu entre la nourrice ressuscitée et Bertolin. Le *fattore* s'était peu à peu remis de son épouvante. La conviction qu'il voyait Florine bien vivante, et non point un fantôme, avait enfin gagné son esprit. Il s'était pas à pas approché d'elle en gardant encore un vague sentiment d'inquiétude; puis, pleurant de joie, il s'était jeté à son cou et il l'embrassait de toutes ses forces.

Seul, l'Affamato paraissait insensible à toutes ces caresses; il murmurait d'un ton désolé: —

Quand tout cela finira-t-il ? Je sèche, je deviens transparent. Ces gens-ci ont assurément résolu de faire de moi une lanterne pour sortir la nuit.

— Affamato, dit le capitan, qu'en penses-tu ? j'ai envie de donner aussi un royaume à Bertolin.

— En route, tout le monde ! cria joyeusement le *fattore ;* formez le cortége, mes amis ; sonneurs, sonnez plus fort ; chanteurs, chantez plus haut, car il y a deux noces au lieu d'une !

Le cortége se forma et le chant retentit de nouveau :

> Ballate e cantate,
> Spose novelle,
> E alle stelle
> Le voci alzate.
> Cantin' gli sposi
> Loro amorosi ;
> E si lodi ognun d'Amore
> Che ci inzuccher' oggi 'l cuore !

VI

La cérémonie s'accomplit sans autre incident. Dans la soirée, la colonie se rendit à l'invitation de madame la Dauphine. Catherine reçut ses compatriotes avec sa plus cordiale affabilité ; elle fit présent d'une riche parure à Celia, et elle pria Fabio de lui faire son buste pour le cabinet du roi.

Elle voulut voir le triomphe du capitan et le triomphe de l'Affamato, qui eurent lieu dans la salle des Fêtes. Dans cette salle immense éclairée par une infinité de flambeaux, la double mascarade défila sous les yeux de la jeune cour.

Le capitan parut d'abord, les habits couverts de lames brillantes, le front ceint de lauriers. Il était assis sur un char à la façon antique. Marchaient en avant du char, le dieu Mars portant la hache du héros, Hercule portant l'épée, Minerve l'écu, et Bellone le heaume. Le cheval

Pégase, attelé au char, était conduit en main par le roi Artus. Debout sur le char derrière le capitan, Jupiter lui tendait au-dessus de la tête une couronne d'étoiles lumineuses. Derrière le char étaient enchaînés, comme les prisonniers de ce triomphateur, Pluton et Cerbère, le vieux Caron, les Furies, Minos, Éaque et Rhadamanthe et autres divinités infernales. Pendant que ce cortége défilait, des violons, au nombre d'une trentaine, jouaient un air de guerre bizarre et impétueux.

Le triomphe de l'Affamato vint ensuite. En tête s'avançaient Bacchus, Comus, Cérès et Pomone avec leurs attributs. L'Affamato siégeait également sur un char, que traînait l'âne monté par l'ivrogne Silène. Le char était formé de piles de pâtés et de jambons, artistement figurés, avec des guirlandes de flacons, avec des trophées de volatiles et de quadrupèdes. Le roi Panigon, souverain du pays de Cocagne, debout derrière l'Affamato, lui plaçait sur la tête une couronne de crêtes de paon. Au char étaient attachés, portant des chaînes comme des vaincus, une troupe de cuisiniers et de parasites. Pendant le défilé de ce nouveau cortége, les violons jouèrent le même air que précédemment, mais en lui donnant des inflexions plaisantes qui en changeaient totalement le caractère.

« Madame Catherine y rit son saoûl, comme
elle faisoit volontiers, » dit Brantôme. On ter
nina lafête par le grand chœur final :

Sia del Nume d'amor trionfo e palma,
D'unir mano con mano, alma con alma!

SILVIA DEMETRIA

III

SILVIA DEMETRIA

~~~~~~~~~~~

Il n'y a guère eu de royaume plus divisé, plus troublé par d'âpres querelles, que le royaume de l'harmonie, car la race des musiciens est peut-être plus irritable encore que celle des poëtes. Les discordes récentes ne sont point à comparer, cependant, à celles qui éclatèrent à l'époque de la Renaissance, quand, parmi les artistes, quelques-uns, désertant le contre-point, infidèles à la symphonie antique, firent faire à leur art les premiers pas vers le rhythme moderne. La lutte fut acharnée entre l'école du passé et l'école des novateurs. On cite plus d'un trait de violence auquel donna lieu la rivalité des systèmes ; il est vrai que cela se passait dans un temps où l'élégance des mœurs n'empêchait point leur rudesse : ce fut, comme on sait, en Italie, dans les premières années du seizième siècle, que commença la révolution musicale qu'acheva, avant la fin de ce même siècle, l'illustre Monteverde.

Parmi les compositeurs qui essayèrent, bien timidement d'abord, d'affranchir la symphonie de la condition servile où elle avait été jusquelà retenue, les historiens mentionnent Luca Adorni, dit le Stefanello. Cet artiste est aussi l'un de ceux qui éprouvèrent combien il est toujours périlleux de vouloir rompre avec la tradition. Il était organiste de l'église Saint-Marc, à Venise, lors des dernières guerres du roi Louis XII en Italie. Luca Adorni jouissait déjà d'une brillante réputation : avant que la guerre éclatât, il était mandé souvent dans les principales villes de cette région de l'Italie, à Bologne par les Bentivoglio, à Mantoue par les Gonzague, à Ferrare surtout, où il avait toujours part à ces fêtes musicales pour lesquelles les ducs Alfonse et Hercule d'Este déployèrent un goût magnifique. Ferrare s'étant mis du parti français, les ennemis du musicien lui firent un crime de la faveur que lui témoignaient les souverains de cette ville : ils attisèrent l'irritation du peuple augmentée par plusieurs défaites. Luca Adorni, s'en revenant de Padoue avec son fils, âgé de cinq ou six ans, fut rencontré et reconnu par des recrues de l'armée, attaqué, blessé et laissé pour mort sur le chemin.

Quand la nouvelle de ce meurtre se répandit dans Venise, la malveillance s'empressa de l'expliquer et prétendit que Luca avait été surpris en flagrant délit de trahison et de communication avec l'ennemi. La foule se porta au logis de l'organiste. Luca, qui était veuf, y avait laissé une petite fille de trois ans et un vieux serviteur nommé Cristoforo, son homme de confiance. Ce dernier, quoiqu'il se fît appeler Cristoforo, était Christophe tout court; difficilement il eût réussi à faire prendre le change sur son origine française; et cette origine du serviteur, au milieu des passions du temps, avait contribué à faire suspecter encore le patriotisme de son maître. La populace, animée par des rumeurs mensongères, saccagea et démolit de fond en comble la maison du musicien.

Luca Adorni, cependant, n'était pas mort. L'enfant qui l'accompagnait avait tant fait par ses

cris qu'il était venu du secours d'une maisonnette
située à peu de distance. Luca fut transporté
dans cette maison. Il y fut soigné secrètement.
Aussitôt rétabli, il gagna Ferrare. Là, changeant
son nom en celui de Stefanello, il se cacha tant
que dura la guerre, car il savait qu'il n'était pas
bon de braver l'animosité de ses concitoyens. Il
chercha à savoir ce qu'étaient devenus sa fille et
Cristoforo : il n'en put obtenir aucune nouvelle;
il fut obligé de se ranger à l'opinion commune et
de croire qu'ils avaient péri dans le sac de la
maison de Venise. Lorsque la paix fut rétablie, il
sortit de sa retraite et se fit reconnaître. Le duc
de Ferrare le nomma son maître de chapelle.
L'artiste eut bien vite reconquis ses honneurs et
son rang : il quitta l'auberge du Mont-d'Or, où
il avait trouvé un modeste asile pendant près
d'une année, et alla habiter un élégant pavillon
dans les jardins du palais ducal. Ce qu'il avait
perdu fut largement compensé par la libéralité de
ses protecteurs. De nouveaux succès qu'il obtint
comme compositeur ne tardèrent pas à accroître
sa renommée. Son fils Lilio, dont il soigna lui-
même l'éducation, promit de bonne heure d'être,
ainsi que son père, *un virtuoso*. De meilleurs
temps succédèrent enfin aux orages que Luca avait
traversés. Il n'y avait que le regret de l'enfant

dont il ignorait le sort qui vînt parfois attrister sa pensée. Luca eût pu rentrer à Venise, d'autant mieux que les Vénitiens, après avoir combattu Louis XII, s'allièrent avec François Ier; mais il garda rancune à sa patrie. Il ne reprit même pas son nom et conserva celui de Stefanello, sous lequel il fut dès lors exclusivement désigné. Qu'étaient devenus cependant sa fille et Cristoforo? C'est ce qu'on verra dans la suite de ce récit.

I

Dans l'été de l'année 1529, c'est-à-dire dix-sept ans après les événements que nous venons de raconter, deux voyageurs arrivaient par la route de Mantoue dans la ville de Ferrare. Tous deux chevauchaient sur de paisibles montures et étaient suivis par des sommiers portant les bagages. C'était alors la manière habituelle de voyager. L'un était un vieillard, et l'autre une jeune fille;

l'un paraissait être le père de l'autre. La soirée
était assez avancée quand ils entrèrent dans la rue
della Mirandola. Ils aperçurent une hôtellerie à
l'enseigne du Mont-d'Or, et, sans aller plus
loin, ils frappèrent à la porte et demandèrent à
être logés.

L'hôtelier les accueillit avec empressement. Cet
hôtelier était un grand garçon jeune encore, l'air
à la fois crédule et narquois, niais et badin, type
populaire si commun dans la vieille Italie. Il salua avec les démonstrations d'un respect exagéré
les hôtes qui lui arrivaient; mais il les avait à
peine introduits dans son auberge, que déjà il
en usait à leur égard avec une familiarité également excessive. D'abord, quand la jeune fille
eut ôté son manteau et le capuchon qui lui couvrait le visage, il s'extasia avec de grands gestes
sur la beauté qu'il avait devant les yeux. La
voyageuse avait en effet une beauté expressive
et saisissante. Les traits de sa physionomie étaient
énergiquement caractérisés. Elle était pâle et
blonde avec des yeux noirs et des cils noirs; ses
regards brillaient, mais d'une flamme un peu inquiète. Quelques ombres agitées passaient sur son
front sans en altérer la pureté. Les exclamations
de l'hôtelier la laissèrent absolument impassible;
elle semblait absorbée dans une préoccupation

intérieure qui la rendait insensible à ce qui se passait autour d'elle.

— Erminia, mon enfant, tu dois avoir besoin de repos, dit le vieillard; retire-toi tout de suite dans ton appartement, on t'y servira ce dont tu auras besoin.

La jeune fille se retira silencieusement. Le vieillard surveilla les soins qu'on donnait aux chevaux, ne prêtant qu'une attention fort distraite aux interminables discours qu'un caractère trop expansif inspirait à l'hôtelier.

— Seigneur, disait l'hôte, vous saurez que je me nomme Chichibio, tout à votre service. Je ne suis pas aubergiste depuis longtemps, car, pendant que mon père vivait, je faisais le métier de *vetturino*. Si Votre Seigneurie voulait changer sa manière de voyager, qui sent la barbarie gothique, je lui fournirais la voiture la plus commode qu'elle puisse trouver dans la province.

— Merci, nous restons dans cette ville.

— Ah! le seigneur restera dans cette ville : je m'en félicite. Serais-je indiscret de demander comment se nomme Votre Seigneurie?

— Pandolfo, misser Pandolfo Garofalo.

— Pandolfo? répéta Chichibio en hochant la tête d'un air incrédule. Garofalo? vous m'en voulez faire accroire. Depuis quand s'appelle-t-on de la sorte dans votre pays? Vous êtes *Monsu dèlle Sciapelle;* pensez-vous donc que cela soit difficile à reconnaître?

Chichibio empruntait ce dernier nom aux parades et aux comédies du temps, dans lesquelles le type caricatural du Français figurait ordinairement sous ce nom de *Monsu delle Sciapelle* (M. de la Chapelle). Le voyageur ne comprit pas sans doute toute l'impertinence de l'aubergiste; mais il n'en exprima pas moins son impatience de la loquacité intempérante de son hôte, et, afin d'y échapper, il ne tarda pas à aller rejoindre sa fille.

— Eh bien, chère enfant, lui dit-il, nous voici arrivés. Es-tu enfin contente?

Un éclair de joie jaillit dans les regards un peu sombres d'Erminia.

— Je vous remercie, mon père, lui dit-elle; mais maintenant que ferons-nous?

— Nous aviserons demain. En attendant, aie bon espoir; le plus difficile de l'entreprise est accompli.

— Le plus facile, au contraire, répondit Erminia. Je ne sais vraiment comment nous expliquerons notre voyage.

— Sois en paix, tout ira bien. Voyons, Erminia, maintenant que j'ai cédé à ton désir et que j'ai fait pour toi un si long chemin, tu voudras bien me récompenser de ma complaisance et de ma docilité ; tu ne me refuseras pas ce petit flacon, cette horrible fiole qui m'enlèvera tout repos tant que je la saurai entre tes mains.

— Mon père, ne craignez rien, je vous la remettrai bientôt. Patientez encore un jour, je vous en prie.

Le vieillard renouvela en vain ses instances et dut se retirer sans avoir rien obtenu : — O tête italienne, se dit-il avec dépit, le diable y est maître et n'en sera jamais délogé !

Ces deux voyageurs, qui entraient ce soir-là à Ferrare, venaient de la ville française de Montpellier. Le vieillard qui s'était paré du nom de Pandolfo Garofalo, croyant sans doute donner le change sur sa nationalité, s'appelait dans son pays M. Christophe. M. Christophe, bon bourgeois de Montpellier, était naguère lié d'amitié avec un professeur de la faculté de médecine nommé maître Jean Perdrier. Ce docteur avait un fils appelé Frédéric, qui était à peu près du même âge qu'Erminia, fille de Christophe. Les deux enfants avaient été élevés ensemble. Tout faisait croire que, lorsqu'ils seraient en âge, ils seraient unis l'un à l'autre : ils s'aimaient de cette affection sereine qui n'a eu aucune lutte à soutenir

ni aucun obstacle à surmonter ; ils avaient à
peine besoin de s'exprimer leur tendresse, tant
elle semblait naturelle entre eux. Erminia, cependant, dont l'énergie romanesque s'éveilla de
bonne heure, fut plus vigoureusement saisie par
la passion : elle aima Frédéric d'une âme entièrement éprise, quoique naïve et ignorante.

Les événements vinrent bientôt déranger ce
paisible accord. Le docteur Jean Perdrier était
un savant chimiste, un éminent toxicologue, si
nous pouvons employer ce mot qui n'avait pas encore été forgé : il avait passé sa vie à faire des recherches et des expériences sur les poisons. Lorsque madame Renée de France, fille de Louis XII
et d'Anne de Bretagne, fut mariée à Hercule
d'Este, duc de Ferrare, en 1527, cette princesse
choisit le docteur Perdrier pour l'accompagner
en qualité de médecin. A en croire, en effet, les
méchants bruits qui, à cette époque, couraient sur
les cours italiennes, les connaissances spéciales
que possédait le professeur de Montpellier n'é-
taient ni les moins précieuses ni les moins requi-
ses pour l'emploi auquel on l'appelait. Le docteur n'eut garde de refuser ce poste d'honneur.
Frédéric et Erminia étaient trop jeunes pour être
mariés. Frédéric surtout n'avait pas achevé ses
études et n'était nullement en position d'entrer

en ménage. Il ne put être question de serrer prématurément ce lien entre les familles. Les deux jeunes gens se promirent de se conserver leur foi mutuelle. Le docteur, accompagné de sa femme et de son fils, partit à la suite de la princesse Renée.

Erminia fut cruellement déchirée par cette séparation. Elle resta plongée dans un deuil profond. Elle se persuadait que l'absence allait briser des engagements qui lui étaient si chers. Deux années s'écoulèrent sans dissiper le noir chagrin qui pesait sur le front de la jeune fille. En vain, Christophe désolé essaya de la rassurer et de la distraire. Rien ne pouvait adoucir ce mortel ennui.

— Mon père, dit un jour Erminia, il nous faut aller en Italie.

Christophe tressaillit à cette proposition. Il chercha à l'écarter d'abord, mais voyant qu'il n'y parviendrait pas.

— Eh bien, soit, dit-il, je te conduirai visiter Rome et Florence.

— Non, il nous faut aller à Ferrare.

— C'est absolument impossible, ne me demande pas cela, je t'en conjure.

— Alors, je renonce à lutter contre la destinée. La vie m'est funeste, je ne saurais la subir plus longtemps.

Erminia, en parlant ainsi, tirait de son corsage l'extrémité de la mince chaîne d'or qui entourait son cou : à cette extrémité il y avait un imperceptible flacon en cristal de roche attaché à côté d'une petite croix de rubis. Erminia contempla avec un singulier regard ce flacon microscopique.

— Qu'est-ce donc que tu regardes là ? lui demanda Christophe au bout de quelques moments.

— Vous souvenez-vous qu'avant le départ du docteur Perdrier nous allâmes un jour visiter son laboratoire ?

Christophe fit un signe d'affirmation.

— Le bon docteur nous fit admirer ses fourneaux, ses cornues, tous ses bizarres appareils. Puis vous savez qu'une fois sur le chapitre de ses chers poisons il ne s'arrêtait plus : il ouvrit ses tiroirs et nous montra sa précieuse collection : tel poison qui foudroie, tel autre qui fait périr de langueur ; la liqueur dans laquelle les sauvages trempent leurs flèches ; la poudre qui causa la mort du pape Alexandre, et une infinité d'autres. Il voulut même nous faire voir l'effet de quelques-unes de ces substances sur de pauvres animaux, en promettant de les ranimer ensuite par ses antidotes ; et ce ne fut pas sans peine que nous le dissuadâmes de nous régaler de ce spectacle. Vous devez, n'est-ce pas ? vous rappeler ces circonstances ?

— Je me les rappelle, dit Christophe dont une douloureuse impatience serrait la poitrine.

— Eh bien ! dans le tiroir du docteur, je dérobai ce flacon.

— Malheureuse enfant ! donnez-moi cela bien vite, s'écria le vieillard frémissant.

— C'est le remède à tous maux, dit Erminia en faisant rentrer dans son corsage le bijou mortel.

Et elle laissa Christophe terrifié :

— Oh ! le vrai démon ! murmura-t-il. Et je lui céderai ! Non, cent fois non !

A quelque temps de là, Christophe et Erminia se mettaient en voyage pour l'Italie. C'est ainsi que les deux voyageurs étaient arrivés à l'auberge du Mont-d'Or, dans la ville de Ferrare.

Le lendemain dans la matinée, Christophe et Erminia, se disposant à sortir de l'hôtellerie, furent surpris d'en trouver les portes fermées. Christophe appela l'aubergiste et lui demanda d'où venait cet excès de précaution, et s'il craignait l'invasion des ennemis pour se retrancher ainsi comme dans une forteresse.

— C'est bien pis, seigneur Pandolfo, c'est bien

pis, dit l'hôte en gémissant : je suis séquestré.

— Comment ! séquestré ?

— Totalement séquestré. Tenez, voici l'acte, reprit l'hôte en indiquant un parchemin déposé dans une escarcelle. Voyez : défense absolue de la part de la Grande Cour de rien laisser sortir de ce logis, à ce que m'a dit le sbire qui m'a remis ce parchemin.

Christophe prit l'acte et l'examina.

— Voyez, répéta Chichibio montrant le sceau pendant au parchemin, c'est bien la Grande Cour qui m'envoie cela, celle qui met en prison !

— Connaissez-vous la personne qui a provoqué cette mesure ?

— Non, seigneur Pandolfo Garofalo ; je n'ai fait de mal à personne que je sache. Hù, hù, hù, pauvret que je suis.

— Ne vous désolez pas ainsi, vous n'en avez pas sujet.

— Ah ! seigneur, vous êtes étranger, vous ignorez ce que cela va devenir : je n'en serai pas quitte à moins des galères, s'il ne m'arrive pis encore.

— Vous vous moquez.

— Mon père m'a toujours dit : Quand les sbires ont une fois pris le chemin d'une maison, ils ne l'oublient plus. C'en est fait de moi et de mon bien !

— Je ne puis que vous rassurer sur l'issue de cette affaire, qui n'est pas aussi grave que vous vous l'imaginez. Nous sommes pressés de sortir ; ouvrez-nous, je vous prie.

— Comment sortiriez-vous, puisque vous êtes séquestrés ?

— Que voulez-vous dire ?

— Il m'est défendu de laisser sortir rien de ce qui est chez moi, le sbire me l'a dit. Vous ne voudriez pas achever de me brouiller avec la justice ?

— Merci Dieu ! maître Chichibio, cet ordre ne me concerne pas. Vous êtes un plaisant, à ce que je vois.

— J'en appelle à votre conscience, puis-je enfreindre les commandements de la Grande Cour ? Moi-même, je n'oserais mettre un pied dehors.

Christophe insista en vain auprès de l'aubergiste ignorant ; celui-ci ne voulut rien entendre.

La contestation dégénéra en querelle. Erminia, qui était au premier étage de la maison, regardant par la fenêtre, vit plusieurs personnes dont l'attention était attirée par le bruit. Parmi elles, elle aperçut un vieillard dont l'extérieur était très-respectable ; elle se pencha au balcon et le pria de venir en aide à des voyageurs victimes de la folie de leur hôtelier.

— Bon ! fit le personnage en haussant les

épaules; c'est encore maître Chichibio qui joue de ses tours. *Che bestia!*

Le vieillard frappa vigoureusement à la porte de l'hôtellerie.

— Ohé! cria-t-il, ouvre-moi, m'entends-tu? Je suis Stefanello.

— Je ne sais, répondit l'hôtelier d'une voix dolente, s'il m'est permis de vous ouvrir. Illustre seigneur, je suis séquestré!

— Ouvre, lourdaud que tu es! Est-ce que ta mauvaise conscience te fait perdre la tête?

— Je le veux bien, illustrissime; mais remarquez que s'il m'arrive de la peine, c'est à vous qu'en sera la faute.

— Je te réponds des suites. Allons, dépêche-toi.

Chichibio retira enfin les barres qui fermaient la porte. Le vieillard, qui s'était nommé lui-même Stefanello, entrant dans l'auberge, demanda à l'hôtelier ce qui l'obligeait à retenir malgré eux les étrangers qui s'étaient logés chez lui. Chichibio montra d'un geste désolé l'acte de séquestre. Stefanello le parcourut des yeux, en lisant tout haut quelques-unes des phrases de cet acte, rédigé en latin comme l'étaient alors toutes les pièces de ce genre.

— *O mia madre!* si encore je savais pourquoi!

soupirait Chichibio en entendant prononcer ces syllabes mystérieuses.

— Tu as chez toi des effets qui ont été laissés par un voyageur ?

— Oui, illustrissime, mais je n'y ai pas touché, je vous le jure.

— Eh bien, balourd, un créancier de ce voyageur te fait ordonner de ne pas te dessaisir de ces effets, qui seront le gage de sa créance. Voilà ce que cet acte signifie.

— Il n'y a pas autre chose ?

— Je te l'affirme.

— On n'y parle point de prison, de galères, ni de potence ?

— En aucune manière.

— Le ciel soit loué ! un poids bien lourd est ôté de ma poitrine. Mais dites-moi, seigneur Stefanello, en quel langage est écrit ce séquestre ?

— En latin.

— Ce séquestre vient donc du pays des Latins ?

— Il vient tout simplement de notre tribunal de Ferrare.

— Mais à quel propos s'avise-t-on d'écrire en latin à un bon Ferrarois comme moi ?

— C'est la coutume, non-seulement ici, mais dans tous les pays.

— Si la justice se sert d'un langage que nous n'entendons pas, s'écria Chichibio, chez qui la

colère succédait à l'abattement, c'est donc qu'elle
cherche à nous tromper, qu'elle favorise les in-
trigues et les fraudes !

— Paix là ! Voici maintenant que tu tiens un
langage téméraire et séditieux. Pour conclure,
laisse tes voyageurs aller où ils voudront; tu n'as
pas le droit de les en empêcher, pourvu qu'ils
soient quittes envers toi. Où sont-ils, ces voyageurs ?

Erminia, qui attendait ce moment pour se présenter, entra dans la salle et vint remercier gra-
cieusement le médiateur.

— Comment la signora se nomme-t-elle ? dit
celui-ci en saluant la jeune fille avec courtoisie.

— Mon nom est Erminia, seigneur.

Un flot de couleur pourprée monta au visage
de Stefanello.

— Et quel âge avez-vous, si voulez bien excuser mon indiscrétion ?

— J'ai accompli ma vingtième année.

Cette réponse si simple parut jeter un nouveau
trouble dans l'esprit du vieillard, qui arrêta sur
l'étrangère un regard ému et étonné.

— Veuillez voir, notre hôte, reprit Erminia,
ce que mon père est devenu.

— Que fait donc le seigneur Pandolfo ? demanda Chichibio.

— Maître, répondit un valet d'écurie à qui la

question était adressée, je ne sais quelle mouche
a piqué le voyageur. Il a enfourché son cheval
et il est parti au galop comme si une légion de
brigands était sur ses talons. Il a été impossible
d'obtenir de lui une seule parole ni de le décider à attendre une seule minute. Au train dont
il court, il doit être déjà bien loin.

— Autre aventure! dit le Stefanello. Signora,
votre père est-il sujet à ces accidents?

— Non, seigneur; c'est l'homme le plus calme
qu'il y ait au monde.

— Il faut donc que ce benêt de Chichibio lui
ait causé une étrange frayeur. Mais, s'il vous
plaît, mon aimable enfant, où allez-vous?

— Nous nous proposions de demeurer quelque
temps dans cette ville de Ferrare.

— Eh bien, signora Erminia, daignez accepter l'hospitalité dans ma maison. Mon âge me
permet de vous faire cette offre.

— Je ne puis l'accepter sans l'agrément de
mon père. Mais pourriez-vous m'enseigner où
habite en cette ville le médecin français maître
Jean Perdrier?

— Vous avez affaire au médecin français; eh
bien, sa demeure est tout justement en face de
la mienne. C'est une raison de plus pour que
vous acceptiez ma proposition. Vous me feriez

peine de la refuser, signora. Votre père, quand
le premier transport sera calmé, ne manquera
pas de venir vous rechercher ici. Chichibio lui
expliquera ce qui s'est passé et l'amènera à mon
logis.

— Oh! n'hésitez pas, signora, ajouta Chichibio. Vous ne sauriez être mieux que sous la
protection du seigneur Stefanello, maître de chapelle des ducs.

— Votre demeure est voisine de celle du docteur Perdrier? dit Erminia, paraissant réfléchir
en elle-même.

Puis elle reprit : — Eh bien, seigneur, j'accepte avec confiance votre invitation.

— Laissez vos bagages à la garde de Chichibio, et venez avec moi. J'ai chez moi une
bonne vieille gouvernante qui, j'en suis sûr, vous
fera un excellent accueil.

Le vieux musicien emmena la jeune étrangère comme sa conquête. Ils passèrent sur le
Corso, au bout duquel s'ouvrait une des grilles
du parc ducal. Derrière cette grille, un à chaque côté de l'entrée, il y avait deux pavillons
qui étaient des dépendances du château : ces
deux habitations étaient séparées l'une de l'autre
par la large avenue qui continuait celle du Corso
et par quelques buissons d'orangers. L'un de

ces pavillons servait de logis au maître de chapelle. Quand il y arriva avec la jeune fille, il
lui montra l'autre pavillon comme étant la demeure du premier médecin de madame Renée de
France. L'étrangère lui adressant des questions
relativement au docteur et à sa famille :

— Maître Jean Perdrier n'est pas ici dans ce
moment, lui dit-il ; il n'y a que la dame et son
fils. Le docteur accompagne la duchesse, qui est
allée à Mantoue rendre visite au marquis de
Gonzague. Mais elle ne tardera pas à revenir,
et nous lui préparons pour son retour une belle
fête. Nous représenterons l'*Orfeo* d'Ange Politien; je veux que vous y assistiez.

Comme ils passaient devant la demeure du
médecin, Erminia cacha plus soigneusement son
visage sous les plis du capuchon qu'elle avait
rabattu sur ses yeux. La gouvernante du vieux
musicien vint recevoir l'étrangère. Quand elle
eut écouté les instructions que son maître lui
donnait, elle présenta à celui-ci une grande lettre
aux larges cachets : — Voici, lui dit-elle, ce
qu'un messager vient d'apporter pour vous.

— Ah! enfin! s'écria le Stefanello, dont un
sentiment de vive satisfaction éclaira le visage.

Laissant la gouvernante s'acquitter des soins
de l'hospitalité, il décacheta avec empressement
et lut la missive.

— Bien! à la bonne heure! Voilà qui va tranquilliser et réjouir mon fils Lilio. Portons-lui vite ces bonnes nouvelles.

Il alla à la recherche de son fils et le rencontra bientôt errant sous les arbres du Cours.

II

Lilio, gracieux jeune homme de vingt-trois ans, se promenait seul et livré évidemment à des pensées mélancoliques. On n'a guère de ces pensées-là, à cet âge, que lorsque l'amour vous tient; et, en effet, Lilio était amoureux.

Il l'était devenu en des circonstances peu ordinaires. Dans un voyage qu'il avait fait à Bologne, il y avait de cela à peu près une année, Lilio assista à l'un des offices solennels du couvent de Santa-Maria-Novella. Ces offices étaient célèbres pour la musique qu'on y entendait, et les *dilettanti* venaient de loin y assister. Le couvent de Santa-

Maria-Novella était la maison où les filles des principales familles de Bologne faisaient leur éducation. Aux offices des grandes fêtes, les religieuses et leurs élèves exécutaient d'admirables concerts. L'orchestre, composé d'une quarantaine d'instruments joués avec une perfection sans pareille, accompagnait des voix d'une fraîcheur adorable. Comme les religieuses étaient cloîtrées et que leurs élèves vivaient sous le même régime, les musiciennes, séparées de l'assistance par d'épais grillages, restaient invisibles; de sorte qu'on pouvait se demander si c'étaient des créatures humaines ou des anges qui faisaient entendre ces harmonies et ces chants vraiment dignes du ciel.

A l'époque où Lilio se rendit à Bologne, il y avait parmi les élèves de ce couvent une chanteuse dont on faisait partout grand bruit. On n'en parlait qu'avec enthousiasme. Sa voix, d'une étendue et d'une agilité prodigieuses, surpassait celles de ses compagnes comme les feux du diamant éclipsent ceux des perles inférieures. On la distinguait immédiatement quand elle élevait ses notes limpides et brillantes au-dessus des chœurs ou de la symphonie. Cette jeune merveille se nommait Silvia Demetria; c'était la fille unique d'un des plus savants professeurs de l'Université, le docteur Janus Parrhasius. La ville semblait aussi fière de la fille que du père; on se serait fait assommer par les étudiants si l'on avait prétendu égaler quelque autre à elle. Lilio saisit l'occasion de vérifier par lui-même tout ce qu'il entendait dire. Le jeune artiste trouva que la renommée restait encore bien au-dessous de la vérité; il fut comme ravi en extase et ressentit des transports inexprimables. Dès ce moment il ne fit plus que penser à l'admirable cantatrice; il se plut à recueillir avidement tous les détails que les personnes qui la connaissaient pouvaient lui donner sur elle. On tombait d'accord, du reste, que, chez Silvia, le don merveilleux du chant était accompagné de toutes les grâces extérieures et de tous les charmes de l'esprit, et on la peignait comme une divinité.

Revenu à Ferrare, la préoccupation du jeune musicien ne cessa pas, et quoiqu'il n'eût point vu Silvia, il s'en trouva invinciblement épris. Peut-être s'étonnera-t-on aujourd'hui que l'imagination puisse exercer un empire si puissant et si durable. Mais nous savons par l'histoire qu'au temps passé, du moins, de tels miracles n'étaient pas rares. Il y a un exemple fameux de ces passions nées par ouï-dire, inspirées par une inconnue : c'est celui de Geoffroy Rudel, poëte aquitain, qui aima la comtesse de Tripoli. Il s'enflamma en écoutant les récits que faisaient sur cette dame, sur sa beauté, sa bonté et ses malheurs, les pèlerins qui revenaient d'outre-mer. Il la chanta longtemps dans ses vers, puis force lui fut de partir pour aller la voir. Déjà souffrant, il entreprit le voyage; pendant la traversée il tomba grièvement malade : il arriva expirant à Tripoli et on le transporta sur le rivage. On eut le temps de prévenir la comtesse que le poëte qui l'avait célébrée allait rendre le dernier soupir. Elle accourut. Le poëte la vit; un éclair de joie passa dans ses yeux, et, comme s'il n'eût attendu que ce moment pour rendre le dernier soupir, il mourut. Certes, ce trait est bien plus extraordinaire que celui que nous rapportons. Lilio, après tout, avait, pour entretenir son ardeur, autre chose que des récits : il gardait la profonde impression que lui avait laissée une voix incomparable, et ce n'est point, il nous semble, trop accorder à l'élan des âmes que de ne pas juger invraisemblable l'amour du jeune artiste.

Lilio s'attacha à l'espoir idéal qui avait saisi son imagination. D'abord vague comme un rêve, bientôt le désir prit en lui plus de consistance. Il confessa à son père la passion qui s'était emparée de son cœur. Le Stefanello, qui affectionnait tendrement son fils, ne jugea pas que les vœux de Lilio fussent aussi chimériques, aussi irréalisables que celui-ci paraissait le craindre. Il avait connu autrefois

le docteur Janus Parrhasius. Ce qu'il y avait
le plus à redouter dans le père de Silvia, c'était
une susceptibilité formaliste qu'il fallait savoir ménager. Le Stefanello entama les négociations dans
toutes les règles diplomatiques, et, comme le maître de chapelle l'avait espéré, ces négociations
étaient sur le point d'aboutir à une heureuse solu-
tion. Une lettre qui devait résoudre les dernières
difficultés était attendue depuis quelques jours.
Stefanello s'étonnait de ne pas la recevoir. C'était
elle enfin qui venait de lui être remise et qu'il avait
tant de hâte de communiquer à son fils.

— Voici enfin, lui dit-il, la réponse après laquelle nous soupirions. Tu es attendu à Bologne.
Pars demain après la répétition d'*Orfeo*. Tu re-
viendras pour la représentation publique. J'avais,
ma foi, bien raison d'être surpris, continua le vieux
musicien en regardant de près la suscription de la
lettre : elle est datée du 5 juin, et nous sommes
le 15. Ce courrier va moins vite qu'une tortue : il
a mis dix jours à faire trente-cinq milles!

— Et que dit le docteur Parrhasius? demanda
Lilio, dont le front s'était éclairci et dont les yeux
brillaient de joie.

— C'est un véritable épithalame qu'il nous écrit;
écoute cela : « Puissent-ils tous deux couler des
jours sans nuages au sein de la concorde et de la

félicité! puissent-ils parcourir ensemble une carrière aussi longue que celle de Nestor, sans que les années leur fassent subir aucun changement! Puisse votre fils paraître toujours un jeune soupirant à sa tendre moitié, et ma fille sembler toujours une vierge timide à son fidèle époux! Puisse naître d'eux... » Oh! il n'aurait eu garde d'oublier les enfants, je t'en réponds... « Puisse naître d'eux une postérité qui fasse le bonheur et les délices de leurs vieux parents! » Le docteur parle ensuite de Théophraste, de Cicéron, de Pline, d'Apulée et de leurs vertueuses épouses. Tu liras tout cela à ton aise.

— Et de la signora Silvia, que dit-il?

— Ma foi! peu de chose ou plutôt rien du tout. Toutefois il est hors de doute qu'elle se montre favorablement disposée : car ce que je sollicitais par ma dernière lettre, c'était précisément que le docteur prévînt sa fille et s'assurât que nos projets ne rencontreraient pas d'obstacles de ce côté-là. La confiance parfaite avec laquelle s'exprime mon respectable ami vaut la réponse la plus formelle. Silvia, qui ne t'a jamais vu, ne saurait en effet autoriser son père à une déclaration positive. Il reste toujours à lui plaire; mais je m'en fie à toi pour cela.

— Mon bon père, dit Lilio se jetant au cou du vieillard, combien je vous suis reconnaissant de l'heureuse fortune que je vous dois! Vous m'avez fait un sort que m'envieront les dieux!

En ce moment, deux passants, dont la présence n'avait pas été jusque-là remarquée, s'approchèrent du Stefanello et de son fils et les saluèrent. Ces passants étaient un homme âgé et une jeune femme portant le costume bolonais, facile à reconnaître surtout dans les vêtements féminins. La dame était enveloppée d'une large pièce de taffetas noir qui, de la ceinture en bas, couvrait exactement la robe, et, de la ceinture en haut, se déroulait en écharpe et, passant pardessus la tête, cachait plus de la moitié du visage, de telle sorte qu'un masque devenait superflu. Il n'y avait que les Bolonaises qui eussent coutume de s'atourner de cette façon originale pour parcourir les rues de leur ville ou pour aller en voyage. Quant au vieillard, il portait un jupon noir descendant jusqu'aux genoux, un pourpoint noir, un rabat blanc d'une demi-aune de long, une perruque nouée, et sur tout cela une barrette. A demi drapé dans un manteau de bouracan, il avait la mine d'un massier ou d'un bedeau d'université.

La Bolonaise avait paru vivement frappée des paroles que Stefanello et Lilio échangeaient à voix haute. Elle examina ce dernier avec beaucoup d'attention. Puis, s'adressant à son compagnon :

— Giannico, dit-elle, tiens-toi près de moi et confirme tout ce que je dirai.

L'autre répondit par un geste à la fois soumis et désolé. La Bolonaise, s'avançant vers Stefanello, lui demanda de vouloir bien lui désigner la demeure du médecin français Jean Perdrier, si cette demeure lui était connue.

— Signora, au bout de cette promenade vous verrez une des entrées du parc ducal : l'habitation du médecin français est à droite, derrière la grille.

Ayant jeté un coup d'œil à la personne qui l'interrogeait, Stefanello, qui se trouvait d'humeur expansive, reprit : — A ce que je puis voir, signora, vous venez de l'illustre cité de Bologne.

Les deux voyageurs firent en s'inclinant un geste affirmatif.

— S'y est-il passé, en ces derniers jours, quelque événement digne de remarque ?

— Un événement est digne de remarque pour les uns et ne l'est point pour les autres. Je ne sais trop ce qui pourrait intéresser Votre Seigneurie.

— Vous n'êtes pas, assurément, sans connaître le fameux Janus Parrhasius. Sauriez-vous m'apprendre s'il jouit toujours d'une bonne santé?

— Il se porte aussi bien que possible, après un tel coup.

— Hé! quel coup l'a donc frappé?

— Comment! vous ignorez encore à Ferrare le terrible malheur qui est venu fondre sur cet éminent personnage?

— Oui, vraiment, et je vous prie instamment de me le dire.

— Hélas! sa fille unique soudainement enlevée!...

— *Santo Dio!* la signora Silvia serait morte! Mais son père m'écrivait il y a dix jours et ne me disait seulement pas qu'elle fût souffrante.

— Il l'a perdue, il y a deux jours, tout subitement. N'est-il pas vrai, misser Giannico?

— Il n'est que trop vrai! soupira le bedeau en levant les yeux au ciel.

— Mais voyez, seigneur, dit la Bolonaise; voyez! qu'a donc le jeune gentilhomme? On dirait qu'il va tomber.

Lilio, à la nouvelle de la mort de Silvia, avait ressenti au cœur une si vive souffrance qu'il fut obligé de s'appuyer à l'un des arbres de la promenade. Stefanello et les voyageurs s'empressèrent pour le soutenir. Le jeune homme fit un violent effort sur lui-même, surmonta cet accès de faiblesse, et s'éloigna sans mot dire en indiquant qu'il ne voulait pas être suivi.

— Il désire être seul pour donner un libre cours à sa douleur, dit le vieux Stefanello, qui lui-même était visiblement ému.

— D'où vient donc que cette nouvelle ait si profondément affecté votre fils?

— N'en soyez pas étonnée, signora; mon fils devait épouser cette très-belle et très-douce Silvia Demetria, la fille de Parrhasius. Il ne l'avait point vue, il est vrai; mais il l'avait entendue chanter à Santa-Maria-Novella; il avait ouï parler de ses qualités surhumaines; il l'adorait et ne vivait plus que pour elle; enfin il allait avoir demain le bonheur de sa présence. Ah! je ne sais vraiment comment il supportera une ruine si funeste de ses espérances les plus chères. Je ne veux pas le laisser livré à lui-même, je vais le suivre et le ramener.

— Croyez, seigneur, que sa désolation me touche. Je vous baise la main.

Le Stefanello s'éloigna sur les pas de Lilio, pendant que les voyageurs bolonais se dirigeaient vers le pavillon habité par le docteur. Nous les y précéderons de quelques instants.

III

Frédéric Perdrier, revenu depuis peu de jours
de l'université de Bologne où son père l'avait envoyé, était en conversation confidentielle avec sa
mère, la bonne dame Élisabeth.

— Non, vous ne pouvez comprendre, disait-
il avec animation, ce qu'il y a de merveilleux
dans ces poëmes d'Homère que nous expliquait
notre maître Parrhasius : c'est une lumière, c'est
une beauté, c'est une grandeur à laquelle rien
de ce que je connaissais avant d'avoir suivi ses
leçons n'est comparable.

— Allons, mon fils, je suis contente de voir
que tu as pris goût à tes études.

— Janus Parrhasius, notre savant professeur,
était gendre du fameux grammairien grec De-
metrius Chalcondyle, celui qui a eu l'honneur
de donner la première édition des poëmes

homériques, désormais à l'abri des outrages du temps; celui qui a fait à l'Europe ce présent à jamais impérissable : de sorte que Silvia Demetria, la fille de Parrhasius, la digne héritière de toutes ces gloires, unit dans ses veines le sang athénien et le sang hespérien, est à la fois une digne enfant de la Grèce et de l'Italie.

— Tu ne me parles jamais du poëte Homère et de son interprète le professeur Parrhasius que pour en arriver à la fille de ce savant. Il en était toujours de même dans tes lettres. Qu'est-ce donc que cela veut dire?

— Rien de plus naturel. Silvia m'a fait comprendre le poëme antique; le poëme antique m'a fait admirer Silvia. Silvia, dans sa fine et élégante beauté, est une nymphe du Pinde ou du Parnasse; c'est Hébé la jeunesse, c'est l'Aurore. Vous ne pourrez vous figurer cela, ma chère mère, tant que vous ne saurez point le grec.

— Tu en es décidément amoureux!

— Si j'en suis amoureux! Je l'adore, et je dois vous confier qu'elle a été sensible à mes hommages.

— Comment cela? Vous en êtes déjà aux aveux réciproques?

— J'étais fort bien reçu, comme vous le savez, chez le docteur mon maître. Depuis que

Silvia est sortie du couvent, il y à bientôt une année, j'ai eu l'occasion de me rencontrer souvent avec elle. Elle n'a pas été longtemps sans deviner les sentiments qu'elle m'inspirait ; elle ne s'en est pas montrée offensée. Bref, elle m'a promis sa main, si son père y consentait et si mes parents approuvaient mon choix. C'est pour m'assurer de votre approbation et pour demander à mon père de faire les premières démarches auprès du docteur Parrhasius que je suis revenu précipitamment. Ma chère mère, je compte sur votre concours : vous m'appuierez, n'est-ce pas ? vous plaiderez ma cause ? D'ailleurs la fille du savant Parrhasius, dont le nom a une notoriété européenne, est un parti honorable pour moi, et je ne vois rien qui puisse s'opposer à mes vœux.

— Merci Dieu ! comme tu marches vite, mon fils ! Et ne te souvient-il plus que lorsque nous quittâmes la France, il y a deux ans, tu étais résolu à n'épouser d'autre femme que la belle Erminia ?

— Erminia, Erminia est si loin ! Vous ne sauriez croire combien la France et Erminia me paraissent à une prodigieuse distance, depuis que j'ai vu l'Italie et Silvia. Erminia était charmante, je ne dis pas le contraire ; mais comment pourrait-elle soutenir la comparaison avec la fille de Parrhasius? C'est une humble étoile à côté d'un astre éblouissant. Nous sommes dans un autre monde : tout est changé.

— Tu prépares à ton amie d'enfance des souffrances imméritées. Pourquoi lui demander des promesses, si tu ne voulais pas tenir les tiennes? Elle aura juste raison de se plaindre de nous.

— Chère mère, ne me faites pas de reproches : les chaînes qui liaient mon cœur se sont dénouées, et de nouvelles l'ont enlacé comme à mon insu. Ces nœuds formés dans notre jeunesse tombent d'eux-mêmes, avec l'absence. Je suppose qu'Erminia ne pense plus à moi...

— Non, tu ne parles pas sincèrement; tu cherches à te tromper toi-même : Erminia t'avait donné irrévocablement tout son cœur; je sais combien elle t'aimait.

— Je vous en prie, ne me rappelez pas ces engagements passés. J'en ai du regret. Mais je n'ai pas été maître de ma volonté, je n'ai pas été libre de résister aux attraits de Silvia Demetria. Homère raconte que, lorsque l'oreille humaine avait été frappée par la voix des sirènes, on ne pouvait plus les fuir. Silvia a la voix enchanteresse d'une sirène : il ne faut pas vous

11

étonner qu'elle m'ait fait perdre la mémoire de mes anciennes résolutions. Chère mère, si vous avez de la tendresse pour moi, vous ne m'attristerez pas inutilement en me faisant sentir des torts que je ne me dissimule pas tout à fait à moi-même, et vous me viendrez en aide.

— Je n'ai d'autre souci au monde, Frédéric, que de te voir heureux. Pourvu que ces nouveaux transports soient plus constants que les premiers...

En ce moment, un domestique entra et avertit Élisabeth Perdrier que deux voyageurs arrivant de Bologne demandaient à être admis devant elle.

— Deux voyageurs arrivant de Bologne, répéta Frédéric, qui cela peut-il être ?

— Faites entrer, dit la dame.

La jeune Bolonaise apparut sur le seuil. Elle avait fait tomber sur son épaule la partie du voile qui lui couvrait le visage. Elle montrait une physionomie fine, éveillée, spirituelle, mais qui en ce moment était confuse et rougissante.

— Silvia ! s'écria Frédéric en se précipitant vers elle.

— Seigneur Frédéric, dit la jeune fille, veuillez me présenter à madame votre mère, et la supplier de me laisser lui expliquer pourquoi je viens ici.

— Ma mère vous connaît déjà, Silvia; approchez-vous et parlez-lui avec confiance.

— Soyez la bienvenue, dit la bonne dame en examinant l'étrangère d'un regard curieux et surpris.

— Madame, reprit Silvia, puisque votre fils vous a fait part des projets que nous avons formés, je n'ai plus qu'à vous instruire l'un et l'autre de ce qui est survenu depuis son départ. Mon père, le docteur Parrhasius, m'a tout à coup avertie, il y a peu de jours, qu'il m'avait pourvue d'un mari, et que ce mari allait arriver sans retard. J'ai frémi à la pensée de voir débarquer chez nous cet inconnu, comme pour prendre possession d'un bien acquis, et il m'a semblé que, lorsqu'il serait là, je n'aurais plus aucun moyen de lui échapper. J'ai hasardé quelques objections à mon père; je me suis tout de suite aperçue que je ne parviendrais pas à le faire renoncer à sa détermination. Je n'ai plus de mère dont je puisse invoquer l'assistance. Je songeai à vous, madame, dont Frédéric m'a dit tant de fois l'indulgence et la bonté, et je résolus de venir me placer sous votre protection. J'ai obligé le vieux bedeau Giannico à m'accompagner : nous avons loué un voiturin; arrivés aux portes de Ferrare, nous avons renvoyé le voiturin, pour que le lieu de notre retraite ne fût pas immédiatement révélé, et nous avons traversé la ville à pied. Nous voici : j'ose espérer, madame, que vous ne m'abandonnerez pas.

— Vous pouvez compter sur mon appui, signora ; je suis prête à vous rendre tous les services qui sont en moi ; je ne sais trop jusqu'où ils pourront aller. Mon mari sera ici sous peu de jours : c'est à lui qu'il appartiendra de décider ce qu'il convient de faire, et d'intervenir auprès de votre père ainsi qu'il le jugera à propos.

— Merci, chère mère ! dit Frédéric en baisant la main de la bonne dame. Puisque vous êtes avec nous, notre bonheur est assuré.

— Ne va donc pas si vite, mon fils ! Il ne faut pas être trop prompt, si l'on ne veut pas se repentir par la suite. Et pour commencer à agir sagement, aussi longtemps que la signora Silvia demeurera chez nous, tu voudras bien aller demander l'hospitalité à quelqu'un de tes amis.

— J'y suis tout disposé, chère mère, repartit Frédéric ; nous vous obéirons en toutes choses.

Apercevant le vieil appariteur, lequel n'avait osé franchir le seuil de la porte, Frédéric lui cria : — Approche donc, Giannico, approche-toi de nous. Par ma foi! tu es un plus vaillant homme que je n'aurais imaginé. Sais-tu que ta conduite est digne des beaux temps de la chevalerie ?

— Ne vous moquez pas de moi, sior Frédéric, *noli insultare misero.* Je sais très-bien que j'ai fait une sottise. Mais la Zitella l'a voulu, et quand la Zitella veut quelque chose, il n'y a pas moyen d'y contredire, il n'y a pas un mot à répondre; il faut marcher, sans tenir compte ni du dommage ni du danger.

— Sois tranquille, Giannico, ne crains rien, nous te réconcilierons avec ton patron, reprit Frédéric.

— Le ciel le veuille, *faxit Deus!* En attendant, quand je songe à ce qui doit se passer maintenant dans le grand amphithéâtre, quand je songe à l'indignation des maîtres et au scandale des disciples, mes cheveux se hérissent sur ma tête, *stetêre comœ.*

Les personnages auxquels le vieux bedeau adressait ces exclamations ne purent s'empêcher de sourire en voyant son air tragique.

— Giannico est mon père nourricier, dit Silvia; il m'est dévoué, quoiqu'il ne m'épargne pas ses lamentations; tout en grondant, il descendrait aux enfers, si je l'en priais.

— Frédéric, dit Élisabeth Perdrier à son fils, occupe-toi d'héberger Giannico et de trouver un gîte pour toi-même. Moi je garde la signora Silvia, dont je me charge.

Frédéric fit aussitôt ce que sa mère lui ordonnait : il commanda de servir au bedeau un bon repas pour ranimer son courage abattu; puis il sortit lui-même d'un pas leste et joyeux. A la grille du parc il rencontra le Stefanello qui rentrait tristement, sans avoir pu rejoindre son fils.

— Seigneur Stefanello, dit le jeune Français, ma mère a reçu sous son toit une jeune dame et elle juge convenable de m'envoyer chercher ailleurs un asile ; pourriez-vous m'en offrir un chez vous ?

— C'est que justement, seigneur Frédéric, j'ai donné aussi l'hospitalité à une jeune dame étrangère, et que...

— Allons, ce sexe aimable me chasse de partout et me forcera à coucher à la belle étoile.

— Vous paraissez gai et heureux, seigneur étudiant ?

— Je n'ai pas de raison d'être chagrin : tout me sourit dans l'heure présente.

— Hélas! il n'en est pas de même de mon pauvre Lilio.

— Qu'arrive-t-il donc à votre fils?

— Figurez-vous qu'il était sur le point d'épouser la plus ravissante jeune fille qui fût sous le ciel de l'Italie, et que nous venons d'apprendre qu'elle est morte subitement.

— Ah! dit Frédéric, c'est là un rude coup de la destinée.

— Lilio en est accablé.

— Je compatis à sa douleur, seigneur Stefanello. Excusez-moi de vous laisser; j'ai grande hâte d'être revenu.

— Mon Dieu! mon voisin, allez loger à l'auberge du Mont-d'Or; c'est ce qu'il y a de plus simple à faire.

IV

Le soir de ce jour, Christophe errait d'un pas agité sur le Corso, aux alentours de l'entrée du parc ducal. Protégé par les ombres

propices, il jetait un regard anxieux au pavillon
qu'on lui avait désigné comme la demeure du
maître de chapelle, et faisait des gestes qui trahissaient sa perplexité et sa consternation. Avi-
sant un petit vieillard qui marchait, avec presque autant d'agitation qu'il faisait lui-même,
dans une des contre-allées, il s'approcha du pro-
meneur et, le saluant profondément : — J'ai sans
doute l'honneur, dit-il, de parler à un habitant
de la renommée ville de Ferrare.

— Non, seigneur, non. J'avais une patrie, et
je n'ai plus de patrie. J'avais un emploi, et je
n'ai plus d'emploi. J'étais un personnage, un
grand personnage, et je ne suis plus qu'un vagabond.

— Vous avez éprouvé quelque désastre ? reprit Christophe avec sympathie.

— J'avais une place qui me rapportait soi-
xante écus par an ; et je marchais devant le plus
illustre savant de notre siècle, lorsqu'il se rendait à sa chaire. J'étais respecté et honoré. Et
maintenant je puis être fustigé demain sur les
places publiques comme un serviteur infidèle qui
a trahi la confiance de son maître.

— Les serviteurs infidèles sont, en Italie, fus-
tigés en place publique ? dit Christophe d'une voix
mal assurée.

— Oui, c'est la loi. Voilà où j'en suis descendu ; et il en arrivera autant à quiconque se laissera gouverner par un sexe capricieux et frivole !

— C'est vrai, dit Christophe, ce n'est que trop vrai !

— Ce sexe volontaire et tyrannique, reprit le petit vieillard, prétend faire de toutes les facultés humaines ses instruments serviles !

— On vivrait heureux, paisible, si l'on n'avait pas la faiblesse de céder à de folles fantaisies. Vous avez mille fois raison, reprit Christophe en poussant un profond soupir.

— En êtes-vous là aussi, mon ami ? *Tu quoque !*

— Puisque vous n'êtes pas de ce pays, dit Christophe en détournant la conversation, je suppose, seigneur, que vous ne pourrez pas me dire où demeure le médecin français de Son Altesse Royale madame Renée.

— Nul n'est, au contraire, plus à même que moi de vous donner cette indication, car je suis logé chez lui. Voyez, à travers les arbres, ces fenêtres éclairées : c'est l'habitation du médecin ; mais il n'est pas ici en ce moment ; il est à Mantoue, d'où l'on attend son prochain retour.

— Nouvelle disgrâce, murmura Christophe ;

voilà que cet appui me manque dans le plus
pressant besoin! Que faire, grands dieux! que
faire?

— La dame est là, ainsi que le jeune homme
son fils.

— Frédéric? que devient-il?

— Il eût mieux valu que ce jeune homme
restât en France, où il est né, que de venir
tourner l'esprit à la Zitella, ma maîtresse, et lui
mettre dans la tête de l'épouser. C'est lui qui
est la cause de tous mes malheurs!

— Votre maîtresse veut l'épouser? Il est sur
le point de se marier?

— Oui, hélas! C'est pour cela que nous sommes venus en cette ville.

— Dieu! quelles complications funestes! s'écria
Christophe. Mon ami, voudriez-vous aller frap-
per à la porte du maître de chapelle Stefanello,
et dire à Erminia de venir me trouver ici?

— Erminia?

— Oui, la signora Erminia, seule, toute seule.

— L'heure est avancée et la nuit obscure,
nox incubat atra. On ne laissera pas sortir,
soyez-en convaincu, une jeune fille à cette heure.

— Il faudra donc attendre à demain. Dites-
lui, je vous prie, de venir à l'auberge demain
matin, et que personne ne l'accompagne! Entendez-vous? personne!

— Je ferai ce message, je vous le promets.

— Je vous remercie. Bonté du Ciel! que va-t-il arriver de tout cela? murmurait Christophe en s'éloignant.

— Ma foi, se disait l'autre interlocuteur, ce pauvre homme paraît s'être mis dans une passe plus fâcheuse encore que celle où je me trouve moi-même. *Omnis homo est animal, omnis asinus est animal, ergo omnis homo est asinus.* Les hommes sont des ânes, voilà ce qui est évident.

V

Le lendemain, dans la matinée, Silvia la Bolonaise sortit du pavillon pour respirer l'air parfumé du parc ducal et pour en admirer les parterres de fleurs et les ombrages artistement distribués. Elle avait dépouillé la mante qui, pendant son voyage, l'enveloppait comme une chrysalide; elle était vêtue d'une robe de colombin aux reflets chatoyants ; un voile de gaze transparente, jeté sur sa tête comme négligemment, lui servait de coiffure.

Lilio Adorni guettait l'occasion de revoir l'étrangère. Aussitôt qu'il l'aperçut, il sortit à son tour et se dirigea vers elle. Tout entier à ses regrets, il fit peu d'attention aux charmes qui l'eussent frappé dans un autre moment.

— Signora, vous m'excuserez, lui dit-il, si je trouble un instant votre promenade par mes questions importunes. Je vous serais bien reconnaissant si vous pouviez me donner quelques détails sur l'événement douloureux dont vous avez apporté la première nouvelle.

— Je m'en veux vraiment, répondit Silvia, d'avoir été un messager de malheur.

— Ne me fallait-il pas tôt ou tard apprendre mon infortune ? La destinée qui m'était promise était trop belle : le ciel en a été jaloux ! Mais sauriez-vous me dire, signora, quel fléau cruel, quel accident tragique a éteint subitement cette lumière de l'Italie !

— On ignore dans la ville ce qui a causé sa perte, et il me serait impossible de vous fournir aucun renseignement.

— Comment la mort ne s'est-elle pas attendrie en approchant de Silvia ? Comment la nature

entière n'a-t-elle pas pris contre la mort impitoyable la défense de Silvia ? Ce nom, qui m'était si
doux à prononcer, je ne peux plus l'arracher à mes
lèvres sans qu'il me brise le cœur !

— Vous vous êtes donc fait, seigneur, une idée
bien extraordinaire de cette beauté inconnue ? car,
d'après ce que votre père m'a dit, vous ne l'avez
jamais vue, et je doute fort qu'il vous ait été possible de vous procurer son portrait.

— Non, je ne l'ai jamais vue ni en réalité ni en
image ; et pourtant je suis aussi certain qu'elle surpassait toutes les créatures mortelles que si mes
yeux s'en étaient assurés eux-mêmes.

— Permettez-moi de vous dire que vous pouviez vous tromper.

— Non pas, c'est impossible. Tout le monde,
d'ailleurs, ne s'accordait-il pas à proclamer que le
ciel lui avait prodigué à la fois tous ses trésors ? Et
tenez, vous qui la connaissiez, vous avouerez que
je ne m'abusais pas.

— Je n'ai nulle envie de vous contredire. Je
trouve cependant votre enthousiasme tant soit peu
exagéré.

— Aussi longtemps que j'ai eu l'espérance de
la voir bientôt, je souffrais patiemment de ne pas
connaître exactement ses traits. Maintenant que je
ne dois plus la voir jamais, je voudrais à tout prix

posséder son image afin de la fixer dans mon souvenir.

— Il ne me serait pas très-difficile de vous donner une idée à peu près fidèle de ma compatriote si vivement regrettée : on prétendait qu'il y avait beaucoup de ressemblance entre Silvia Demetria et moi, quoique la fille du docteur Parrhasius eût, sans contredit, sur moi pauvre inconnue, une grande supériorité.

— D'après ce que j'ai ouï dire, elle était, n'est-ce pas? d'une taille moyenne, mignonne, svelte et gracieuse comme une déesse?

— Elle était, en effet, plutôt petite que grande; nous avions la même taille justement.

— Ses cheveux étaient d'un blond doré, à rendre jaloux les rayons du soleil.

— Leur nuance était à peu près celle-ci, dit Silvia en montrant une de ses tresses.

— Et ses yeux! Ils étaient riants, limpides, célestes; ils avaient la pure splendeur des étoiles qui scintillent dans le firmament.

— Je ne sais si votre langage n'est pas trop poétique : c'étaient des yeux bleus comme les miens.

— Je les ai vus souvent, dans mes songes de félicité, me regarder avec une expression de pitié divine. Illusion menteuse! ils devaient me cacher toujours leur clarté. Ne vous détournez pas de moi, signora, et pardonnez-moi si je m'abandonne aux mouvements de mon cœur.

— Je voudrais adoucir cette affliction que j'ai causée sans le vouloir. Soyez persuadé, seigneur Lilio, que toute mon estime et mon amitié vous sont acquises dès ce jour.

Silvia tendit à Lilio sa main, qu'il saisit avec émotion.

— Je vous remercie, dit-il, de votre bonté. Je ne suis pas surpris qu'il n'y eût personne qui fût aussi près que vous d'égaler ma Silvia. Que ne puis-je presser ainsi de mes lèvres la douce main qui m'était promise!

— Prenez courage, seigneur Lilio, dit la Bolonaise au jeune musicien qui, après une inclination respectueuse, s'éloigna les yeux remplis de larmes.

Frédéric Perdrier venait d'entrer dans le parc; il avait assisté à la fin de cet entretien. S'approchant à son tour de Silvia :

— D'où est née subitement, dit-il avec un accent de dépit, la sympathie extraordinaire que vous témoignez au seigneur Lilio ?

— En vérité, dit Silvia, ce jeune artiste sait mieux aimer que ne le font la plupart des hommes.

— Mieux que je ne le fais moi-même, peut-être?

— Je ne sais. Il n'est pas sûr que, si je quittais ce monde, vous toucheriez mon âme défunte par

une oraison funèbre aussi éloquente que celle que
je viens d'entendre.

— Ah ! il vous a entretenue de l'incomparable
fiancée qu'il a perdue, et ses soupirs vous ont attendrie.

— Je l'avoue, sa douleur ne m'a pas trouvée
insensible.

— Vraiment, je vois que vos poëtes italiens
ont raison :

> Donna è sempre piu leggier che al vento foglia,
> E vanne e vien come alla riva l'onde (1).

— Que voulez-vous dire, seigneur Frédéric ?
Parlez français, vous serez peut-être plus intelli-
gible.

— J'aime mieux me retirer et reprendre la
conversation avec vous lorsque votre compassion
pour le musicien Lilio ne sera plus aussi exal-
tée. Je vous salue, signora.

Frédéric s'en alla précipitamment, ne pouvant
maîtriser l'irritation qui l'avait saisi. Il se dirigea vers l'auberge du Mont-d'Or. En route, il

(1, La femme est plus légère que la feuille livrée au vent,
Elle va et vient comme l'onde sur le rivage.

se calma peu à peu, et quand il arriva à l'hôtellerie, il en était à se demander pourquoi il avait cédé ainsi à un accès de mauvaise humeur bien peu justifié. Il allait s'en retourner sur ses pas et demander pardon à Silvia, lorsqu'en entrant dans la cour il se trouva en présence de personnages dont la vue lui causa autant d'émotion que de surprise.

VI

Giannico s'acquitta auprès d'Erminia du message que son confrère en infortune lui avait donné. Erminia se rendit, dans la matinée, à l'auberge du Mont-d'Or. Toute vêtue de noir et le visage extrêmement pâle, il suffisait de la voir pour deviner qu'elle était instruite du désastre qui la menaçait.

— Eh bien, mon enfant, quel est votre dessein ? lui demanda Christophe avec douceur.

— Je sais que je n'ai plus d'espoir. Ah! il ne me reste qu'à quitter ces lieux funestes!

— C'est une sage résolution. Allons-nous-en.

— Et où irons-nous?

— Où tu voudras.

— Mais je n'ai pas encore revu Frédéric.

— A quoi bon le revoir, puisqu'il va en épouser une autre?

— Qui sait? peut-être n'est-ce pas vrai?

— Celle qu'il doit épouser est chez lui; elle habite déjà sous son toit. Ne te l'a-t-on pas dit?

— C'est vrai. Je dois partir, et j'y suis décidée.

— Donc, en route!

— Auparavant, il faut que je prenne congé de mon hôte si obligeant et si affable. Pourquoi ne voulez-vous pas le voir?

— Non, te dis-je, je ne le veux pas. Mais va le saluer, le remercier, prendre congé de lui, et reviens tout de suite. Nous quitterons immédiatement cette cité maudite.

— Attendons un peu. Après un si long voyage, s'en retourner ainsi, c'est trop brusque. Puis, Frédéric ne pourrait-il pas m'accuser d'avoir favorisé en quelque sorte son oubli, d'avoir encouragé et justifié son abandon? En me présentant à lui, ne réveillerai-je pas quelque remords,

quelque repentir? S'il me répète de sa propre
bouche ce que j'ai appris par d'autres, eh bien!
je fuirai alors, je n'hésiterai plus. Un peu de
patience... Ah! c'est lui! murmura-t-elle en devenant plus pâle encore.

Frédéric, survenant en ce moment, se trouva
en présence de ses compatriotes.

— Que vois-je! dit le jeune Français, vous à
Ferrare, monsieur Christophe, et Erminia aussi!

— Oui, Frédéric, répondit Christophe, nous
avons traversé les monts. Ma fille éprouvait une
vive curiosité de visiter l'Italie.

— Non, mon père, dit aussitôt Erminia, ne
colorez point notre voyage du vain prétexte de
la curiosité. Je ne veux pas dissimuler à Frédéric qu'en accomplissant ce long trajet j'ai été
mue uniquement par le désir de le revoir. Je
puis m'exprimer avec lui en toute franchise :
il sait que je suis étrangère aux détours de la
coquetterie et que mes paroles sont toujours sin-
cères.

— Mes chers compatriotes, vous êtes les bien-
venus. Mon père aura le plus grand plaisir à
vous revoir : il n'est pas à Ferrare, mais il ne
tardera pas à revenir.

— Nous savons tout cela. Je le répète, dit
Erminia, je ne veux pas prendre de biais avec

vous, Frédéric, et j'en viens tout de suite à ce qui seul m'intéresse. Une profonde affection s'était formée entre nous dès l'enfance, et avait grandi avec nous; est-il vrai que vous l'ayez oubliée?

— Mon affection pour vous, Erminia, est inaltérable.

— N'équivoquez point, je vous en conjure. Quand nous nous sommes séparés, il y a deux ans, vous m'aviez promis de me garder votre cœur, vous m'aviez fait promettre de vous garder ma foi. Et maintenant on nous assure que vous avez contracté de nouveaux engagements et que vous allez vous marier. N'est-ce pas que c'est là un bruit mensonger?

— Erminia, moi non plus je ne veux pas manquer de franchise avec vous. On n'est pas maître toujours de ce qui se passe en son âme: l'amour, je l'avoue, m'a imposé un nouveau joug.

— Vous n'avez pas réfléchi que c'était manquer à votre parole et trahir un cœur incapable de trahison?

— L'amour n'a pas de loi.

— O parjure! comment ta voix a-t-elle pu prononcer ces paroles impies? Comment ne crains-tu pas de me porter ce coup mortel? Est-ce que je ne t'inspire même plus de pitié?

— Si vous saviez, Erminia, combien je souffre de votre douleur, vous ne me feriez pas ce reproche. Mais j'ai de vous une trop haute estime et je connais trop la fière énergie de votre âme, pour vouloir vous tromper et vous cacher des torts irréparables. Dans la voie où je suis entré, il est trop tard pour revenir en arrière. Je suis coupable, je l'avoue; je vous demande grâce. Pardonnez-moi, et ne vous désolez pas ainsi !

— Ne pas me désoler quand je vous perds pour toujours, je confesse que cela est au-dessus de mes forces. Mais tout est dit, je vous implorerais vainement. Il est temps que je vous rende à celle que vous aimez à présent; je ne troublerai point votre bonheur. Pour vous prouver jusqu'à la fin mon affection et vous épargner peut-être quelque remords, je vous dégage de vos promesses, je vous délie de vos serments. Adieu, Frédéric, soyez heureux !

— O toujours chère Erminia, je vous supplie de vaincre votre juste ressentiment et de ne pas me haïr ! Ce n'est pas sans un déchirement profond, croyez-le bien, que je vous dis adieu. Puisse le Ciel vous protéger et vous réserver le sort dont vous êtes digne !

Frédéric, quoiqu'on eût pu lire dans ses traits un combat intérieur, s'éloigna sans tourner la tête.

Christophe le suivait d'un regard indigné : — O cœur de pierre! murmura-t-il. Puis, s'adressant à Erminia : — Je vous admire, ma chère enfant; à la bonne heure, c'est là de la fermeté et du courage! Il ne nous reste plus qu'à hâter notre départ.

— Quelque chose arrête encore mes pas, répondit la jeune fille presque défaillante. Je ne sais si je m'abuse, mais il me semble que tout espoir n'est pas perdu.

— Pauvre âme irrésolue, que parlais-je de ta fermeté et de ton courage! Au moins, vas-tu revenir près de moi?

— Oui, ce soir ou demain. Ayez un peu d'indulgence, mon père; c'est un pas cruel à franchir.

Erminia, ayant embrassé le vieillard, se dirigea vers la demeure de Stefanello. De là elle serait à même d'observer d'heure en heure la marche des événements.

Resté seul, Christophe pencha la tête avec accablement.

— « Je ne troublerai point votre bonheur... C'est un pas cruel à franchir! » Il me semble que toutes ses paroles ont un sens qui me fait frémir. Non, il est impossible de laisser une situation si périlleuse se prolonger; il en faut sortir à tout prix!

Cependant Frédéric, devançant Erminia, regagnait le logis maternel, l'âme étrangement troublée. La secousse, en effet, avait été rude. L'étudiant avait le cœur droit et généreux. Quoique son amour eût changé, il conservait de tendres souvenirs de sa compagne d'enfance. Tant qu'il s'était senti éloigné d'elle à la fois par la distance et par le temps écoulé depuis leur séparation, il ne lui avait pas fallu beaucoup d'efforts pour rompre ses premières chaînes. Mais quand il avait trouvé tout à coup Erminia devant ses yeux, il avait été profondément remué, il avait dû se faire violence pour n'être pas ébranlé par tant de douleur et de passion.

La pensée de Silvia, du sacrifice qu'elle venait de lui faire, du dévouement dont elle venait de lui donner la preuve, fut seule capable de lui faire supporter ce choc imprévu ; mais il éprouvait d'autant plus vivement le besoin de retourner auprès de Silvia, afin de dissiper le nuage qui s'était élevé entre eux.

Quand il eut franchi la grille du parc, il aperçut Lilio Adorni dans l'avenue qui séparait les pavillons. Lilio avait une lettre à la main, il jetait sur les lieux d'alentour un regard interrogateur et paraissait être dans un assez grand embarras.

— Que cherchez-vous donc si impatiemment, seigneur Lilio? lui demanda Frédéric.

— Je cherche le vieillard bolonais qui demeure chez vous. Voici l'heure de la répétition d'*Orfeo*, et il faut que je me rende à mon poste, je ne puis me faire attendre.

— Que désirez-vous de Giannico?

— Il s'est offert à mon père pour porter un message à Bologne. Je veux lui remettre la lettre, afin qu'il parte sans retard, quand le *vetturino* viendra le prendre tout à l'heure.

— S'il vous plaît, je me chargerai de lui remettre cette lettre.

— Je vous serais obligé, seigneur Frédéric, de me rendre ce service.

Lilio lui donna la lettre en ajoutant :

— Recommandez-lui, n'est-ce pas? de se tenir prêt à partir.

— Comptez sur moi, répondit le jeune Français.

Les yeux de Frédéric furent frappés par l'adresse mise sur la lettre qu'il tenait dans sa main.

— « Le docteur Janus Parrhasius! » reprit-il. Par ma foi! à quel propos votre père écrit-il au docteur Parrhasius ?

— Mais pour lui dire la part que nous prenons à la douleur que la mort de sa fille doit lui causer.

— Comment! la mort de sa fille ?

— Oui, vous l'ignorez encore! La fille du docteur, la signora Silvia, ma fiancée, n'est plus!

— Cette fiancée que vous pleuriez, c'était donc...

— La fille du docteur Parrhasius, la fleur de Bologne et de l'Italie.

— Qui vous a appris que Silvia Demetria n'est plus de ce monde?

— C'est la jeune dame qui est venue voir votre mère. Quel intérêt aurait-elle à nous induire en erreur?

— Vous avez raison. Pleurez, seigneur Lilio, pleurez la plus aimable des fiancées. Je vous promets de nouveau de transmettre promptement votre message à Giannico.

Lilio Adorni se dirigea d'un pas rapide vers le palais. Frédéric regardait la lettre en riant :

— Sot que j'étais! se dit-il. Je m'explique tout maintenant. Ah! ma ravissante Silvia, je veux vivre pour vous!

Au moment où Frédéric, enchanté, prononçait tout haut ces paroles et s'élançait lestement vers son logis, Erminia, qui, comme on l'a vu, l'avait suivi à un court intervalle, arrivait à son tour; elle entendit la joyeuse et ardente exclamation du jeune homme. Portant la main à son cœur, comme si elle y recevait une suprême blessure : — Ah! cette fois tout est bien perdu!

soupira-t-elle. Vis donc pour ta Silvia; moi, je n'ai plus qu'à mourir !

Et, d'un pas fléchissant, elle rentra chez son hôte.

VII

Lilio Adorni se hâtait de gagner la salle du palais destinée aux fêtes théâtrales. Dans cette salle allait avoir lieu une répétition de la tragédie en musique que l'on préparait pour le retour de la duchesse Renée. Cette tragédie était, avons-nous dit, l'*Orfeo,* d'Ange Politien, composé à Mantoue pour le cardinal François de Gonzague, en 1472.

La *favola,* la pièce n'avait reçu que des modifications peu considérables. Mais la musique, œuvre de Stefanello, était entièrement nouvelle. Le soin de peindre les décors, l'*apparato* et la *prospettiva,* comme disaient les Italiens, avaient

été confiés à Baldassare Peruzzi, ce grand maître de l'architecture feinte et du paysage scé-
nique. Les courtisans faisaient déjà grand bruit
des prodiges accomplis par ce pinceau presti-
gieux qui déconcertait même les yeux exercés du
Titien. La fête qu'on préparait devait donc être
une des plus brillantes que l'Italie eût vues jusqu'alors.

La répétition de ce jour était une des dernières : elle ne devait pourtant pas comprendre
toute la pièce : on devait représenter les trois
premiers actes seulement, l'acte *pastoral,* l'acte
nymphal et l'acte *héroïque.* Les deux derniers,
l'acte *nécromantique* et l'acte des *bacchantes,*
étaient réservés pour un autre jour.

Quand Lilio Adorni entra, tout était déjà en
place. On voyait dans la salle un certain nombre de gentilshommes qui avaient obtenu la faveur de goûter les prémices de l'ouvrage. Les
divers orchestres étaient disposés tout autour de
la rampe; il y avait, en effet, non un orchestre,
comme à présent, mais plusieurs orchestres. Les
instruments, en grand nombre et très-variés,
étaient distribués par groupes; et à chaque
personnage dramatique était attaché un groupe
particulier composé selon le sentiment que devait
exprimer la voix de ce personnage. Ainsi, dans

l'œuvre du Stefanello, les contre-basses de viole accompagnaient Orphée; les dessus de viole, Eurydice; les trombones, Pluton; les flûtes et les musettes, les bergers. Ce qui peut nous paraître singulier, c'est que le vieux nocher Caron avait pour lui les guitares. Dans les préludes et les ritournelles, il y avait des *concerti* auxquels tous les instruments prenaient part. Telle était la primitive économie du drame musical; elle s'explique parfaitement si l'on remarque que l'accompagnement n'était alors qu'une symphonie, les instrumentistes exécutant les mêmes parties que les acteurs chantaient sur le théâtre.

Le Stefanello conduisait l'ensemble des musiciens; c'était le général en chef de ces différents corps d'armée. Lilio dirigeait le groupe principal attaché au personnage d'Orphée.

On venait d'écarter le rideau : il découvrait une magnifique perspective champêtre avec des collines et des temples dans le lointain. Suivant l'usage du temps, tous les personnages de la pièce se voyaient rangés de chaque côté de la scène; ceux qui ne devaient paraître qu'à la fin figuraient dès le commencement. A mesure qu'ils étaient appelés par leur rôle, ils venaient se placer en avant des chœurs; chaque groupe de l'orchestre, sonnant à son tour, annonçait le personnage qui allait chanter, sans même qu'on eût besoin de le voir. On pouvait donc distinguer déjà, d'un côté du théâtre, l'infernal Pluton couronné de branches de cyprès, Proserpine toute vêtue de blanc, Tisiphone à la chevelure de reptiles, et le vieux Caron, son aviron à la main ; de l'autre côté, la troupe des Ménades enguirlandées de pampre vert et armées de leurs thyrses.

Les premiers rôles étaient confiés à des chanteurs renommés ; celui d'Orphée, notamment, avait pour interprète un artiste de premier ordre nommé Pietro Angelucci. Les rôles de femmes étaient comme d'ordinaire remplis par les pages de la musique de la chapelle. Le jeune Jacopo Giusti faisait la belle Eurydice.

L'églogue du premier acte parut faire un vif plaisir à l'auditoire d'élite admis à l'entendre. On applaudit chaleureusement le beau chant du pâtre Aristée :

> Udite, selve, mie dolci parole,
> Poichè la bella ninfa udir non vuole (1)...

Le musicien avait su tirer un excellent part de son orchestre de flageolets et de flûtes, de

---

(1) Ecoutez, forêts, mes douces paroles,
  Puisque la belle nymphe ne veut pas les entendre.

12*

cornets et de sourdines. L'acte des nymphes marcha également à merveille. La scène représentait un bocage sur le bord d'un fleuve qui se perdait en de larges méandres à l'horizon. C'était sur la rive fleurie de ce fleuve qu'Eurydice, fuyant pour échapper à la poursuite d'Aristée, était mordue au pied par un serpent, et soudain expirait. « Les roseaux s'inclinaient avec douleur sur le front de la nymphe; l'eau, en passant auprès de ce corps inanimé, blanc comme la fleur du troëne ou la fleur d'épine, murmurait sa plainte. » Le chœur des dryades chantait ses poétiques lamentations :

L'aria di pianti s'oda risuonare (1)...

On connaît ces strophes; on ne s'étonnera pas qu'elles touchèrent les spectateurs; rarement la pitié a parlé un plus gracieux langage. Mais celui qu'elles émurent davantage fut sans contredit Lilio Adorni. Il lui semblait les entendre pour la première fois. Il ne pouvait se persuader qu'elles n'eussent pas été composées expressément à l'occasion de la mort de Silvia. Comment douter que le poëte n'eût en vue Silvia quand il déplorait, par exemple, le silence à jamais

(1) Que l'air résonne au loin de gémissements...

imposé à cette voix si douce « que le vent s'apaisait à ses accents suaves, »

Chè a' suoi soavi accenti
Si questavano i venti.

C'étaient les jeux d'orgue qui accompagnaient pathétiquement ces plaintes des divinités bocagères.

Une dryade, voyant approcher Orphée, se chargeait d'aller lui annoncer son malheur. « Hélas ! disait-elle, la Mort a brisé le plus loyal amour; elle a étouffé la plus pure ardeur ! Mes sœurs, allez relever la belle Eurydice; couvrez son corps de fleurs et de verdure, pendant que je vais porter à cet infortuné un coup cruel. » Lilio Adorni avait peine à se convaincre que toutes ces paroles ne racontassent point sa propre histoire.

L'acte *héroïque,* où Orphée entrait en scène pour la première fois, avait pour décor une âpre gorge de rochers, des précipices affreux, des grottes effroyables. C'était dans ces lieux désolés qu'Orphée ayant appris la mort d'Eurydice venait se livrer à sa douleur. Le chant d'Orphée :

Ora piangiamo, oh sconsolata lira (1)...

(1) Maintenant pleurons, ô lyre inconsolée...

que Lilio accompagnait sur sa basse de viole
guidant tout le groupe des harpes et des luths,
n'était pas fait pour arracher le jeune musicien
à l'impression qui le dominait. Il lui eût été impossible de traduire ses regrets plus énergiquement que ne le faisait ce chant qui était censé
attendrir les tigres et fendre les rochers. Aussi
Lilio, penché sur son instrument, faisait-il parler et gémir son cœur avec son archet.

Une scène nouvelle et originale terminait cet
acte. Après qu'Orphée s'était entretenu sur sa
lyre de plusieurs airs lugubres, la voix d'Eurydice lui répondait des profondeurs du Tartare
par un chant lointain et comme aérien. Jacopo
Giusti, pour chanter cette partie de son rôle,
se retirait derrière le théâtre. Le dialogue suivant, ajouté au texte d'Ange Politien, avait lieu
entre Orphée visible et Eurydice invisible :

EURIDICE.

Per te veglia il cor mio
Qual' hor dormono i rai.
Non temer che gia mai
Io ti punga in oblio.
Qual' hor dormono i rai,
Per te veglia il cor mio,
Deh! lascia le pene!

ORFEO.

E come faro?

EURIDICE.

O segui la speme!

ORFEO.

E come potro?

EURIDICE.

Ne la speme ne l'ardire
Mai non perda un amor vero! (1)

La voix qui chanta ce fragment du rôle d'Eurydice causa dans l'auditoire une surprise extraordinaire. Elle avait une puissance vraiment surnaturelle, une pureté non terrestre. Elle donnait aux paroles qu'elle prononçait un accent si vibrant, si pathétique, qu'un transport d'enthousiasme saisit tous les assistants.

Lilio Adorni parut foudroyé ; son archet s'échappa de ses mains; immobile, il oublia

---

(1) Voici la traduction de ces vers :

EURYDICE. Pour toi veille mon cœur, pendant que dorment mes yeux. Ne crains pas que jamais je te mette en oubli. Pendant que dorment mes yeux, pour toi veille mon cœur. Va! laisse ta douleur.

ORPHÉE. Et comment ferai-je?

EURYDICE. Prends espoir !

ORPHÉE. Et comment pourrai-je?

EURYDICE. Un amour vrai ne se lasse jamais d'entreprendre ni d'espérer.

d'accompagner Orphée. Puis, quand la voix d'Eurydice eut cessé de se faire entendre, il se leva comme hors du sens, franchit la balustrade, et disparut de la salle.

Heureusement, on touchait à la fin de la répétition. Sans cela le brouhaha excité par cet incident singulier aurait empêché de la continuer. On interrogeait le Stefanello qui ne pouvait répondre. Quelques auditeurs croyaient à un phénomène d'acoustique qu'on ne retrouverait peut-être plus. D'autres rejetaient cette explication et refusaient d'admettre que la voix du page de la chapelle eût en aucun cas pu éprouver une telle transformation. On discutait ainsi dans la salle, pendant que le satyre Mnesillo disait les réflexions qui servent de conclusion à l'acte *héroïque* et qui terminaient la représentation de ce jour.

VIII

La première personne que Lilio, en se précipitant hors de la salle, aperçut dans les couloirs, ce fut Giannico qui s'esquivait la tête basse. Lilio courut vers lui, et d'une voix menaçante :

— *Caro vecchio,* dit-il, vous recevrez les étrivières en place publique.

— *Proh! deos immortales!* s'écria le bedeau, voilà ce que j'avais prévu, tout va retomber sur ma tête !

— D'abord, qui êtes-vous ?

— Hélas ! je suis ou plutôt j'étais Giannico, huissier du grand amphithéâtre et serviteur domestique du plus savant homme d'Italie.

— Le docteur Parrhasius ?

— Quel autre pourrais-je désigner de la sorte ?

— Et la personne que vous accompagnez, c'est...

— Je l'ai, non accompagnée, mais suivie; je suis venu contre mon gré, *non lubens, invitus.*

— C'est la signora Silvia Demetria ?

Giannico garda un silence qui était un aveu.

— C'était bien elle, dit Lilio portant la main à son front comme pour refouler le sang brûlant qui y affluait. Mais, reprit-il, pourquoi cette fuite clandestine, pourquoi ce mensonge de sa mort? N'essaie pas de me cacher la vérité, traître, ravisseur, ou tu encourras les châtiments les plus terribles !

— Seigneur, l'explication est bien simple : la signora est partie de Bologne, parce qu'elle ne voulait pas d'autre époux que le jeune Français. Quant à la feinte qu'elle a imaginée, elle n'a pu avoir qu'un but, c'est de vous empêcher d'aller redoubler par votre présence le courroux paternel. Je n'ai eu aucune part dans tous ces événements. Voici la signora qui sort du théâtre; de grâce ! ne lui dites point que c'est moi qui ai révélé son secret. Je me sauve, de peur qu'elle ne m'aperçoive causant avec vous.

Lilio laissa le vieillard s'échapper. Faisant un effort sur lui-même pour retrouver le calme qui l'avait un moment abandonné, Lilio s'approcha de Silvia. Silvia parut vouloir éviter le jeune musicien; mais, voyant qu'elle n'y réussirait pas, elle s'avança vers lui et prit la première la parole : — J'ai été assez indiscrète, seigneur Lilio, pour chercher à avoir un avant-goût des merveilles qui se préparent. Recevez mes félicitations : il est impossible de concevoir rien de plus beau ; la musique est surtout admirable.

— Et les chanteurs, signora, comment trouvez-vous qu'ils se soient acquittés de leurs rôles ?

— Pietro Angelucci s'est vraiment surpassé.

— N'êtes-vous pas d'avis que Jacopo Giusti, dans la dernière scène, lui a été supérieur ?

— Le croyez-vous, seigneur ? je n'oserais émettre une opinion si hardie.

— J'en suis garant. Mais, maintenant que le rideau est tiré, Eurydice peut sortir des enfers et la signora Silvia peut ressusciter.

Silvia tressaillit ; détournant à demi son visage pour dissimuler sa confusion : — Je renonce volontiers à feindre davantage, dit-elle. Je dois vous assurer que je n'aurais pas eu recours à cette invention, si j'avais pu prévoir qu'elle dût vous causer un chagrin si réel et si profond.

— De toute manière, ce chagrin ne devait pas m'être épargné, puisque vous étiez perdue pour moi. Ce n'est donc pas cette mystification que je vous reproche. Dans mon naufrage, les circonstances un peu plus ou un peu moins cruelles n'importent guère. Mais je me plains que vous ayez cru nécessaire de vous dérober par la fuite à la servitude dont je vous menaçais. Vous m'avez fait tort, je le jure. J'allais me soumettre humblement à votre pouvoir. Comment avez-vous pu me supposer capable de contraindre en rien votre affection? Il est des biens qui, si désirables qu'ils soient, ne s'acceptent que lorsqu'ils sont librement offerts. L'amour véritable est un esclave, et je vous aimais véritablement.

— Vous oubliez, seigneur Lilio, que je ne vous connaissais pas encore.

En ce moment, le Stefanello, échappant aux félicitations de son auditoire, sortait du théâtre. Tout échauffé par le succès, le vieux musicien se frottait les mains : — La plus belle fête du monde! Nous aurons la plus belle fête du monde! Mais qui diable a chanté l'air : *Per te veglia il cor mio?*

Apercevant son fils qui s'entretenait avec la Bolonaise, il vint vers eux : — Qui a chanté l'air d'Eurydice? le sais-tu? demanda-t-il à son fils. C'est prodigieux! Jamais je n'ai entendu une voix plus suave : c'est une femme, certainement, une artiste sublime! Je donnerais cinquante ducats pour être sûr qu'elle voulût bien dire le même morceau à la représentation!

Giannico, revenant et avançant timidement la tête, s'adressa au Stefanello :

— Seigneur, excusez-moi, il y a chez vous quelqu'un qui voudrait vous parler tout de suite, tout de suite.

— J'y vais. Et qui est ce quelqu'un ?

— Il m'a dit se nommer Cristoforo.

— Cristoforo! Est-ce que tu ne te trompes point ? est-ce que tu ne rêves pas ?

— *Domine, non sum hallucinatus.* Je vous répète le nom qu'on m'a prié de vous dire.

— Ce nom me met toujours hors de moi ; je ne puis l'entendre sans me leurrer d'un vain espoir ; dès qu'on le prononce, je courrais jusqu'à l'extrémité de l'Italie. Signora, je suis votre serviteur.

Stefanello se dirigea hâtivement vers son logis. Lilio dit à Silvia :

— Vous voyez votre puissance et les transports que vous excitez ! Partout vous serez adorée comme une immortelle.

— Je m'oublie, seigneur Lilio, à toutes ces flatteries, et j'ai tort d'y prêter une oreille si complaisante. Pardonnez-moi, et que Dieu vous protége !

Silvia salua le musicien et s'éloigna.

Lilio prit à son tour le chemin du pavillon, et il y rentra sur les pas de son père. Il y arriva pour assister à une scène bizarre : Stefanello était dans un état d'agitation où son fils ne l'avait jamais vu : il adressait à un vieillard agenouillé devant lui les plus violentes injures.

— Brigand ! *ribaldo !* tu t'es sauvé avec mon enfant et mon bien !

— Seigneur, je vous ai cru trépassé...

— Tu n'as pas cherché à savoir ce que j'étais devenu, tu t'en es allé sans regarder derrière toi. Scélérat ! l'affaire ne se passera pas ainsi ; tu apprendras à vivre !

— Seigneur, j'ai voulu soustraire au danger votre fille Erminia.

— C'est donc bien vrai ? reprit Stefanello en changeant de ton ; cette belle personne dont le nom et les traits ont tout d'abord fait battre mon cœur, c'est Erminia, c'est ma fille ! On dirait une reine par la grâce et la dignité. C'est donc toi, pendard, qui l'as élevée ainsi ?

— J'ai eu pour elle le dévouement d'un père joint à l'obéissance d'un serviteur. L'enfant passait pour ma fille, mais elle se rappelait bien avoir eu d'autres parents ; elle se croyait orpheline, comme je croyais qu'elle l'était moi-même. Vous pouvez lui demander toute notre histoire.

— Ma fille, Erminia ! Allons, viens, traître ! que je t'embrasse.

— Soyez béni pour votre bonté, mon cher maître! s'écria Christophe en se relevant et en essuyant ses yeux humides de larmes.

— Pourtant, dit Stefanello en le repoussant brusquement, Erminia a l'air triste et malheureux. Lui aurais-tu causé de la peine? aurais-tu contrarié ses désirs ou ses volontés? Gare à toi si je l'apprends!

— Il est vrai, cher patron, que votre fille n'a pas vu s'accomplir ses vœux; mais cela n'a pas dépendu de moi. Votre fille, seigneur Adorni, aime le fils du médecin maître Jean Perdrier.

— Eh bien, Frédéric pourra devenir son mari; nous tâcherons d'arranger cela.

— Je crains bien, mon père, que vous n'y réussissiez pas, dit Lilio intervenant à son tour. Frédéric Perdrier va épouser Silvia, la fille du docteur Parrhasius.

— Mais puisqu'elle est morte...

— C'était une fausse nouvelle: celle-là même qui nous l'a donnée, la voyageuse bolonaise, n'est autre que Silvia Demetria, et c'est elle qui a chanté l'air d'Eurydice. Comment ne l'avez-vous pas deviné?

— Et comment devinerais-je de telles trames? Quoi qu'il en soit, nous essayerons de consoler ma pauvre enfant, et nous parviendrons à

chasser les ombres qui pèsent sur son front, inc
n'est-ce pas, Lilio ?

— Nous essaierons du moins. Où est-elle, ch
cette sœur enfin retrouvée ? Nous tâcherons de r
nous encourager, de nous guérir l'un l'autre,
puisque nous souffrons du même mal.

— Elle est dans son appartement, sans doute.
Allons la serrer dans nos bras. Bourreau, dit-il
en se retournant vers Christophe, sais-tu bien
que je n'ai pas osé l'embrasser encore ?

IX

Après avoir pris congé de Lilio, Silvia s'en
était allée errer, songeuse, dans les allées du
parc. Frédéric Perdrier la découvrit enfin et courut à sa rencontre :

— Charmante Silvia, lui dit-il, j'ai des excuses bien humbles à vous faire : il y a eu ce
matin un malentendu entre nous, et je crains que
ma sottise ne vous ait offensée.

— Vous n'avez rien à vous reprocher qui ressemble à une sottise, Frédéric, et je n'ai gardé aucun ressentiment.

— Pardon, Silvia; j'ai conscience de m'être signalé par une absurdité peu commune. Mais l'ignorance où j'étais peut, jusqu'à un certain point, servir à ma justification. J'ignorais vraiment que le prétendant importun qui vous avait obligée à déserter la maison paternelle, n'était autre que notre voisin Lilio; j'ignorais que vous aviez imaginé, pour vous débarrasser de ses poursuites, ce trépas qui faisait verser tant de larmes. Je n'étais au courant de rien du tout. Ah! ah! ah! vous auriez dû m'avertir de la *burla*.

— En voilà assez sur ce sujet. Tout cela est fini, et le seigneur Lilio est maintenant instruit de la vérité.

— Déjà! c'est dommage. Cette aventure aurait pu fournir un amusant canevas pour les comédiens.

— Ne raillez pas ce jeune homme; je vous assure que si la vivacité et la délicatesse de ses sentiments m'avaient été connues, je n'aurais eu garde d'user d'un si méchant procédé envers lui. C'est ce que tout à l'heure je lui affirmais à lui-même.

— Il a décidément conquis vos bonnes grâces.
Voilà pourtant ce que c’est que d’être témoin de
l’impression produite par ses propres funérailles.

— Je reconnais et j’apprécie le mérite partout
où il se trouve. Ce sont, du reste, de grands artistes; le Stefanello est un beau génie, l’un des
premiers musiciens de l’Italie, et le fils marche
sur les traces de son père. Maintenant, Frédéric,
n’en parlons plus, et occupons-nous de nos projets.

Comme Silvia achevait ces derniers mots, de
bruyantes lamentations retentirent dans le pavillon habité par le maître de chapelle. On appelait des secours. Les cris partaient des chambres
hautes de la maison.

— Que se passe-t-il chez nos voisins? dit le
jeune Français.

Les cris redoublant, Frédéric courut vers la
maison, où Silvia le suivit. Ayant franchi deux
étages, Frédéric arriva dans une chambre où il
vit Stefanello, Lilio, Christophe, la gouvernante,
qui tous s’empressaient autour d’Erminia étendue sans mouvement.

Le vieux Stefanello s’abandonnait à son désespoir. Couvrant de baisers les mains de la
morte : — Ma pauvre fille, disait-il, ne devais-tu
donc jamais entendre ce nom que je me faisais une si douce fête de prononcer? Ah! je suis

sûr que si tu m'avais été rendue plus tôt, je ne t'aurais pas perdue! je t'aurais bien préservée de mourir! Toute la tendresse que j'aurais dû te dispenser depuis ton enfance m'était venue au cœur en un instant; j'allais me dédommager des caresses dont le sort m'avait sevré! Ciel barbare, ne me l'aviez-vous amenée si miraculeusement que pour me l'arracher tout à coup?

— Il faut savoir quelle est la cause de cette mort soudaine, dit Lilio. Qu'on aille quérir un médecin au plus vite!

Christophe s'était mis à chercher dans la ruelle. Il y ramassa un petit flacon, et le regardant avec horreur :

— Il est vide! c'est bien ce que je redoutais! La malheureuse enfant a pris du poison!

— Qu'est-ce que cela? dit Frédéric en s'avançant.

— Oui, elle s'est empoisonnée à cause de vous et de votre trahison, ingrat, perfide, cœur de tigre! Voici ce qui l'a tuée!

— Qu'est-ce que cela? répéta Frédéric tâchant de s'emparer de l'objet microscopique que le vieillard agitait dans sa main.

— C'est une fiole de poison qu'elle a dérobée dans le cabinet de votre père.

— Laissez-moi voir cette fiole, vous dis-je!

13*

Le jeune homme examina attentivement le petit flacon.

— Dieu soit loué ! dit-il avec un soupir de soulagement.

Il ôta vivement l'anneau qu'il portait au doigt :

— Sois-tu béni, mon père, de m'avoir fait jurer de ne quitter jamais cet anneau ! Seigneur Stefanello, continua-t-il tout en dévissant le chaton de la bague, je vais rendre la vie à votre fille.

— Si vous avez ce pouvoir, hâtez-vous ! Ma reconnaissance sera éternelle. Bien loin de susciter aucune opposition à votre mariage avec Silvia Demetria, je m'emploierai à faire votre paix avec son père.

— Qu'en dit le seigneur Lilio ?

— De grâce, sauvez ma sœur et disposez de ma vie, répondit Lilio.

Frédéric fit couler entre les lèvres d'Erminia l'antidote renfermé dans le chaton de la bague. Pendant quelques secondes, les assistants attendirent en silence et avec angoisse l'effet du contre-poison dont Frédéric, grâce à la sollicitude paternelle, s'était trouvé si heureusement pourvu. Bientôt la jeune fille fit un mouvement ; peu à peu le sang revint à ses joues pâles.

— Seigneur Stefanello, seigneur Lilio, dit Frédéric, voici votre fille et votre sœur hors de danger. Pour prix de sa guérison, je réclame une autre récompense, une autre faveur que celle que vous m'avez offerte. Mon cœur revient à ses premières impressions et à ses premiers engagements. Je vous demande la main d'Erminia, et je prie Lilio d'obtenir mon pardon de la signora Silvia.

— Ah! mon fils, s'écria Christophe, c'est alors que vous aurez vraiment sauvé la chère enfant!

Cependant Erminia ouvrit les paupières. En parcourant, d'un regard encore obscurci, le groupe formé autour d'elle, ses yeux s'arrêtèrent sur Frédéric. Puis, la mémoire se réveillant sans doute : — Ah! murmura-t-elle, pourquoi ne m'avez-vous pas laissée mourir ?

— Parce que je vous aime, dit Frédéric; je vous ai condamnée à vivre, pour être à moi à jamais!

— *O mia luce!* dit la jeune fille, dont le visage s'éclaira comme d'un céleste rayon.

Lilio aperçut Silvia qui, un peu à l'écart, avait assisté à toute cette scène. Il alla vers elle et lui dit :

— Il me reste, à moi, la tâche la plus difficile à remplir. Mais vous vous rappellerez ce que je vous ai dit de mon entière et absolue soumission.

— Je sais que je n'ai rien à redouter de votre
tyrannie, lui répondit Silvia. Et puis, seigneur
Lilio, j'ai fait réflexion que ma conduite n'a pas
été des plus sages pour une pensionnaire de Santa-
Maria-Novella, et j'ai mieux compris le devoir
où nous sommes de respecter l'autorité paternelle.

On entendit en ce moment le fouet du *vetturino*, retentissant à la grille du parc :

— Le voyageur pour Bologne est-il prêt ?
Dépêchons-nous! criait-il.

— Je pars avec Giannico, dit Silvia ; j'obtiendrai aisément pour mon compagnon et pour
moi le pardon de mon père.

Le Stefanello était tout occupé de sa fille ;
Erminia ouvrait de grands yeux à tous les bon-
heurs qui lui arrivaient à la fois.

Lilio descendit avec Silvia et l'accompagna
jusqu'à la voiture où Giannico avait déjà pris
place. La voiture partit au galop, et Lilio la
regardait fuir, mais d'un air moins attristé, en
songeant que l'avenir n'était point perdu.

LA FOLIE D'EUSEBIO

IV

LA FOLIE D'EUSEBIO

~~~~~~~~~~~~~~

La galère espagnole la *Marquesa,* partie d'Os-
tie avec des passagers venant de Rome, se dirigeait vers Naples, qui était alors sous la domination de Charles-Quint. Au nombre des passagers
était un gentilhomme au costume simple et sévère,

jeune encore, mais dont le visage portait la trace de grandes fatigues et de grandes souffrances. Silencieux, il semblait en proie à une mélancolie profonde. Il demeurait insensible à tout ce qui se passait autour de lui. En vain un improvisateur exerça sa verve sur quelques-uns des thèmes favoris de la poésie populaire ; en vain trois danseuses du pays d'Atrani, dont le teint bruni et les yeux brillants d'un éclat sauvage trahissaient l'origine moresque, exécutèrent sur le pont du vaisseau leurs danses nationales, au son des nacaires et des tambourins ; vainement aussi la côte italienne montrait l'un après l'autre ses promontoires verdoyants, couronnés tantôt par un château féodal, tantôt par une ruine antique ; rien n'avait le pouvoir de dissiper le sombre nuage qui obscurcissait le front du voyageur.

La galère toucha à Ischia, où quelques personnes, qui avaient affaire à Naples, montèrent à bord. Parmi elles était le gouverneur de l'île, qui, apercevant le gentilhomme, le salua avec respect. L'autre lui rendit son salut, mais en évitant d'entrer en conversation. Plusieurs passagers avaient été frappés de l'attitude de leur compagnon de voyage. Quelques-uns, qui connaissaient le gouverneur d'Ischia, le tirèrent à l'écart et lui demandèrent quel était le personnage qu'il venait de saluer.

— C'est le seigneur Eusebio des Alidori, répondit le gouverneur.

— Le chevalier de Rhodes! le porte-guidon de la nation italienne pendant le grand siége!

— Lui-même! je l'ai vu à Salerne, il y a deux ans environ; je le reconnais parfaitement, quoiqu'il soit fort changé.

— Mais pourquoi n'a-t-il aucun des insignes de son ordre? D'où vient qu'il n'a point revêtu la casaque rouge à la croix blanche?

— Je l'ignore comme vous, répondit le gouverneur; tout ce que je puis vous affirmer, c'est que votre compagnon de bord n'est autre que ce jeune combattant dont les hauts faits ont inspiré un noble orgueil à tous les enfants de l'Italie, et qui a été le héros du fameux siége, après le grand-maître.

Ce bruit se répandit aussitôt et excita un vif mouvement de curiosité et d'intérêt, sans que celui qui en était l'objet parût seulement s'en apercevoir. Qui eût soupçonné que celui-là même, dans les traits de qui se lisait une tristesse invincible, était ou devait être en ce moment au comble de ses vœux, qu'il atteignait un but ardemment poursuivi, qu'il touchait à un bonheur

presque inespéré, et qu'il avait enfin les meil-
leures raisons du monde pour être tout entier
au contentement et à la joie ? Il en était ainsi
cependant ; Eusebio était le plus heureux des
hommes. A le voir, on ne s'en serait guère douté.

La *Marquesa* fit escale à Naples ; elle en partit de bon matin et vogua vers Salerne ; elle
doubla l'ancien cap Misène et laissa à droite
les rochers arides de l'île de Caprée. Un soleil
printanier répandait ses rayons sur le rivage, qui
était toujours en vue et sur la nappe bleue des
flots. Une frange d'or dessinait la crête ondu-
leuse des vagues paisibles ; le sillage du navire
scintillait de mille feux. L'air était infiniment pur
et doux. Eusebio était tout rasséréné ; accoudé
à l'avant du navire, il interrogeait l'une après
l'autre les sinuosités du littoral. Enfin la galère
entra dans le large golfe qui s'étend jusqu'aux
bouches du fleuve Silarus ; et, au fond du golfe,
sur le penchant d'une montagne qui s'avance au
bord de la mer, apparut la cité de Salerne, dont
les blancs édifices entourés d'ombrages s'étageaient
en amphithéâtre.

L'arrivée de la *Marquesa* était avidement
épiée de la ville ; mais ceux qui avaient les yeux
fixés sur le navire l'attendaient dans des sentiments bien divers.

II

Dès que la galère espagnole se montra à l'horizon, elle fut reconnue par un jeune homme qui se promenait sur le môle. C'était un élégant cavalier, vêtu avec magnificence : pourpoint et chausses de satin bleu à crevés blancs, toque à plumes blanches et bleues, avec des nœuds de rubans aux manches, à la ceinture, aux jarretières ; il tenait à la main une canne longue à pomme d'argent. Figure et démarche gracieuses, du reste, quoique un peu efféminées. On devinait un enfant gâté de la fortune. Sur ses pas marchait un valet en livrée blanche, l'escarcelle à la ceinture, le bonnet sur l'oreille, ayant l'air deux fois aussi insolent et aussi fripon qu'il convenait au serviteur d'un fils de famille.

— Regarde, Mosca, dit le jeune seigneur, vois-tu ce bâtiment qui passe au-dessous du cap

Tomolo? Il amène à Salerne Eusebio Alidori,
Eusebio délié de ses vœux, rendu au siècle et à
la liberté.

— Vous êtes enchanté de revoir votre ami?
demanda le valet avec une ironie peu dissimulée.

— Tu sais bien, traître, que son retour me
tue; Aurelia lui appartient maintenant!

— Ou je ne vous connais point, mon maître
très-respecté, ou elle n'est pas encore à lui.

— Quel espoir peut-il me rester? Sa lettre ne
me laisse rien ignorer : il m'avoue l'accord qui
existait entre eux et qui m'explique l'indifférence
que me témoignait Aurelia. C'est un complot qu'ils
ont tramé ensemble, par ma foi! et j'en suis la
victime. Fiez-vous donc à ces soldats enfroqués!
J'aurais mieux fait vraiment de laisser la peste
dévorer celui-ci avec les autres.

— Décidément, la fille du chirurgien vous tient
au cœur.

— Elle règne souverainement sur moi. J'en suis
si follement épris, que j'étais résolu de l'épouser.
Pour la première fois qu'une pareille idée se présente à mon esprit, pour la seule fois qu'elle s'y
présentera peut-être jamais, il serait trop cruel,
n'est-ce pas, de ne pouvoir la satisfaire?

— Vous avez raison, vous ne pouvez pas renoncer à la lutte.

— Eh! comment lutter? Je suis vaincu : il n'est que trop évident que les marques de passion que je lui ai données n'ont pas fait la plus légère impression sur Aurelia. Elle ne songeait qu'au Rhodien : cette journée comble ses espérances, et mon sort, à moi, est irrévocablement fixé.

— Vous vous laisseriez ravir la perle de Salerne sans combat! que serait donc devenue, ô mon maître, cette amoureuse bravoure qui a répandu votre renommée dans toute la province? Et devant quel rival vous retireriez-vous ainsi du premier coup? Vous qui avez passé vos jours dans les chambres des dames et qui êtes un galant sucré, *un zuccherato*, comme nous disons à Naples, vous vous laisseriez supplanter par un moine, par un guerrier digne des âges primitifs, dont toute la jeunesse a été employée à pourfendre les peuples infidèles! Non, quoi qu'il vous plaise dire, non, je n'en crois rien.

— Que veux-tu faire cependant? Ne suis-je pas enchaîné, désarmé? Eusebio est mon ami; je reçois ses intimes confidences; il vient tout droit loger chez moi, il va être mon hôte! Et puis, tu sais que je lui ai sauvé la vie, qu'il m'accable de sa reconnaissance; et que la reconnaissance engage et oblige surtout celui qui en est l'objet.

— Bon Dieu! je pense bien que vous ne lui donnerez pas une coutelade. Mais vous avez, pour vous défendre, votre subtil esprit et votre expérience consommée : avec cela, quoi de plus facile que de triompher d'un homme comme ce soldat? Vous vous rappelez aussi bien que moi son caractère; il est crédule et susceptible, confiant et irritable, prompt et entier dans ses résolutions. C'est un jeu d'enfant que d'évincer un pareil rival. Votre rôle dans ces circonstances est bien simple. Vous avez appris par sa lettre son amour et ses engagements avec la signora Marzocchi. Amoureux vous-même, déconcerté par cette révélation tardive, vous avez naturellement un visage affligé, une attitude contrainte; vous accueillez votre ami froidement, vous évitez sa présence, et, quand il vous interroge, vous ne répondez que par des soupirs. Eh bien, ce simple rôle, qui est le vôtre, vous ménage toute sorte d'avantages et vous permet encore le plus sérieux espoir.

— Je ne veux pas, tu le supposes bien, invoquer le service rendu et en réclamer le prix. Cela ne saurait me convenir.

— Non, *per Baccho!* il s'agit de vaincre, et non d'implorer votre adversaire. Suivez mon avis et laissez-moi faire. Rentrez chez vous; j'attendrai ici le chevalier et je le conduirai à la maison.

— Allons, je m'en remets à toi, agis à ta guise. Je me suis parfois trouvé bien d'avoir écouté tes conseils.

L'élégant seigneur s'éloigna et le valet resta seul sur le port. La galère avançait à force de rames ; elle vint débarquer ses passagers près du môle. Dès qu'il vit paraître Eusebio Alidori, le valet s'en alla le saluer humblement de la part de son maître, et lui offrir ses services. Ils se dirigèrent ensemble vers la ville.

— J'espère que mon ami Ottavio Pulciani est en bonne santé, dit Eusebio.

— Seigneur, il se porte assez bien, Dieu merci.

— Il est toujours le même, sans doute, toujours occupé à des conquêtes plus douces que celles qui se font par les armes, et servant une divinité moins austère que la gloire.

— Entre nous soit dit, seigneur Alidori, mon maître possède, je crois, un talisman pour se faire aimer des dames : ses succès tiennent du prodige, et je n'y ajouterais pas foi, si, dans la situation que j'occupe auprès de lui, je n'étais à même d'en avoir des preuves irrécusables. Cependant, si favorable que soit son étoile, on n'est pas sans rencontrer des mécomptes dans la vie. Ainsi je vous préviens, seigneur, qu'en ce moment vous ne le trouverez pas d'humeur très-joyeuse. Du jour où il a reçu votre lettre, il a changé d'une façon extraordinaire.

— En vérité? et que peut-il avoir?

— Je l'ignore. Il était gai comme un émérillon, triomphant comme un roi, heureux comme un saint du paradis. Soudain, je ne sais ce que vous lui annonciez, il a paru extrêmement tourmenté et chagrin. C'est que, voyez-vous, seigneur Alidori, quoi qu'on dise de mon maître, quelques folies de jeunesse qu'il ait faites, il ne laisse pas d'avoir du cœur, et il est ami fidèle et dévoué, je vous en réponds, seigneur chevalier.

— Je n'en doute pas, je le sais mieux que personne; mais que veux-tu me faire entendre?

— Rien, rien de plus : je ne puis me rendre compte de ce qui s'est passé; seulement le changement m'a frappé, car il a été comme du jour à la nuit.

Eusebio hâta le pas, sans ajouter une parole, en réfléchissant sans doute qu'il avait tort d'interroger un valet. Mais déjà la flamme qui s'était rallumée dans son regard, en approchant de Salerne, s'était assombrie; son front, momentanément éclairci, s'était de nouveau couvert de nuages.

Ils arrivèrent, sans plus rompre le silence, à la porte d'un palais somptueux situé dans le quartier du négoce salernitain. Le valet introduisit le voyageur, puis ressortit sur-le-champ, avec un sourire sardonique sur les lèvres, et hochant les épaules : « Il en tient, dit-il, il est touché. »

III

Dans une autre partie de la ville, presque au haut de la montagne sur le penchant de laquelle Salerne est bâtie, s'élevait la demeure de Gasparo Marzocchi, gentilhomme bénéventin, docteur et professeur de l'institut.

Personne n'ignore tout à fait ce que fut anciennement la cité de Salerne. Quoique la période de sa splendeur fût passée depuis longtemps, Salerne était encore florissante au seizième siècle, et même une nouvelle ère de prospérité

paraissait s'ouvrir pour elle sous la domination
des princes espagnols. L'institut voyait revivre
dans quelques-uns de ses professeurs la gloire
des vieux maîtres. Le docteur Marzocchi ou Marzocchius, en latinisant son nom comme e'était
alors la coutume, était un digne héritier des
Alphanus, des Platearius et de toute la fameuse
école salernitaine.

Les écoliers, les voyageurs à la recherche de
la science ou de la santé, accouraient de tous
les points de l'Italie et aussi des autres pays
de l'Europe. Les hospices se remplissaient de
malades étrangers. Les amphithéâtres retentissaient comme autrefois du bruit des leçons et des
controverses.

Toutefois Salerne, étendue nonchalamment au
fond de son golfe magnifique, sous le plus beau
ciel du monde, n'avait pas l'aspect de certaines
villes scolastiques moins favorisées par le cli-
mat et moins fêtées par la nature. Elle joignait
à la science la coquetterie et la grâce. Les palais y étaient aussi nombreux que les colléges, et
les colléges rivalisaient d'élégance avec les palais.
C'est que Salerne avait une double source de
fortune. La médecine ne l'enrichissait pas seule :
son commerce maritime très-étendu égalait, s'il
ne le surpassait pas, celui de Naples. Aussi le luxe

régnait-il dans les habitations et dans les costumes. Ajoutez à ces avantages le site le plus pit-
toresque, la plus riche végétation, la mer la
plus bleue et la plus caressante ; et vous con-
viendrez que c'était une cité vraiment privilégiée
que celle qu'on nommait alors « la cité d'Hip-
pocrate. »

La beauté de ses femmes continuait à être
vantée comme au temps où le poëte Guillaume
de Pouille la célébrait dans son poëme latin sur
la conquête normande. Une particularité qui
caractérise assez bien cette ville à la fois docte
et riante, c'est que de tout temps les dames
avaient figuré avec honneur dans son institut.
Salerne n'excluait pas le sexe aimable de l'enseignement ni de la pratique médicale. C'était
là une de ses plus anciennes traditions. Le
naturaliste Rodolphe Mala-Corona raconte, au
onzième siècle, que lorsqu'il vint à Salerne,
il ne trouva personne en état de soutenir la
discussion avec lui, sinon une matrone fort
savante du nom de Trotula. Cette Trotula, de
la noble famille des Roger, figure, en effet,
dans la liste des plus illustres docteurs de l'é-
cole. A une date plus récente, on avait vu sié-
ger, parmi les professeurs, Constanzella Calenda,
célèbre par sa beauté, Abella, Mercuriade, la

comtesse Rebecca appartenant à la famille des
comtes de Guarna, anciennement alliée aux rois
normands. Les Salernitaines, de leurs mains blanches, se passaient l'une à l'autre le flambeau de
la science qui soulage et qui guérit.

Le docteur Marzocchius était père d'une fille
nommée Aurelia, qui promettait de ne point
laisser cette précieuse tradition s'interrompre.
Elle avait à peine vingt ans, et elle passait pour
très-instruite dans la connaissance des plantes et
de leurs propriétés salutaires ; déjà les amis de
son père, quoiqu'elle n'eût pas de diplôme et
qu'elle fût bien loin de songer au professorat,
l'appelaient *magister Aurelia,* ce qui ne manquait pas de colorer ses joues roses des plus vives
couleurs. On pouvait dire d'elle ce que Dante
disait de Béatrice, « qu'elle marchait vêtue de
modestie au milieu des louanges qu'on lui prodiguait. »

La blonde et blanche Aurelia régnait souverainement sur les cœurs de tous les Salernitains ;
elle devait ce pouvoir à ses charmes, il est vrai,
beaucoup plus qu'à sa réputation de savoir ;
mais celle-ci ne faisait aucun tort à ceux-là ;
bien au contraire, elle accroissait leur prestige,
et pour emprunter encore un distique au plus
grand poëte de l'Italie, « quand elle allait par

la ville, tout homme qui l'apercevait se tournait vers elle, et elle faisait battre le cœur de celui qu'elle saluait. »

L'habitation des Marzocchi, moins somptueuse que le palais des Pulciani, avait l'aspect d'une élégante retraite, à demi urbaine, à demi champêtre. Elle ressemblait par sa construction à une villa antique, avait le toit plat, le péristyle à colonnes et le portique spacieux surmonté d'un fronton sculpté. Entourée d'un jardin vaste et touffu, et comme enveloppée d'ombrages, elle était isolée de tous les bruits de la cité et respirait un calme et un silence favorables à l'étude. Elle ne laissait point cependant d'avoir, grâce à sa situation, un horizon immense : de sa terrasse et de ses fenêtres, par des éclaircies habilement ménagées, le regard embrassait le golfe dans presque toute son étendue.

Dans une chambre haute d'où l'on jouissait de cette magnifique perspective, Aurelia Marzocchi, aidée par la suivante Laurette, s'occupait à fixer des plantes sèches dans un herbier. Mais, bien peu attentive à son œuvre, elle ne perdait guère de vue l'horizon lointain. Un esprit d'amour, pour continuer à nous servir du langage de Dante, planait sur son front charmant. Ses traits exprimaient une joie attendrie, une espérance recueillie. Quand, après avoir détourné un instant les yeux de la nappe bleuâtre de la Méditerranée, elle les reportait vers l'espace, elle soupirait, n'y découvrant pas ce qu'elle attendait.

— Il me semble, dit-elle à sa compagne, que la *Marquesa* est en retard aujourd'hui.

— Non vraiment, répondit Laurette en jetant un coup d'œil à l'horloge dressée dans un coin de la chambre, non, c'est votre cœur qui bat trop vite.

— Il se peut faire. Je vais revoir Eusebio tout à l'heure; devines-tu, *sorella,* tout ce qu'il y a de douceur et de bonheur infini dans ces mots?

— J'en suis heureuse comme vous, ma chère maîtresse. D'abord votre excellent père commençait à vous persécuter pour vous faire prendre toutes sortes de potions désagréables, sous prétexte que votre santé s'altérait. Le retour du seigneur Alidori vous guérira bien mieux.

— J'aurais enduré volontiers pour lui des persécutions plus rigoureuses que celles-là. Comprends-tu, Laurette, tout ce qu'il a fait pour moi, et tout ce qu'il m'a sacrifié? Non, tu ne peux le comprendre.

— Excusez-moi, je le comprends très-bien;

mais dites tout de même, si cela vous fait plaisir.

— Il eût été commandeur avant peu de temps, s'il fût resté dans son ordre; tout le monde est d'accord là-dessus.

— Il eût été prieur, grand-prieur et grand-maître; il eût marché l'égal des princes régnants, et certes il en est bien digne.

— Et puis, Laurette, les liens qui l'attachaient à son ordre étaient d'autant plus forts qu'ils avaient été serrés dans des circonstances plus terribles. Il a dû lui en coûter beaucoup de les rompre. Et tu voudrais que je ne lui fusse pas reconnaissante?

— Dieu me garde de vous donner un pareil conseil, ma chère maîtresse, d'autant plus que ce serait bien peine perdue. Je me félicite pour vous et pour nous tous que le seigneur Alidori ait pu se séparer de la puissante milice dans laquelle il était enrôlé, et je souhaite qu'il ne subsiste pas contre lui des ressentiments qui troubleraient sa vie et la vôtre.

— Pourquoi des ressentiments?

— J'ai souvent entendu dire que ces mystérieuses sociétés poursuivaient de leur haine les transfuges qui les quittaient.

— Eusebio n'est pas un transfuge : il a été relevé régulièrement de ses vœux et il est en règle avec son ordre. Hélas! il a acheté assez chèrement sa liberté : songe à la campagne qu'il vient de faire, aux dangers qu'il vient de courir. Ah! j'ai bien cru ne le revoir jamais!

— Vous voyez que j'avais raison de soutenir que tout finirait mieux que vous ne le supposiez.

— Ah! quelle cruelle année j'ai passée, ma Laurette! Va, je ne t'ai pas dit tout ce que j'ai souffert, les tableaux affreux qui épouvantaient mes rêves, les spectacles de carnage et de mort dont mon imagination était obsédée : j'apercevais des plaines sombres où gisaient en tas des cadavres mutilés, où se tordaient d'affreuses agonies, où des blessés rampaient, traînant leurs plaintes, où s'entendaient des gémissements, des cris, des appels désespérés à tout ce qu'on aime! Il me semblait reconnaître une voix déchirante! Je ne sais comment mon esprit ne s'est pas égaré! En songeant que c'était son dévouement pour moi qui l'avait conduit là, je maudissais l'heure où je suis née!... Ah! regarde, tiens! vois-tu tout au loin, dans le brouillard...

— Non, je ne distingue rien; je crois que vos yeux vous abusent.

— Regarde bien à la ligne qui sépare l'eau et le ciel, ce point, cette tache, c'est le navire qui ramène Eusebio! Eusebio est là, et il sera ici dans peu d'instants!

Les jeunes filles demeurèrent les regards fixés sur la galère, qui alla grandissant et se dessinant peu à peu à leur vue.

— Pauvre Eusebio! il y a bien longtemps qu'il n'a reçu un signe, une parole de moi. Je vais tracer quelques lignes pour lui souhaiter la bienvenue, et tu iras, Laurette, les lui remettre au moment où il sortira du navire. Je ne doute pas que cette attention ne lui cause une grande joie.

— Écrivez, je courrai jusqu'au port et j'arriverai avant qu'il débarque, je vous le promets.

Aurelia traça quelques mots à la hâte. Laurette s'enveloppa de sa mante, glissa le billet dans son corsage, et prit de son pas léger le chemin du port.

Comme elle y arrivait, Eusebio Alidori mettait pied à terre. Mais le valet d'Ottavio Pulciani, la devançant, accosta le voyageur et le conduisit vers la ville. Laurette connaissait bien Mosca, qui lui avait parfois conté fleurette, et elle n'ignorait pas non plus qu'Ottavio était un des adorateurs d'Aurelia. Elle hésita à s'acquitter de son message sous les regards de ce personnage malicieux. Elle suivit donc le chevalier et son guide jusqu'à ce qu'elle les eût vus entrer au palais Pulciani; et elle s'interrogeait pour savoir ce qu'elle devait faire, lorsque Mosca reparut sur le seuil. Mosca, qui avait l'œil alerte, aperçut la suivante; quoiqu'elle eût le visage caché sous les plis de sa mante, il la reconnut et soupçonna tout de suite ce qui l'amenait. Il marcha rapidement vers elle. Laurette tourna le dos et fila devant lui comme une balancelle devant le corsaire qui la poursuit.

Mosca l'eut bientôt rattrapée.

— Pourquoi, méchante, fuyez-vous si vite? lui dit-il. Croyez-vous que je ne vous ai pas reconnue? Ah! Laurettina, serez-vous toujours rebelle à mes vœux et n'aurez-vous pas enfin compassion de moi?

— Non, non, non, non, répondit Laurette en hâtant le pas.

Il paraît cependant qu'il n'y avait pas tant de fermeté dans le ton de sa voix, que le galant en fût rebuté, car celui-ci reprit :

— Tant de *non,* cruelle! vous voulez donc ma mort?

— Allez, allez, allez, je ne vous crois point; laissez-moi, méchant homme.

Ces trois *allez,* après les quatre *non,* au lieu de décourager l'intrépide Mosca, accrurent sa hardiesse. Il se pencha sur l'épaule de Laurette; ses yeux perçants découvrirent le papier plié qui dépassait d'une ligne le bord du corsage. Serrant de plus près la soubrette et faisant la bouche en cœur, il reprit :

— Eh! pourquoi as-tu résolu ma perte? Si tu es si inhumaine pour ceux qui te chérissent, tu ne sauras plus quel traitement infliger à tes ennemis. De grâce, ma colombe, adoucis ton humeur sauvage!

— Point, point, dit Laurette secouant la tête pour accentuer davantage cette double négation.

Malgré cela, Mosca, devenant plus entreprenant et se penchant comme pour lui dérober un baiser, passa le bras derrière le cou de la jeune fille, et ses doigts agiles accrochèrent le bout du papier qu'il tira de sa cachette.

— Effronté! malhonnête! cria une grosse voix à quelques pas derrière eux; je te ferai mettre au pilori, paillard impudent!

— Ouf! le docteur! fit le valet.

Il s'esquiva lestement; mais le papier qu'il n'avait pas bien saisi s'échappa de ses mains. Le billet tomba par terre aux pieds du docteur Marzocchius, qui l'aperçut et le ramassa.

Laurette, de son côté, s'était enfuie en courant. Quand elle fut hors de vue et qu'elle reprit haleine, elle s'aperçut bien qu'elle avait perdu le billet d'Aurelia; mais elle ne se rendait pas

compte exactement de ce qui lui était arrivé. Elle
se dit que peut-être il avait pu tomber par accident, et craignant beaucoup qu'il ne vînt en la
possession de quelque indiscret, elle se mit à sa
recherche, recommençant le chemin qu'elle avait
fait, et ne pouvant se décider à rentrer chez sa
maîtresse avant d'avoir réparé sa maladresse et
son étourderie.

IV

Peu d'instants après la scène qui vient d'être
racontée, nous retrouvons Ottavio Pulciani et son
valet dans le jardin des Marzocchi, jardin aux
grands arbres, aux taillis touffus, comme nous
l'avons dit. Ils avaient demandé le docteur. On
leur avait répondu qu'il n'était pas encore rentré,
ce qu'ils savaient de reste. Ils se promenaient,
sous prétexte d'attendre son retour, dans une
allée très-ombreuse qui les dérobait à tous les
regards. Ils causaient à voix basse.

— Que diantre venons-nous faire ici? dit Otavio à Mosca.

— Vous devez avoir quelque maladie. Vous avez besoin de consulter le docteur.

— Ma foi, je m'en dispenserai volontiers.

— Impossible, mon respecté patron, il le faut absolument. Il faut que nous soyons ici, que nous soyons présents sur le champ de bataille. Vous avez laissé, n'est-ce pas, le chevalier Eusebio se disposant à venir?

— Oui, il s'y prépare, il ne tardera pas.

— Lui avez-vous fait sentir toute son imprudence? Lui avez-vous conté l'histoire de Prelio allant, sur un mot de sa dame, chercher, à travers l'Arabie pétrée et l'Arabie déserte, les plumes du phénix, et trouvant à son retour que sa dame ne s'en souciait plus et l'avait oublié lui-même?

— Je me suis plaint avec amertume de ce qu'il ne m'eût pas confié ses amours avant son départ, et je lui ai laissé supposer que ce silence pourrait avoir des conséquences fâcheuses qu'il n'a pas prévues. J'ai rompu l'entretien au bout d'un moment; cet accueil, ces réticences expressives ont dû le jeter dans une terrible anxiété. Mais à quoi bon? à quoi nous servira-t-il d'amonceler ces nuages? Eusebio va tout à l'heure voir Aurelia qui, avec son premier regard et sa première parole, dissipera les soupçons que nous aurons fait naître, sans qu'il en reste la moindre trace.

— Je sais bien que la situation est difficile, et je ne vois pas trop bien moi-même comment nous en sortirons. La rencontre que j'ai faite tout à l'heure était un coup de fortune : on aurait pu, sans doute, tirer parti du billet que portait la suivante. Mais ce maudit docteur est venu tout gâter. Il n'y a plus qu'à compter sur l'occasion fugitive et à la saisir prestement au passage. La philosophie nous enseigne, ô mon maître, que les circonstances les plus insignifiantes produisent souvent les plus graves résultats. Il est toujours une minute, dans les choses humaines, où il suffit d'un rien, d'un grain de sable, d'une chiquenaude, pour que toute la machine soit précipitée dans une autre direction que celle qu'elle suivait jusque-là. Un poëte l'a dit :

> Un' hora, un punto, un batter d'occhio
> Può importar la vittoria.

La victoire dépend parfois d'un clin d'œil. Aussi tenons-nous aux aguets, attentifs et vigilants.

— Quelqu'un entre ici, serait-ce lui déjà ? dit Ottavio.

— En effet, j'ai entendu le bruit de la grille ; voyons qui c'est : ne nous montrons pas.

Le maître et le valet, ayant soin de se tenir cachés par le feuillage, regardèrent dans l'avenue de hauts châtaigniers qui conduisait de la porte d'entrée au vestibule de la maison. Ils aperçurent le docteur Marzocchius lui-même.

Le docteur était un vieillard aux cheveux gris et au visage coloré, de haute taille, un peu courbée par l'âge et par l'étude. Il était vêtu de noir, ne portait pas la robe longue, et avait le costume des gentilshommes, moins la rapière qui manquait à son côté. Il s'avançait dans l'avenue en faisant des gestes qui trahissaient une extraordinaire émotion. Il avait à la main un papier déplié, le mettait sous ses yeux, et l'agitait ensuite violemment, en homme que le témoignage de ceux-ci jetait dans une surprise extrême.

Mosca dit tout bas à son maître : — C'est la lettre saisie qu'il est en train de lire ; écoutons !

— Il n'y a pas à en douter, disait le docteur en frappant de la main droite la feuille qu'il tenait de la main gauche, cette écriture est celle de ma fille Aurelia. C'est elle qui a tracé ce billet : « Ami très-cher, cœur de mon cœur et âme de mon âme, *cuore del mio cuore, e anima della mia anima.* » A qui Aurelia peut-elle

écrire en pareils termes? Pas d'adresse! pas de
nom! C'est vraiment incroyable! « Soyez le bien-
venu et recevez le salut que vous désirez. Le
ciel a été clément pour notre amour... » Notre
amour, voilà qui est clair. Elle ne met pas un
mot pour un autre; elle n'use pas de circonlo-
cutions, ma fille! Notre amour, tout franche-
ment. Et voilà une enfant qu'on prendrait pour
un chérubin qui a mué ses ailes! A qui se fier
après cela?

Pendant que le docteur Marzocchius donnait
cours à son indignation, le valet Mosca remarqua la présence d'un nouveau personnage qui
venait d'entrer à son tour : c'était Eusebio, qui
s'en venait le long des arbres de l'avenue, et
qui, témoin des transports auxquels s'abandonnait le père d'Aurelia, demeurait à quelque distance en arrière et hésitait à approcher davantage.

Le docteur reprit, lisant et commentant : « Depuis que je ne vous ai vu, il me semble qu'il
s'est écoulé un siècle, et j'ai senti que les liens
qui nous unissent sont devenus plus forts de
jour en jour. » « Les liens qui nous unissent! »
Il y a bien écrit : « Les liens qui nous unissent! » à mon insu! L'obéissance filiale, le respect de soi-même et des siens, les bienséances

les plus vulgaires ont été violées, foulées aux pieds! O la malheureuse enfant! qui a pu égarer à ce point son esprit et son cœur? « Accourez vite, j'ai hâte de vous voir et de vous assurer de nouveau que je suis celle qui est plus à vous qu'à elle-même... » Quel est le séducteur qui a pu lui tourner la tête à ce point? Si je le connaissais, le scélérat irait aux galères! Mais e le connaîtrai, dussé-je pour cela faire mettre toute la maison à la torture!

Mosca murmura à l'oreille de son maître : — Allez hardiment, et dites que c'est vous.

Ottavio Pulciani, se démasquant, s'avança vers le docteur, la tête baissée, l'air humble et repentant, et, fléchissant un genou : — Seigneur Marzocchi, dit-il, il ne vous sera pas nécessaire de recourir à l'office du bourreau pour découvrir le coupable. Ce coupable vient lui-même au-devant du châtiment, c'est moi.

— Ottavio Pulciani! c'est à vous que cette lettre est adressée?

— Je ne puis le nier, puisque la maladresse de mon valet l'a fait tomber entre vos mains.

— En effet, il m'a semblé reconnaître votre coquin de Mosca : oui, c'était bien lui qui tout à l'heure a laissé échapper ce billet. A merveille, jeune homme, vous soutenez votre réputation

de galanterie ; vous triomphez sans doute d'a-
voir introduit le scandale dans la famille du
vieux Marzocchi. Votre vanité doit être satis-
faite. Mais vous n'en aurez pas si bon marché que vous le croyez peut-être. Dieu merci,
j'ai quelque influence à la cour du vice-roi ; et
tout riches que vous êtes, vous et les vôtres,
je vous prouverai qu'on ne s'attaque pas im-
punément à mon honneur.

— Docteur Marzocchi, je suis un grand cri-
minel, je l'avoue. Je m'humilie devant votre légitime colère et ne chercherai pas à me dérober à vos vengeances. Mais soyez assuré,
seigneur, que je n'ai agi cette fois ni par vanité,
ni par légèreté. J'ai subi l'empire qu'exerce sur
tous les cœurs la divine Aurelia ; j'ai cédé à un
entraînement irrésistible. J'aurais dû vous déclarer déjà mes sentiments et vous supplier de
les autoriser. Des complications imprévues m'en
ont empêché jusqu'ici. Mais puisque le secret
est dévoilé et que la bonne renommée de votre
fille court risque d'être compromise, je n'hésite
plus : je vous prie de m'accorder la main de
la signora Aurelia Marzocchi.

— Il y a longtemps que ma fille vous aime ?

— Notre amour a commencé il y a un peu
moins d'une année, autant qu'on peut dire avec

précision quand on commence à s'aimer. Pour moi, il me semble qu'il a toujours existé, qu'il n'a pas eu de commencement et qu'il n'aura pas de fin.

— Il y a, en effet, à peu près ce temps-là que j'ai remarqué chez ma fille quelques symptômes qui me donnaient à réfléchir : sa santé s'altérait, son humeur s'affectait. On me cachait quelque secret. Ce n'est pas la première fois, n'est-il pas vrai, qu'Aurelia vous écrit dans le même style ?

Ottavio garda un silence qui était un aveu.

— C'est incroyable ! continua le docteur, combien est petite la dose de bon sens que les femmes ont dans la cervelle ! Les plus sages, les plus doctes se laissent éblouir par les plumes et les rubans. Un muguet, un freluquet, faire tourner la tête à la fille la plus savante qu'il y ait dans Salerne !

— Docteur Marzocchius, je changerai mon costume et mon genre de vie pour vous plaire. Je renoncerai aux dissipations de ma jeunesse; j'étudierai la chirurgie, l'anatomie, et deviendrai un homme de l'art, s'il le faut. Rien n'est impossible à l'amour.

— Ce sont de bonnes résolutions, jeune homme, pourvu qu'elles durent. Allez, retirez-vous, j'ai

besoin d'avoir un entretien avec Aurelia, afin
de savoir au juste à quoi m'en tenir sur tout ceci.

— Puissent tous ceux que mon amour doit
blesser et affliger me pardonner comme vous le
faites! soupira Ottavio en s'éloignant les yeux
levés au ciel.

Mosca, resté à son poste d'observation, ne
perdait point de vue Eusebio. Celui-ci semblait
atterré. Cloué au sol, immobile, il s'appuyait à
un des châtaigniers de l'avenue, en se dissimu-
lant derrière le large tronc de l'arbre.

— Ahi! fit Mosca en voyant paraître un nouveau personnage sur la scène, voici qui va tout
ruiner. *Diavolo!* cela marchait si bien!

Au moment où Ottavio Pulciani disparaissait,
Aurelia, s'avançant entre les colonnes du vestibule, se montra sur les degrés. Après avoir achevé
de se parer, s'étonnant de ne voir ni revenir Laurette, ni venir Eusebio, elle accourait sur le seuil
de la maison, pour guetter leur arrivée. Eusebio lui avait annoncé qu'aussitôt débarqué il se
présenterait au docteur, lui raconterait son histoire et demanderait la main d'Aurelia. La jeune
fille ne redoutait aucun obstacle de ce côté et
était assurée de l'agrément de son père et de sa
joie même. D'abord la famille des Alidori était
plus ancienne et plus puissante que celle des

Marzocchi : c'était une des plus honorables du royaume de Naples. Et puis, le docteur avait toujours témoigné à Eusebio plus que de l'estime, une véritable affection. Il n'y avait donc pas le moindre doute qu'il ne l'accueillît avec bonheur pour son gendre, quand celui-ci lui apprendrait que ses anciens engagements ne s'y opposaient plus. La jeune fille n'avait pas eu dans l'esprit la plus légère incertitude à ce sujet.

Elle se trouva en face de son père, qui, lui tendant la lettre qu'il tenait à la main, lui dit, en fixant sur elle des regards irrités : — Voyez ! c'est vous qui avez écrit ces lignes déshonorantes !

Aurelia, reconnaissant le billet qu'elle avait tracé pour Eusebio, rougit et baissa la tête.

— Est-ce vous, reprit le docteur, qui pouvez oublier à ce point votre dignité, la bonne renommée de votre famille, le respect que vous devez à ma vieillesse ?

— De grâce, mon père, laissez-moi vous révéler...

— Je sais, je sais celui à qui est adressée cette lettre : il vient de se dénoncer lui-même, il s'est offert à vous épouser, ce dont je dois m'estimer heureux. Mais, sachez-le bien, votre choix n'est pas celui que j'aurais attendu de vous, et rien n'excuse votre conduite à mon égard.

Le docteur, en achevant ces mots, entrait dans la maison avec un fracas qui prouvait combien il était emporté par la colère.

Abasourdie par ces reproches et cette violence, Aurelia crut à une démarche d'Eusebio : elle se demandait si c'était Eusebio qui avait mis cette lettre entre les mains de son père, et d'où venait le courroux de celui-ci. Elle n'y pouvait rien comprendre. Elle sentit la nécessité d'explications, et rentra sur les pas du docteur pour en obtenir de lui.

Le valet Mosca, toujours en embuscade, vit Eusebio Alidori, à qui sans doute cette seconde scène avait paru la confirmation irréfragable de la première, s'enfuir en chancelant. Mosca le suivit quelque temps du regard; il le vit prendre avec une rapidité extrême le chemin de la campagne. Le valet lui-même était comme étourdi par l'étrange concours de circonstances dont le chevalier de Rhodes avait été le jouet. Le premier moment de surprise passé, il en rit aux éclats : — « Jamais, dit-il, un *asperges d'acqua santa* n'a mieux exorcisé le diable! Le voilà qui s'enfuit sans regarder derrière lui. Nous triomphons! »

V

Ce singulier tour d'escamotage devait d'autant plus facilement et plus complétement réussir contre Eusebio Alidori, que celui-ci se trouvait dans une disposition d'esprit toute particulière, dont on se rendra compte lorsque l'on connaîtra sa dramatique histoire.

Parmi les frères de Saint-Jean de Jérusalem qui, sous le commandement de Villiers de l'Isle-Adam, défendirent, en 1522, la ville de Rhodes contre les forces immenses du sultan Soliman, Eusebio Alidori, jeune chevalier napolitain, se distingua par son enthousiasme et sa bravoure. Eusebio n'avait pas fait encore sa profession, n'était que page quand Rhodes fut entourée par les cent cinquante mille soldats de Soliman le Magnifique, bloquée par les quatre cents bâtiments de la flotte ottomane, qui, chose prodigieuse

pour l'époque, était armée de cent canons. On
sait que, les chevaliers, au nombre de six-
cents, avec quatre mille soldats, tinrent pendant
six mois sans recevoir aucun secours ni aucun
ravitaillement. Décimés par la famine et par la
peste, ayant épuisé toutes leurs munitions, les
derniers survivants obtinrent une glorieuse capi-
tulation, sortirent avec les honneurs de la guerre,
emportant leurs étendards, leurs armes, les vases
sacrés, et emmenant sur cinquante bâtiments le
peuple chrétien de l'île qui voulut les suivre.

Eusebio avait prononcé ses vœux au plus fort
de la lutte, alors que le fer et le feu pleuvaient
jour et nuit sur la ville. Il n'avait pas tout à
fait encore l'âge canonique, mais on avait fait fléchir la règle afin de lui confier le guidon de la nation, ou, comme on disait, de la *langue* italienne.
On avait eu d'autant moins de scrupules de hâter l'ordination du jeune Napolitain, que personne ne croyait plus sortir vivant de la forteresse ; on devait bien à l'intrépide page l'honneur
de mourir sous la dalmatique des chevaliers. Cependant, quand la flotte chrétienne sortit de
Rhodes, le 1er janvier 1523, Eusebio vivait ou
du moins respirait encore : il était criblé de
blessures, et tout faisait supposer qu'il n'en reviendrait pas ; mais il était illustre, et son nom

était associé à celui du grand-maître Villiers de l'Isle-Adam dans l'admiration des hommes.

La flotte se dirigea vers Messine. Pour comble de malheur, une effroyable contagion s'était développée à bord des navires. Dans la crainte que le fléau ne se répandît dans l'île, le gouverneur de Messine ne permit point aux glorieux transfuges de débarquer. Le grand-maître fit voile vers le golfe de Baïa. Là, il prit terre sur un rivage désert, non loin de l'ancienne Cumes. Les chevaliers et les Rhodiens s'y enfermèrent dans un camp retranché, où sévit la mortalité jusqu'à ce qu'elle se fût comme épuisée et tarie elle-même. Des blessés, notamment, presque aucun ne réchappa. Il n'est pas douteux qu'Eusebio Alidori n'eût subi la destinée commune, s'il n'avait été soustrait à la pernicieuse influence; voici à quelles circonstances il dut son salut.

Pendant que la flotte de Rhodes stationnait devant Messine, le fils d'une famille de riches négociants de Salerne, Ottavio Pulciani, qui se trouvait dans cette ville, osa, malgré les défenses publiées et malgré la garde sévère établie dans le port, entreprendre d'arracher Eusebio mourant au vaisseau qui le portait. Grâce à l'or qu'il prodigua, il réussit dans cette entreprise. Il reçut, la nuit, le blessé dans une barque conduite par des

matelots dévoués, le fit transporter sur sa balancelle, et, fuyant avec ce dangereux fardeau, il gagna Salerne. Là, sans bruit et clandestinement,
car la terreur de la peste soulevait toutes les villes
du littoral, il déposa le mourant à l'hôpital que
les frères de Saint-Jean de Jérusalem avaient à
Salerne. Il fallait savoir d'autant plus de gré à
Ottavio Pulciani d'avoir obéi à un mouvement
hardi et généreux, que ce jeune homme léger et
dissipé n'était pas coutumier d'actions si méritoi-
res. Mais heureusement il n'est presque personne
qui n'ait, dans le cours de sa vie, ses heures de
courage et de vertu.

Eusebio Alidori était dans un état presque désespéré. Cette fois encore, Salerne la Salubre jus-
tifia son renom. Le blessé se rétablit lentement,
grâce à l'habileté et à l'expérience du docteur
Marzocchius, aux soins de qui il fut confié. Dès
qu'il se trouva en état de sortir, il alla tout naturellement remercier le savant chirurgien. Le
docteur l'accueillit avec une bienveillance paternelle : c'était d'abord une guérison qui lui faisait
honneur, que celle du chevalier, et puis celui-ci
était un personnage important et réservé indubi-
tablement à de hautes destinées. Le pâle visage
du jeune guerrier, revenant comme par miracle des
régions les plus voisines de la mort, ne manqua

point d'intéresser vivement la belle Aurelia, et elle se plut à lui montrer cet intérêt naïf et charmant. N'ayant plus besoin des soins du docteur Marzocchius, Eusebio trouva dans la jeune fille un nouveau docteur qui déploya non moins de zèle afin de hâter sa convalescence et d'en adoucir les ennuis. Faut-il dire que ce zèle fut couronné d'un plein succès ? Non, ou, si l'on veut, ce succès dépassa beaucoup ce qui eût peut-être été désirable.

Eusebio tomba d'un mal dans un autre. La sollicitude ingénue et imprévoyante de la jeune Salernitaine fit sur celui qui en était l'objet une impression bien plus forte que *magister* Aurelia ne s'y attendait. Joad militaire élevé dans la milice des Hospitaliers, Eusebio ressentit les premières atteintes de l'amour qu'il ignorait. Il fut en quelque sorte environné de flammes avant d'avoir pu se reconnaître.

Il n'était pas homme à se rendre à la première sommation du dieu incendiaire. Il n'oubliait pas qu'il avait prononcé les trois vœux perpétuels de pauvreté, de chasteté et d'obéissance, et qu'il les avait scellés de son sang. Il lutta de toutes ses forces contre un sentiment qu'il lui était interdit d'éprouver. Mais — son énergie morale était-elle diminuée par le profond affaiblissement physique d'où il sortait à peine ? — il ne sut point remporter cette victoire sur lui-même. Il quitta Salerne, il y revint comme malgré lui ; il souffrait aussi cruellement que lorsque le sang ruisselait de ses plaies vives.

Aurelia Marzocchi, malgré le silence d'Eusebio, devina le combat auquel il était livré. Il ne dissimula pas si adroitement son adoration muette et involontaire, qu'elle ne se trahît aux regards de la jeune fille. Quand elle le vit en proie à de secrètes douleurs, quand elle songea que c'était là une passion sans avenir, sans espoir, puisqu'un obstacle infranchissable séparait leurs destinées, elle eut peur, elle trembla, elle se trouva coupable. Elle n'osait s'avouer qu'elle-même avait l'âme prise. Elle commit toutes les maladresses que la candeur fait commettre en pareille circonstance, si bien qu'Eusebio put à son tour s'apercevoir que son amour n'était pas payé d'indifférence. Quand il eut acquis cette certitude, il prit le seul parti que lui dictassent la droiture de sa conscience et son respect pour Aurelia : il résolut de faire tout au monde pour briser la barrière que sa profession élevait entre eux. Ils échangèrent peu de paroles :

— Je pars, dit Eusebio ; je reviendrai libre ou vous ne me reverrez jamais.

— Je vous attendrai, répondit la jeune fille, et promets de vous garder ma foi.

Entre des âmes comme les leurs, c'était là un engagement qui valait les liens les plus sacrés.

Eusebio Alidori se mit en route pour Viterbe, où se tenait provisoirement le chapitre de l'ordre, en attendant que les négociations avec l'Espagne pour la cession de l'île de Malte eussent abouti. Eusebio cheminait, pensif et le cœur serré, quoiqu'il ne se mêlât aucune hésitation à sa tristesse. Il y avait deux ans qu'il avait quitté Rhodes, vaincu et mourant, mais voyant flotter à la proue de son vaisseau le pennon de la nation italienne qu'il avait si vaillamment porté. Et il allait rompre avec ces souvenirs et ce passé éclatants! Il allait déserter le saint étendard sous lequel il avait couru tant de périls! La croix blanche à huit pointes qu'il portait sur son habit au côté gauche de la poitrine, cette croix qu'il avait revêtue au milieu des combats, et qui lui était comme entrée au cœur, il fallait l'arracher! Les dernières flammes de l'enthousiasme des croisades étaient descendues sur son front, et tous ces grands sentiments, tout ce noble zèle avaient été emportés par l'orage irrésistible qui était né des doux regards d'une enfant! « Qu'est-ce que l'homme, hélas! lors même

qu'il est un héros ? et à quoi tiennent ses projets, ses vertus, ses biens et ses maux ? » Ainsi,
presque à ce moment, chantait le poëte de la cour
de Ferrare, l'Arioste, dont le souvenir nous accompagne pendant que nous écrivons ce récit;
et le chevalier de Rhodes, son contemporain, lui
donnait presque autant raison que les paladins
d'autrefois.

Eusebio arriva à Viterbe et fut acclamé par
ses frères d'armes. Ils ne voulaient pas croire
qu'il vînt demander à se séparer d'eux. Tout fut
employé pour le faire renoncer à son dessein. On
s'adressa à son ambition, on fit briller à ses yeux
les honneurs qui l'attendaient dans la carrière ouverte devant lui; on en appela au zèle religieux
et guerrier. Eusebio persévéra dans ses intentions. Il n'est pas besoin d'ajouter que plus d'une
raillerie amicale s'attaqua au mobile mystérieux
qui lui inspirait cette résolution. On soupçonnait
bien que l'amour se cachait là-dessous. Les compagnons d'Eusebio lui firent entendre toutes les
leçons du bréviaire ironique que l'esprit du temps
avait composé pour combattre les séductions fé-
minines. Boccace régnait toujours; la verve mo-
queuse des contes ne tarissait pas depuis qu'il les
avait importés de France en Italie, et la conclusion invariable, c'était la fragilité, l'inconstance de

la femme et sa perfidie. Le monde était alors tout entier pénétré de cette ironie; on en faisait intervenir l'expression jusque dans les actes les plus graves de la vie, témoin le roi de France qui venait de mourir : Louis XI avait confié la régence à sa fille Anne de Beaujeu, avec ce bizarre considérant : « que c'était la moins folle femme du monde, car de sage il n'y en a point. »

C'était donc à qui ferait des quolibets ou réciterait de piquantes anecdotes sur ce sujet inépuisable. Mais la confiance d'Eusebio était placée bien au-dessus de telles atteintes.

Cependant c'était chose difficile que d'obtenir d'être relevé de ses vœux. Le souverain pontife avait seul ce pouvoir. L'invasion ottomane pressait l'Europe au nord et au midi. Belgrade avait succombé en même temps que Rhodes et les Sept-Iles. Ce n'était pas le moment de renoncer aux champions consacrés à la défense de l'Europe. Le pape qui occupait la chaire romaine, Clément VII, avait été commandeur de l'ordre de l'Hôpital, et il était d'autant moins disposé à en laisser fléchir la règle. Une seule circonstance servait Eusebio, c'est qu'il avait été ordonné avant l'âge canonique. Cette irrégularité fournissait un motif légitime d'annulation.

Quand le chevalier présenta sa requête, on

apprenait justement que le sultan Soliman venait
d'entrer en Hongrie avec une armée formidable.
Le conquérant proclamait l'intention de marcher
sur l'Italie et sur Rome. Le roi Louis II Jagellon
implorait le secours de l'Occident, mais les princes y étaient trop occupés de leurs querelles pour
répondre à son appel. Quelques efforts qu'il fît,
Clément VII ne pouvait diriger qu'un petit nombre de recrues vers les bords du Danube. Le pape,
en consentant à relever de ses vœux le chevalier
Eusebio Alidori, lui imposa pour condition préa-
lable d'aller combattre pendant une année sous
la bannière de Jagellon. Eusebio pourrait ensuite rejeter le manteau du croisé et rentrer dans
le siècle.

Eusebio, pour parvenir à son but, se serait
soumis à une condition plus rigoureuse même que
celle-là. Il prit immédiatement sa route vers le
Nord, à la tête d'une compagnie d'hommes d'armes dont le saint-père lui confia le commandement. Avant de partir, il eut soin d'informer
par un message Aurelia du résultat de ses démarches.

La joie que ressentit la fille du docteur, quand
elle reçut ce message, ne fut pas sans mélange.
Une campagne comme celle qu'allait faire Eusebio ne pouvait manquer d'être terrible. On ne

revenait pas souvent de ces sanglantes mêlées
où se heurtaient l'Europe et l'Asie ; c'étaient là
des luttes exterminatrices dans lesquelles la pitié
ne pouvait prétendre aucune part. Eusebio, à
peine échappé à la mort, était rejeté dans de
nouveaux et non moindres périls, et c'était son
amour, c'était elle, Aurelia, qui l'envoyait à ces
lointains carnages, dans un pays barbare, où il
serait isolé des siens, où il ne combattrait plus
même sous l'étendard protecteur de son ordre !

Les événements ne tardèrent point malheureusement à justifier et à augmenter ses craintes.
Cette année fut des plus fatales aux armes chrétiennes. La division s'était mise entre les troupes, déjà trop peu nombreuses, que l'Europe
opposait aux deux cent mille soldats de Soliman. La discorde éclata entre les Transylvaniens, les Hongrois et les Bohêmes. Le dernier des Jagellons fut vaincu et tué à la bataille
de Mohacz. Vienne fut assiégée. On ne savait
jusqu'où ses victoires conduiraient le conquérant
turc. Les bruits les plus sinistres remplirent l'Italie. On disait que la consternation régnait à
Rome et qu'on y célébrait de grandes cérémonies expiatoires pour fléchir le courroux du Ciel.

Il y avait à la capitainerie de Salerne un vieux
routier italien, qui, trente ans auparavant, du

temps de la conquête de Naples par le roi Char-
les VIII, avait fait la guerre pour et contre les
Français, comme la plupart des Napolitains de
la même époque. Le capitaine Grillo venait parfois chez le docteur Marzocchius. Quoique la
conversation du vieux condottiere ne fût pas des
plus délicates, Aurelia semblait y avoir pris goût,
tellement que le soudard charmé tortillait sa
moustache en s'étonnant de la puissance extraordinaire de séduction qu'il avait conservée jusque dans un âge si avancé. Aurelia lui demandait avidement les nouvelles de Hongrie. Grillo
ne se faisait pas faute de lui répéter, en les
amplifiant, toutes les rumeurs qui arrivaient jusqu'à lui. Il décrivait complaisamment, et sans
épargner les termes techniques, les principaux
épisodes d'une guerre comme celle dont les bords
du Danube étaient le théâtre. Il peignait les Turcs
sous des couleurs d'autant plus terrifiantes que
c'était son imagination qui les lui fournissait.
Cependant il avait vu autrefois les Stradiotes,
cavaliers albanais, esclavons ou grecs, à la solde
des Vénitiens, ayant à peu près les mêmes armes et les mêmes costumes que les Ottomans.
Il ne se les rappelait pas sans effroi.

— Ces Stradiotes, disait-il, fort noirs et bar-
bus, avaient des chevaux moresques, aussi

rapides que les hirondelles. Jamais ils ne faisaient de quartier aux vaincus. Pour chaque tête de chrétien qu'ils rapportaient, leur chef leur donnait un ducat. Aussi ne laissaient-ils nul vivant derrière eux. Et pourtant ils n'étaient Sarrasins qu'à demi. Jugez de ce que doivent faire des Sarrasins véritables!

Aurelia frissonnait d'épouvante à ces récits. Le docteur ne pouvait comprendre l'intérêt que sa fille prenait aux souvenirs du vétéran, ni pourquoi elle était si fort occupée des Turcs. Il n'était pas au courant des espérances et des craintes dont elle était agitée. On était tombé d'accord que le secret ne serait révélé au docteur que lorsqu'Eusebio aurait le droit de demander la main d'Aurelia. Reviendrait-il jamais, hélas! réclamer la foi qu'elle lui gardait en son cœur? La mort, qui moissonnait là-bas d'innombrables victimes, n'avait-elle pas déjà détruit le bonheur qui avait lui un instant à ses yeux? Elle n'avait d'autre confident de ses angoisses que Laurette, sa sœur de lait, qui était en même temps sa compagne et sa suivante. Bien souvent elle pleura dans son sein, en ne recevant plus de nouvelles d'Eusebio Alidori.

On apprit, vers la fin de l'année, que le sultan, obligé tout à coup de s'en retourner avec son armée à Constantinople, avait levé le siége de Vienne.

Quand cet événement s'accomplit, Eusebio était vivant et même sans blessure. Il ne perdit pas un instant et se dirigea vers l'Italie. Il revenait de cette campagne dans une disposition d'esprit des plus sombres et presque maladive. Les spectacles de discorde et de barbarie qu'il avait eus sous les yeux, la guerre à la façon des reîtres allemands, les cruautés et les excès de toute sorte, l'égoïsme des chefs, l'indiscipline des soldats, la détresse des peuples, avaient jeté dans son âme une impression de dégoût et d'horreur. La guerre, telle qu'il l'avait vue dans les rangs de la milice de l'Hôpital, était grande et presque belle. Elle lui avait apparu, cette fois, hideuse et abominable : le monde en demeurait, à ses yeux, couvert d'un voile noir ; rien n'aurait pu contraindre Eusebio à sourire, tant il était en quelque sorte pénétré de découragement et de tristesse.

Il se rendit en toute hâte auprès du grand maître. Villiers de l'Isle-Adam était lui-même en proie à une noire mélancolie qui devait le conduire prochainement au tombeau. Il fléchissait sous le poids accablant des grandes institutions qui chancellent ; il voyait l'ordre de Saint-Jean

de Jérusalem arriver au bout de ses glorieuses
destinées ; il avait perdu récemment la haute Al-
lemagne ; en ce moment même il perdait l'Angleterre. L'esprit du siècle se retirait d'eux, et
le zèle des intérêts sacrés qu'ils avaient mission de défendre expirait partout. Eusebio était
un des jeunes chevaliers sur qui Villiers de l'Isle-
Adam avait fondé le plus d'espoir. Le grand-
maître lui rendit la liberté sans lui adresser de
remontrances ni de reproches ; mais Eusebio
sentit bien qu'il avait infligé un' nouveau chagrin au cœur de ce vieillard héroïque, pour qui
il avait une vénération profonde. En désertant
l'ordre qui avait abrité sa jeunesse, au moment
où cet ordre était comme un vaisseau désemparé
par l'orage, Eusebio ne fut pas sans éprouver
un grand trouble. Il avait peine à chasser je ne
sais quels remords tenaces, et il lui semblait qu'il
ne pourrait être immédiatement heureux.

C'est dans cette situation d'esprit que, sans
tarder un jour, il avait pris passage à bord de
la galère la *Marquesa*. On s'expliquera maintenant le deuil qui pesait sur lui. Tant d'épreuves successives avaient presque dépassé ses forces. Détaché du grand arbre qui l'avait porté
jusque-là, il était comme une feuille livrée aux
caprices des vents ; il ne tenait plus à rien ; il

ne sentait plus sous ses pas qu'un sol mouvant,
instable, comme le pont du vaisseau qui le portait.

Ses espérances d'amour ne suffisaient pas, dans
ce premier moment, à combler le vide immense
qui s'était fait en lui. Il est vrai qu'il ne savait
rien d'Aurelia depuis bientôt deux années ; sa
vie avait été si ambulatoire depuis lors, qu'il
lui avait été impossible d'en recevoir aucune
nouvelle. La douce lumière brillait toujours à
ses yeux, mais plus lointaine sans doute, et
comme vacillante et près de s'éteindre au fond
de la nuit.

Il avait grande hâte de revoir Aurelia ; il y
aspirait comme le naufragé aspire au rivage où
il sera sauvé. Il lui avait écrit pour lui annoncer
son retour. En même temps, comme il ne voulait plus demander l'hospitalité aux chevaliers de
Saint-Jean, il avait prévenu son ami Ottavio
Pulciani qu'il descendrait chez lui, et lui avait
fait part de ses projets d'avenir. On sait l'aventure qui l'attendait à Salerne. Il ne pouvait résister au choc inattendu qu'il en éprouva : son
âme endolorie ne lui laissait pas assez de sang-
froid pour discerner la vérité sous des appa-
rences aussi trompeuses et éclaircir une aussi
bizarre méprise. Et pour revenir à la comparaison dont nous nous servions tout à l'heure, le

naufragé, au moment où il touchait au bord, était rejeté au large par une vague impétueuse : il devait fatalement se croire perdu et s'abandonner lui-même.

VI

A trente milles environ de Salerne, sur les pentes abruptes et neigeuses d'une des plus hautes cimes des Apennins, s'élève le monastère de Monte Vergine, fondé au moyen-âge par saint Guillaume de Verceil, monastère qui renferme une célèbre madone byzantine, donnée par une impératrice française de Constantinople. On était à cette époque de l'année où les populations de la Pouille et de la Terre de Labour se dirigeaient vers la montagne qui, anciennement consacrée à Cybèle, puis visitée et habitée, dit-on, par le poëte Virgile, enfin dédiée à la Vierge, a reçu dans tout le pays, à cause de la Madone sans doute, mais aussi un peu en souvenir de

Cybèle et de Virgile, le nom de la Montagne-Sainte.

Pendant le jour, on avait vu des processions de pèlerins, matelots, soldats, paysans et paysannes, dans leurs costumes éclatants et variés, serpenter le long des sentiers, se répandre sur les plateaux, se rejoindre et se presser les unes aux autres à mesure qu'elles approchaient des murailles de l'abbaye. La nuit commençait à tomber. L'enceinte de l'abbaye ne pouvait contenir tout le monde. Déjà des feux s'allumaient pour le campement en plein air, sous les arbres séculaires ou dans les creux de la montagne.

Cependant des groupes venus de plus loin ou attardés montaient encore le rude chemin qui va du bourg de Mercogliano au monastère. Ces groupes ne manquaient pas de s'arrêter un instant devant la chapelle *della Paruta,* bâtie à mi-côte, à l'endroit où commence la région des neiges, et qui fixe aussi la limite à partir de laquelle l'usage de la viande est interdit et sont imposées les observances monastiques. Les pèlerins s'agenouillaient tour à tour au pied de l'autel et récitaient une oraison. Parmi les derniers qui firent la pieuse ascension, il y avait un pèlerin solitaire, enveloppé dans un grand manteau brun, dont le capuchon retombait sur se

yeux. Il s'appuyait sur un bâton ferré, avançant avec peine, comme s'il fût épuisé par la fatigue. Il s'arrêta avec les autres devant la chapelle, et, avant de s'agenouiller, il dit avec un
accent douloureux : « Pèlerins, par charité, priez
pour l'âme d'Aurelia! » Cet appel n'avait rien
d'inusité, à cette époque : l'usage de demander
des prières pour une personne en péril de corps
ou d'âme se pratiquait communément dans les
églises d'Italie. Mais la voix du pèlerin trahis-
sait un abattement si complet, un trouble si
profond, une si poignante détresse, que tous ceux
qui l'entendirent tressaillirent et éprouvèrent
comme un frisson de pitié.

Quand les pèlerins se relevèrent, il n'y en
avait pas un certainement qui n'eût prié tout
bas pour cette âme qu'on leur recommandait.

Ils continuèrent à gravir la montagne, laissant
derrière eux leur compagnon inconnu, qui bientôt disparut dans la nuit.

VII

Six semaines se sont écoulées. Une compagnie assez nombreuse chevauche sur la route qui conduit d'Avellino à Bénévent. Cette route accidentée, suivant les sinuosités des premières pentes de l'Apennin, côtoie un magnifique amphithéâtre de montagnes, dont les sommets inégaux sont couronnés de châteaux et de villages.

La compagnie approche de ce bourg de Mercogliano, situé au pied de la rude montée qui conduit au Monte Vergine. En s'avançant à travers les oliviers, les vignes et les chênes verts, on aperçoit le chemin qui conduit à l'abbaye, se dressant le long du roc, tandis qu'au delà, à une grande élévation, des plateaux chargés de vieux arbres, des pentes ombragées, non-seulement de sapins, mais de châtaigniers, mêlent leur robuste végétation aux sommets couverts de neige. A l'une des premières saillies dominant la plaine, apparaît la chapelle *della Paruta,* avant-poste gothique du Mont-Vierge.

Les voyageurs dont nous parlons se trouvent en vue de Mercogliano avant la fin de la journée. Les principaux personnages de la troupe sont le docteur Gasparo Marzocchi et sa fille Aurelia. Le docteur conduisait sa fille au couvent de *Santa-Maria delle Lagrime* à Bénévent, dont une tante d'Aurelia était supérieure. La jeune fille avait manifesté le désir d'entrer dans ce couvent.

Ces quarante jours n'avaient apporté à Aurelia aucune nouvelle d'Eusebio Alidori, dont la disparition demeurait pour elle tout à fait incompréhensible. Elle avait bien appris du docteur la singulière incartade de ce jeune bouffon d'Ottavio Pulciani ; elle avait détrompé son père et lui avait fait connaître le véritable destinataire de la lettre. Mais il lui était impossible de rattacher à ces circonstances la fuite et l'abandon d'Eusebio. Elle finit par le supposer victime de quelque complot de ses anciens compagnons ; elle le crut enlevé, incarcéré, égorgé peut-être par les chevaliers de l'Hôpital ; elle s'imagina qu'il expiait le tort d'avoir voulu, pour l'amour d'elle, rompre les liens d'une association dont la pauvre enfant se forgeait une idée infiniment redoutable. En vain, toutefois, elle prit toutes les informations, elle fit faire toutes les recherches possibles. Elle n'obtint pas la moindre révélation sur la destinée d'Eusebio Alidori. Convaincue de l'impuissance où elle était de percer les ténèbres dont ce mystérieux événement restait entouré, elle tomba dans un morne désespoir, elle s'abandonna à une tristesse mortelle. Tout lui devint odieux dans son existence ordinaire ; la vie lui fut à charge. Elle s'affaiblit, elle pâlit, et sa santé inspira à son père de graves inquiétudes.

Aurelia demanda au docteur la permission de se retirer auprès de sa tante la religieuse. Quoiqu'il lui en coûtât de se séparer d'elle, le docteur, effrayé de l'état de souffrance où il voyait sa fille, ne jugea pas inutile de la dépayser et consentit à ce qu'elle lui demandait. C'est ainsi qu'il s'était mis en route avec elle pour Bénévent, dont leur famille était originaire.

Le docteur Marzocchi et sa fille avaient une suite assez considérable. Six hommes d'armes ou sbires de la capitainerie de Salerne les accompagnaient, commandés par ce vieux condottiere Grillo, qui avait une expérience consommée des choses de la guerre. Le docteur Marzocchius, en s'assurant une telle escorte, n'avait pas pris une précaution excessive pour le temps. Quelques bruits inquiétants qui lui étaient parvenus expliquaient d'ailleurs cette précaution, et, arrivé à peu près à moitié du voyage, il n'avait qu'un regret, c'était de n'avoir pas une escorte double.

Le docteur chemine à côté de sa fille silencieuse; il a le front soucieux :

— Aurelia, lui dit-il, va rejoindre Laurette, et dis au capitaine de venir me parler. J'ai besoin d'avoir un entretien avec lui.

Aurelia obéit à son père, et fut bientôt remplacée auprès de lui par le capitaine.

— Capitaine Grillo, dit le médecin, je suis extrêmement préoccupé de cette troupe qui vient derrière nous. Les avis que j'ai reçus à Contrada me rendent ces gens-là décidément suspects. Ils sont bien une douzaine, m'a-t-on assuré, et armés jusqu'aux dents. Que faire pour garantir notre entière sécurité ?

— Honorable seigneur, que pouvez-vous craindre? Vous êtes gardé miraculeusement, j'ose le dire : vous avez la Vigilance sur votre flanc droit et l'Expérience sur votre flanc gauche, en avant la Sagacité, et le Bon Ordre en arrière. Que sauriez-vous souhaiter de mieux ?

— Sans doute, je sais que vous êtes un
habile homme et que je puis compter sur votre
prudence...

— Et sur la bravoure de mes hommes. Je
les ai choisis, et je m'y connais. Si les bando-
liers qui nous suivent s'avisent de nous attaquer,
nous les ferons prisonniers et nous les attache-
rons à la queue de nos chevaux.

— Mille grâces, capitaine, je n'ai aucune envie de jouir de ce spectacle. Je désire beaucoup
être à l'abri de toute agression. Je vous recom-
mande donc de prendre cette nuit les mesures
les plus efficaces que votre expérience vous pourra
suggérer. J'ai fait retenir pour notre usage exclusif l'hôtellerie de San-Giuliano, au bourg que
voilà devant nous. Vous y commanderez comme
dans une forteresse. Je vous répète qu'une troupe
de cavaliers est sur nos pas et semble nous me-
nacer très-sérieusement.

— Je tiendrai compte de l'avis, et je vous
réponds que leurs desseins seront déjoués. J'agi-
rai comme si nous étions dans une citadelle assiégée. Je ferai surveiller toutes les issues ; nous
aurons des sentinelles et des rondes. J'installerai
une vedette sur la principale tour, s'il y a une
tour. Bref, soyez tranquille, et reposez-vous sur
le capitaine Grillo, dont les moustaches n'ont

point blanchi sous le morion pour être rasées par des batteurs d'estrade.

— A la bonne heure ! Nous arrivons à Mer-cogliano : voyez-vous là-bas la chapelle *della Paruta,* perchée au haut de son roc escarpé ?

— C'est un admirable observatoire, d'où l'on découvre toute la plaine, dit Grillo, qui n'était pas sans avoir fait, comme tout bon Napolitain, le pèlerinage du Monte Vergine. Il y aurait un moyen de reconnaître le nombre et l'apparence des poltrons qui vous inquiètent, ce serait de gravir jusque-là : on les apercevrait certainement sur la route.

— Il est vrai, reprit le docteur ; ils ne pour-raient échapper à la vue, à quelque distance qu'ils se tiennent de nous.

— Ma foi ! reprit Grillo, avec votre permis-sion, docteur Marzocchi, c'est une satisfaction que je veux me donner, de vérifier par mes yeux si les rapports qu'on vous a faits sont exacts. Je connais le sentier, il est praticable aux che-vaux. Nous n'avons fait qu'une petite journée, mon grison n'est point fatigué; je vais tenter l'escalade : aussi bien vous voici à l'entrée du bourg, vous n'avez rien à craindre. Je vous rejoindrai à l'hôtellerie avant la chute du jour, et nous aurons le temps de prendre nos précautions pour la nuit.

Le docteur approuva la résolution du capitaine. Celui-ci, après avoir adressé quelques recommandations à ses sbires, s'engagea dans l'é-
troit chemin qui s'élève vers le Monte Vergine,
pendant que le reste de la compagnie pénétrait
dans la longue et unique rue de Mercogliano,
qui s'ouvrait devant elle.

VIII

Les craintes manifestées par le docteur Marzocchius au chef de son escorte n'étaient pas sans
fondement. Un coup était réellement monté contre les voyageurs. Ottavio Pulciani, délivré de
son rival, se piqua au jeu; il employa tous les
moyens pour attirer l'attention d'Aurelia Marzocchi. Il eut beau rôder autour de la maison
du docteur, où il ne lui était plus permis de pénétrer; il eut beau se trouver sans cesse sur le
pas de la jeune fille, prendre les attitudes les

plus touchantes, vêtir l'une après l'autre toutes les couleurs de l'arc-en-ciel; Aurelia, tout absorbée en elle-même, n'avait daigné ni le remarquer ni l'apercevoir. La passion du jeune homme, dans laquelle entrait une forte part d'amour-propre, s'exalta prodigieusement.

Quand il apprit que la fille de Marzocchi avait formé le projet de s'enfermer dans un couvent, il jura qu'il ne laisserait pas ce projet s'accomplir, dût-il employer la violence. Un rapt n'était pas chose inouïe ni extraordinaire à cette époque; on pouvait en concevoir aisément la pensée, surtout quand on était dans la position de fortune de Pulciani, quand on possédait un château inexpugnable dans les gorges d'Arpaja, et quand on pouvait compter sur la richesse de sa famille pour s'assurer de hautes influences à la cour du vice-roi. Il ne fallait pas une bien grande audace pour tenter l'aventure, et Mosca lui-même, qui n'était pas d'un courage à toute épreuve , approuvait l'entreprise et s'y associait.

Dès qu'Ottavio fut informé du départ du docteur et de sa fille, il se rendit à Naples, trouva sans peine une dizaine de *bravi* accoutumés à ces sortes d'expéditions et se mit avec eux sur la trace des voyageurs.

17

Quelques heures avant que le docteur Marzocchius et sa compagnie arrivassent à l'hôtellerie de San-Giuliano, unique hôtellerie du bourg
de Mercogliano, un pauvre hère, fort poudreux,
s'était présenté pour y demander asile. L'hôtelier,
le repoussant, lui dit : — Allez plus loin, l'ami,
allez plus loin; la maison est retenue tout entière pour une respectable compagnie que j'attends d'un moment à l'autre.

— Le visage du pauvre est toujours importun, grommela le piéton. Si vous ne voulez me
recevoir pour votre hôte, recevez-moi pour votre serviteur. Je suis le meilleur boulanger et
le meilleur pâtissier qu'il y ait de Gaëte à
Otrante. Pâtes royales, pâtes de Gênes, pâtes
de Venise, je sais tout faire. Laissez-moi le soin
de remplir les corbeilles, et vous pourrez dou-
bler le prix du souper de vos voyageurs.

— En vérité, compère, es-tu si habile? Quel
est ton nom?

— Baldassare Paparoni, pour vous servir.
Conduisez-moi à la huche, messer, et vous verrez merveilles.

— Allons, viens, mon garçon; puisque tu as
tant de bonne volonté, dit l'aubergiste alléché
par ces friandes promesses, je consens à éprouver ton savoir-faire.

— Je vous fabriquerai un joli gâteau dont les *signure* garderont longtemps le souvenir, dit l'étranger en suivant son nouveau patron.

La compagnie qui devait passer la nuit à l'auberge de San-Giuliano ne tarda pas à arriver. Les sbires s'installèrent dans les salles basses ; les voyageurs, dans les chambres hautes. Lorsqu'elle eut donné ses premiers soins à sa maîtresse, la suivante Laurette, qui était naturellement le personnage le plus curieux de la troupe, vint inspecter le jardin. Pendant qu'elle cherchait quelques fleurs ou quelques fruits, elle entendit, dans les bâtiments de service, une voix qui chantait la chansonnette populaire :

Vorria che fosse uciello e che volasse,
  E che tu m'encapasse alla gajola (1)...

Il lui sembla que cette voix ne lui était pas inconnue. Elle se dirigea de ce côté et se trouva sous les fenêtres de la boulangerie : un serviteur, tout blanc de farine, travaillant à la huche, sassait, pétrissait, se donnait un mouvement

(1) « Je voudrais être oiseau et voler, et que tu me prisses au joli filet. »

extraordinaire. C'était lui qui chantait; il continua :

> Vorria che fosse viento e che sciociasse,
> Per te levà da capo la rezzola (1)...

Laurette le suivit un instant du regard.

— Ohimè! dit-elle avec surprise, c'est Mosca. Que fait-il ici ? depuis quand a-t-il quitté Salerne ?

Le boulanger jeta vers la soubrette une œillade mourante, et il répondit avec un soupir qui souleva autour de lui un nuage de farine :

— C'est votre insensibilité, ô Laurette, c'est votre rigueur qui m'a réduit à cette extrémité déplorable. Percé par vos yeux brillants, assassiné par vos charmes, désespérant de fléchir votre courroux, j'ai pris le parti de fuir les lieux que vous habitiez; je suis venu chercher un refuge dans ces contrées barbares, où, pour gagner ma vie, je suis obligé de râcler le pétrin. Telle est, cruelle, ma lugubre histoire.

— Fourbe, hypocrite, menteur, dit Laurette, je ne suis pas dupe de ton doucereux langage.

-----

(1) « Je voudrais être le vent et souffler, pour enlever la voilette qui cache ton visage. »

Je me méfie de toi, car je soupçonne que tu as causé le malheur de ma maîtresse et mon malheur aussi. Je ne sais comment tu as fait et je ne puis deviner ce qui s'est passé : comment le chevalier Eusebio a-t-il disparu tout à coup et d'où vient que personne n'ait plus entendu parler de lui, je l'ignore; mais je ne doute pas que tu ne sois pour quelque chose dans ce funeste événement.

— Mon cher trésor, tu me prêtes un talent que je ne possède pas : il n'est pas en mon pouvoir de faire disparaître un chevalier et de l'escamoter comme une noisette.

— Maudit sois-tu, bourreau, si tu as eu part à cet événement funeste, car tu auras fait mourir ma pauvre maîtresse, et moi je l'accompagne au couvent et je l'accompagnerai dans la tombe.

— *Zitta, zitta,* ne sois pas si emportée, et mets un frein à ta douleur. J'atteste le ciel que je n'ai pas remué le doigt pour amener l'événement dont tu parles. Je ne te dirai pas cependant que j'ignore tout à fait comment il s'est accompli; non, j'en ai bien un vague soupçon, je l'avoue.

— Vraiment! Mosca, cher fils, apprends-moi donc, je t'en prie, ce qui est arrivé; je te pardonnerai tout, je te saurai une reconnaissance infinie. Voyons, raconte-moi ce que tu sais.

— Nenni, mon adorée, ce n'est pas un mystère à révéler si légèrement; ce n'est pas à une tête de linotte comme la tienne que je voudrais confier ce grave secret. Mais, comme ton sort me désole et le sort de la signora Aurelia m'attendrit, je consens à lui dire à elle-même ce qui est parvenu à ma connaissance, si elle veut m'accorder ce soir un moment d'entrevue dans ce jardin. Eh bien, es-tu contente, · Laurette, mes délices? et diras-tu que je ne me conduis point en galant homme?

— Si tu fais cela, Moschino, frère chéri, je t'embrasserai de bon cœur, quand tu serais dix fois plus enfariné que te voilà.

— Parole donnée, traité conclu. Eh bien! dis à la signora Aurelia de descendre ici à neuf heures du soir, quand l'obscurité sera venue : elle aura des nouvelles certaines d'Eusebio Alidori.

— Elle n'y manquera pas, je te le promets.

— Il faut qu'elle vienne seule, tu entends bien?

— Et moi, je ne l'accompagnerai pas?

— Allons, doux ange, puisque tu y tiens, tu seras de la partie. Viens avec ta maîtresse; mais, chut! pas un mot à personne surtout, ou je reste muet!

— Ne crains rien, honnête et gracieux Mosca, et attends-nous, dit Laurette en prenant joyeusement le chemin du logis.

— Cela va bien, fit Mosca ; le levain a bien pris, la pâte est bien revenue.

IX

Cependant le capitaine Grillo, s'étant séparé de ses compagnons de route, suivait bravement le sentier qui gravit la rampe de l'Apennin. Ce que lui avait dit le docteur lui rappelait ses aventures d'autrefois et réveillait son ardeur endormie. Son cheval, qui avait le pied sûr, choisissait les interstices où se montre la terre végétale et avançait courageusement. A mesure que le cavalier s'élevait le long de la rampe, le panorama de la plaine se développait sous ses yeux.

Il domina bientôt et découvrit distinctement tout Mercogliano, situé au pied de la montagne. A une extrémité de ce bourg, un bâtiment octogone, d'aspect monastique, surpassait de beaucoup les maisons environnantes : c'était l'*ospedaletto* ou l'infirmerie qui servait de refuge aux religieux du Monte Vergine, dont l'âge ou la santé ne pouvait supporter la température des hautes régions où est bâti le monastère. Non loin de l'*ospedaletto*, l'église paroissiale dressait son élégant clocher. Le bourg n'était formé que d'une double rangée d'habitations construites le long de la route. Le capitaine Grillo put suivre du regard la compagnie qu'il venait de quitter et la voir entrer dans une hôtellerie voisine de l'église. Il remarqua que cette hôtellerie avait, comme presque toutes les maisons de Mercogliano, un jardin entouré d'une muraille, laquelle le séparait seule de la campagne ; il prit bonne note de cette disposition locale pour les mesures stratégiques qu'il aurait à adopter plus tard.

En continuant de monter, il vit se dessiner les villes et les villages de la campagne : Nocera, Sarno avec son château crénelé ; Montuoro et Contrada, que les voyageurs avaient traversés dans la journée ; Monteforte, séparé de

Mercogliano par un bois assez vaste ; enfin toute la plaine qui s'étend jusqu'au promontoire de Sorrente. Aussi loin que sa vue pouvait s'étendre, il n'apercevait rien qui fût de nature à justifier les alarmes qu'on lui avait manifestées.

Il parvint à la chapelle *della Paruta*. Son ascension avait été lente. Le soleil se couchait, laissant deviner au loin, sous les nappes d'or dont il ceignait l'horizon, l'étincelant miroir de la Méditerranée. Le capitaine, quoiqu'il n'eût pas l'esprit très-enclin à la poésie, ne laissait pas d'être impressionné par ce magique spectacle. La fraîcheur tombait des hautes cimes, un calme imposant régnait sur la montagne et dans l'immense étendue. Il semblait qu'on fût vraiment sur la limite d'un monde à part, où une paix religieuse commençait à pénétrer les âmes.

Le silence qui régnait sur les hauteurs fut troublé par les pas d'une personne descendant du Monte Vergine. Le capitaine Grillo aperçut un pèlerin qui s'avançait, s'appuyant sur un long bâton, et le capuchon de sa robe brune baissé sur les yeux. Ce personnage arriva à la chapelle *della Paruta* au moment où le son lointain et affaibli de la cloche de l'abbaye se faisait entendre et semblait tomber des nuages : c'était

17*

l'*Angelus* du soir qui sonnait. Le capitaine
Grillo, comme l'aurait fait tout homme de ce
temps, descendit de cheval et alla s'agenouiller
devant la chapelle pour réciter l'*Ave Maria.*
L'autre personnage fit de même ; mais, au moment de s'agenouiller, il dit d'une voix navrante :
« O voyageur, par charité, priez pour l'âme
d'Aurelia ! »

Les trois coups de l'*Angelus* ayant retenti,
l'inconnu se leva et continua à descendre rapidement le sentier. Après un moment de surprise et d'hésitation, Grillo songea à l'interroger :

— Pèlerin, dit-il, est-ce pour une morte que
vous demandez des prières ?

— Pour une morte que j'ai ensevelie dans la
montagne.

Le pèlerin fit cette réponse sans ralentir sa
marche, de sorte que, lancé sur la pente, il
se trouva trop éloigné pour qu'une autre question lui pût être adressée.

— Il divague ! murmura le vieux soldat. Jamais une femme n'a été ni ne sera ensevelie sur
le Monte Vergine : c'est sans doute quelque
malheureux dont l'esprit est troublé.

Cependant Grillo était superstitieux : il songea
qu'il y avait peut-être dans ces mystérieuses paroles, prononcées par un passant inconnu, l'avis

d'un prochain danger, le présage de quelque ca-
tastrophe imminente pour celle qu'il était chargé
de protéger. Sous cette impression, il interrogea
de nouveau tous les coins de l'horizon, toutes les
routes se croisant dans la plaine. Il ne découvrit que les spectacles ordinaires de la campagne :
là une charrue regagnant le toit rustique, là-bas
un chariot attelé de buffles avançant lentement
sur la route de Naples ; aucune trace de la
troupe armée qui avait été signalée au docteur
Marzocchi.

Le capitaine prit son cheval par la bride et se
mit à descendre le sentier rocailleux. Il était
songeur et se répétait, malgré lui, l'étrange appel
du pèlerin du Monte Vergine. Comme il planait
alors sur le bourg de Mercogliano et qu'il dirigeait ses regards sur l'hôtellerie où il allait rejoindre ses compagnons, il se produisit dans le
jardin de cette hôtellerie un incident qui attira
son attention.

Une femme, que le capitaine reconnut à son
costume pour la suivante Laurette, entra dans
le jardin de l'auberge. Elle s'y promena pendant
quelques instants, puis s'arrêta comme pour causer avec un individu qui se trouvait dans les
bâtiments de service. Après un moment d'entretien, Laurette rentra au logis. Quand elle eut

disparu, un homme, ayant l'air d'un cuisinier
ou d'un boulanger, traversa le jardin dans toute
sa longueur, et, ouvrant une petite porte, dit
quelques mots à un personnage que le capitaine
n'aperçut pas d'abord, car celui-ci devait se
trouver dans une ruelle que la muraille du jardin cachait à sa vue. Mais, un instant après,
pendant que le serviteur de l'hôtellerie retournait
sur ses pas, Grillo vit l'autre s'élancer à travers
champs et gagner en courant le bois qui séparait Mercogliano de Monteforte. La distance à
franchir n'était guère que d'un demi-mille. Grillo
s'arrêta jusqu'à ce qu'il eût vu l'individu suspect
disparaître dans l'épaisseur du fourré. Ce furent
là pour le vieux routier autant de révélations.
Il essaya vainement de percer du regard la voûte
épaisse des arbres. Rien ne se montra ni ne
remua. Grillo n'avait pas besoin d'en voir davantage ; il hâta sa marche, et bientôt il par-
venait à son tour à l'auberge de San-Giuliano.

L'excursion du capitaine avait duré plus longtemps qu'il n'avait prévu. Lorsqu'il revint, les
ombres du soir commençaient à s'épaissir. Aussitôt arrivé, il adressa quelques questions à l'hôtelier ; puis, avec trois de ses hommes, il se
rendit à la boulangerie où le boulanger impro-
visé déployait une activité fébrile. En voyant

entrer les sbires, il se mit à attiser le four si profondément, qu'il s'y cachait plus qu'à moitié. Ce semblant de zèle ne servit de rien. Saisi par des bras vigoureux, Mosca fut garrotté en un clin d'œil, et soumis à un interrogatoire pressant. Nous avons dit que le capitaine Grillo avait fait longtemps le métier de condottiere; il avait appris à cette école certains procédés d'interrogation en l'efficacité desquels il paraissait avoir pleine confiance. Il n'en fallait pas tant pour inspirer à Mosca la sincérité la plus complète, et le capitaine Grillo sut en quelques instants tout ce qu'il voulait savoir.

Ses précautions étant prises, il se rendit aux chambres hautes, où se trouvaient le docteur, Aurelia et Laurette. Celle-ci portait impatiemment son secret, et avait hâte de voir s'éloigner le docteur pour entretenir sa maîtresse.

— Tout va bien, capitaine? dit le docteur.

— Tout va bien. Je dois faire toutefois une recommandation expresse à madonna Aurelia, c'est de rester ce soir enfermée dans son appartement.

— Et pourquoi nous donnez-vous ce conseil? reprit le docteur. Avez-vous donc quelque nouveau sujet d'inquiétude?

— Non, je suis parfaitement rassuré; mais

nous aurons, je crois, un brouillard malsain.
La signora, si elle fait sagement, évitera de le
respirer et s'abstiendra de sortir, quand ce ne
serait même que pour descendre au jardin.

Aurelia, qui vivait machinalement et presque
indifférente à ce qui se passait autour d'elle,
déclara qu'elle n'avait pas l'intention de sortir
de sa chambre.

— J'engage la prudente Laurette à faire de
même, continua Grillo.

Laurette jeta les yeux vers le capitaine, en se
demandant s'il était instruit du projet qu'elle mé-
ditait. Grillo répondit à ce regard par une gri-
mace ironique qui signifiait : « Vous êtes une
niaise, » aussi clairement qu'on l'aurait pu dire
dans le meilleur dialecte napolitain. Laurette baissa
la tête avec confusion, se doutant bien qu'elle
avait été sur le point de faire encore quelque
pas de clerc, et se rappelant un peu tard, comme
toujours, qu'elle n'était pas capable de lutter avec
le perfide Mosca.

— Vous ne nous dites pas, capitaine, reprit
le docteur, ce que vous avez découvert de ces
hauteurs que vous venez de gravir ?

— Un beau champ pour faire manœuvrer l'in-
fanterie et la cavalerie, répondit Grillo.

— Et rien de plus ?

— Pas une cotte de mailles à l'horizon.

— Vous avez été jusqu'à la chapelle ?

— Jusqu'au pied des degrés *della Paruta*, et, voyez combien les sons se répandent au loin sur les montagnes, j'y ai entendu distinctement les cloches du couvent sonner l'*Angelus*. J'ai même fait là une rencontre singulière, dont je ne sais que penser et dont je ne puis distraire mon esprit. Au moment où les tintements de l'*Angelus* retentissaient dans le lointain, un pèlerin qui venait de l'abbaye passait devant la chapelle. Il s'agenouilla, comme je fis moi-même, et, au moment de plier les genoux, il dit avec un accent de tristesse si pénétrant que j'en eus le cœur serré : « Voyageur, par charité, priez pour l'âme d'Aurelia ! » N'est-ce pas un jeu du hasard étrange et surprenant ? Vous qui avez étudié le grimoire, docteur Marzocchius, expliquez-moi ce que cela signifie.

Aurelia releva vivement la tête : — Avez-vous vu le visage de ce pèlerin ?

— Non, signora ; le capuchon de son manteau lui cachait le visage.

— Vous ne lui avez pas parlé ?

— Je lui ai parlé, et il m'a fait une réponse dépourvue de sens.

— Et où allait-il ?

— Je suppose qu'il venait à l'hospice du monastère situé à l'extrémité de ce bourg.

— Mon père, dit Aurelia avec une grande agitation, il faut savoir qui est ce pèlerin : accompagnez-moi, je vous prie, j'irai moi-même à l'*ospedaletto*.

— C'est une démarche impossible, dit nettement Grillo. Déjà il fait sombre, vous ne pouvez sortir : je vous certifie que vous vous exposeriez aux plus graves périls.

— Mon père, faites donc cette démarche vous-même; il faut que vous voyiez ce pèlerin, que vous sachiez qui il est, que vous lui parliez. Vous ne me refuserez pas cette grâce d'où dépend mon repos?

Le ton et les paroles du capitaine avaient impressionné le docteur et lui laissaient deviner un sérieux danger menaçant sa fille. — Pour rien au monde je ne te quitterai ce soir, Aurelia, dit-il. Écoute : nous enverrons Laurette, elle s'informera quel est ce personnage et l'amènera ici, si tu le désires et s'il consent à la suivre. Enfin elle éclaircira tes doutes; n'est-ce pas bien ainsi? Le capitaine voudra bien ordonner à un des hommes de l'escorte de l'accompagner pour la protéger en chemin.

— Non pas, je vous prie, docteur. Mais

l'hôtelier pourra lui servir de guide : il suffira à la défendre, et il lui sera plus utile qu'un de mes sbires. Étant connu sans doute des pères bénédictins, il saura se faire ouvrir la porte de la maison et obtenir les renseignements que l'on souhaite. Voilà, à mon avis, le meilleur parti à prendre.

On manda l'hôtelier. On lui adressa d'abord quelques questions. Il savait, en effet, qu'un pèlerin avait naguère reçu asile à l'abbaye : ce pèlerin vivait habituellement dans les plus âpres solitudes, dans les bois les plus élevés de l'Apennin ; il ne faisait que de courtes apparitions tantôt au monastère, tantôt à l'*ospedaletto ;* il ne prononçait jamais que les paroles que le capitaine avait entendues. L'hôtelier lui-même se souvenait de les lui avoir entendu prononcer, pendant un office célébré à l'église du bourg.

On disait dans le pays que c'était *un smarrito* (un pauvre insensé); on ignorait d'où il venait et ce qui lui avait fait perdre la raison.

— Ne reviens pas sans avoir vu ce pèlerin, sans lui avoir parlé, dit Aurelia à Laurette. Ne te laisse pas rebuter. Pour moi, je ne quitterai pas ces lieux, je le déclare, avant d'avoir obtenu les informations les plus précises sur cet inconnu.

Laurette promit à sa maîtresse de ne rien négliger afin de la satisfaire. Elle se mit en route pour la succursale de l'abbaye, sous la conduite de l'hôtelier de San-Giuliano. Nous l'y devancerons de quelques instants.

X

Dans une vaste chambre de l'ospedaletto du Monte Vergine, chambre dont l'ameublement comme l'architecture était tout gothique, assis dans une de ces chaises ou chaires en bois sculpté dont le haut dossier se terminait en forme d'un dais aux délicates ciselures, un vieillard à la couronne de cheveux blancs, vêtu de l'habit de Saint-Benoît, feuilletait un in-folio manuscrit placé devant lui sur un pupitre. Ce vieillard était Dom Raimondo Moralès, le prieur de l'abbaye. Un moine entra et lui dit que le pèlerin qui était venu, il y a quelques semaines, demander l'hospitalité au Monte Vergine désirait lui parler. Le prieur ordonna de l'introduire. Le pèlerin parut et s'inclina.

— Mon fils, dit Dom Raimondo, que souhaitez-vous de moi ? je suis prêt à faire tout ce qui peut vous être utile, car vous m'inspirez un vif intérêt.

L'inconnu répondit : — Je vous remercie, mon père. Grâce au ciel, le plus fort de l'orage est passé. L'homme qui sort aujourd'hui des retraites sacrées de vos montagnes n'est plus celui qui vint ici cacher ses désespoirs, ses passions et ses colères. Un peu de calme et de force m'est rentré au cœur. Je vais m'éloigner et je vous adresse mes adieux, en vous témoignant ma reconnaissance pour la compassion bienveillante et discrète dont j'ai été l'objet de votre part et de la part de tous vos frères.

— Le Seigneur vous accompagne, mon fils ! Puis-je, sans vous blesser, vous demander si vous avez décidé où vos pas vous conduiront ?

— Je vais à peu près au hasard, environné d'obscurité ; cependant je sais où je veux atteindre. J'ai souvent entendu parler de vastes contrées récemment découvertes au delà de l'Océan, et de races d'hommes vivant de la vie primitive. Je n'ai plus rien qui m'attache à notre ancien monde qui me semble maudit et qui me fait horreur. Je me propose d'aller vivre et mourir sous ces climats hier encore inconnus, et de voir si j'y trouverai d'aussi cruels ennemis que sous les nôtres.

— On est attiré par ce qui est lointain, et l'on s'imagine volontiers qu'en franchissant de grandes distances, l'on trouvera le monde meilleur et la vie moins amère. On se trompe, mon fils, soyez-en sûr. Ce n'est pas la différence des climats qui fait le ciel plus ou moins pur, plus ou moins radieux. Il ne faut pas aller si loin : qu'un peu d'espérance se ranime dans votre cœur, et la face de la terre sera changée.

— L'espérance est morte en moi, et même le désir de l'espérance. Je ne cherche qu'à employer mes jours dont je ne sais plus que faire et qui me pèsent comme un fardeau.

— Celui qui envoie le mal et la guérison achèvera de relever votre courage. Vous êtes jeune encore, vous saurez un jour comment naissent les plus grands désespoirs des hommes et comment ils s'apaisent. Tout me semble présager que vous n'avez point fait avec le malheur un pacte aussi indissoluble que vous le croyez, et j'ai confiance que vos épreuves finiront bientôt. Quand votre intention est-elle de nous quitter ?

— Dès ce soir, mon père; je veux que mon départ reste ignoré et n'éveille l'attention de personne. Donnez-moi votre bénédiction, car je me mets en chemin pour un long voyage.

Le vieillard bénit l'étranger. Celui-ci se retira et sortit de l'ospedaletto ; évitant de traverser le bourg, il prit des sentiers détournés qui passaient derrière les maisons. C'est ainsi qu'il ne fut pas rencontré par Laurette et l'hôtelier, lesquels arrivèrent à l'ospedaletto presque aussitôt après son départ. Ils s'informèrent du pèlerin; on leur dit qu'il avait paru un instant, puis était parti, sans qu'on sût la direction qu'il avait prise. Laurette, ne pouvant recueillir aucun autre renseignement et ne voyant nul moyen de se mettre à la recherche de ce personnage au milieu des ténèbres de la nuit, se décida à s'en retourner à l'hôtellerie pour en référer à ses maîtres.

XI

Pendant que l'hôtelier de San-Giuliano servait d'escorte à la suivante dans sa mission à l'ospedaletto du Monte Vergine, son auberge devenait le théâtre d'une scène tragique.

Un peu avant neuf heures, Grillo et ses sbires, armés jusqu'aux dents, se rendirent dans le jardin et se mirent en embuscade de chaque côté de la petite porte du fond ; ils en tirèrent le verrou et ils attendirent silencieusement, l'épée nue au poing.

A neuf heures sonnant, la porte s'ouvrit, et les *bravi* apparurent, s'avançant avec précaution, conduits par Ottavio Pulciani. Aussitôt les sbires se précipitèrent sur eux et les repoussèrent dans la ruelle. La plupart des *bravi*, attaqués si brusquement, prirent la fuite. Ottavio, vivement pressé par l'un des soldats, reçut plusieurs blessures ; il tomba. L'épée du sbire allait lui porter un dernier coup, lorsque l'arme fut brisée par un violent coup de bâton; un autre coup de bâton étourdit le soldat. En même temps, un bras vigoureux enleva Ottavio Pulciani, et le sauveur disparut avec son fardeau.

Celui qui venait d'arracher Ottavio aux mains des défenseurs d'Aurelia n'était autre que le pèlerin du Monte Vergine. Il porta le blessé jusque sous le porche de l'église de Mercogliano, et le déposa sur le banc de pierre à l'usage des pauvres.

Son capuchon s'était renversé en arrière. La lune éclairait de ses blancs rayons les traits du pèlerin et ceux du blessé. Le pèlerin regardait celui-ci d'un regard où se combattaient la pitié et le ressentiment.

Ottavio ouvrit les yeux, ils rencontrèrent ceux du pèlerin debout devant lui; il murmura d'une voix étranglée : — Eusebio Alidori !

— Ottavio Pulciani, dit ce dernier, vous sentez-vous blessé gravement ?

Ottavio fit un signe de tête affirmatif.

— Je vais vous porter à l'hospice de l'abbaye, reprit Eusebio.

— C'est inutile, je suis un homme mort. Et c'est vous, Eusebio, qui m'avez secouru !

Laissez-moi rassembler un peu de forces pour vous dire quelques paroles qui se pressent sur mes lèvres et que je crains de n'avoir pas le temps de prononcer : je vous jure qu'Aurelia Marzocchi et moi sommes toujours demeurés absolument étrangers l'un à l'autre, et que c'est une illusion de votre esprit et de vos yeux, si vous avez pu croire le contraire. Jamais elle n'a eu que de l'indifférence pour moi, elle n'a jamais aimé que vous.

Eusebio, immobile, ne parut pas l'entendre.

— Au moment où j'expire, j'en prends le ciel à témoin! répéta Ottavio d'une voix entrecoupée par les convulsions de l'agonie. Pardonnez-moi, et qu'Aurelia me pardonne!

En ce moment, deux personnes passèrent sur la place solitaire de l'église. Eusebio leur fit signe de venir à son aide. C'étaient Laurette et l'hôtelier, qui s'en revenaient de l'ospedaletto. Laurette, apercevant le pèlerin qui, tête nue, se tenait debout sur les degrés du portique, s'écria à son tour : — Eusebio Alidori!

— Bonnes gens, dit Eusebio, voici quelqu'un qui se meurt. Apportez de l'eau fraîche, appelez un chirurgien!

La suivante et l'hôtelier s'empressèrent auprès du blessé, étendu sur la pierre :

— Jésus! fit Laurette avec effroi, c'est le seigneur Pulciani, de Salerne! Courez vite, reprit-elle en s'adressant à l'hôtelier, courez vite et amenez ici le docteur Marzocchius.

— Il est trop tard, répondit l'hôtelier; le cœur a cessé de battre.

— C'est vrai, dit Eusebio, la dernière étincelle de vie est éteinte... Vous qui êtes, je crois, une servante de la famille des Marzocchi, ajouta-t-il en attachant ses regards sur la jeune fille, avertissez le docteur, puisqu'il est près d'ici; sa science ne peut plus rien pour son gendre, mais il se chargera de le faire inhumer.

— Ottavio Pulciani le gendre du docteur! s'écria Laurette. Qui vous a fait un pareil mensonge? Si ce jeune homme s'est vanté d'avoir jamais inspiré à la signora Marzocchi un autre sentiment que l'indifférence et le dédain, il s'est rendu coupable d'une impudente calomnie, et je souhaite que le juge devant lequel il comparaît maintenant n'en demande point compte à sa pauvre âme.

Une émotion légère se montra à peine sur le visage d'Eusebio. Il restait froid, et sa physionomie exprimait une incrédulité obstinée et résolue. Laurette reprit : — Il me sera facile de vous convaincre de ce que je viens de vous dire,

18

seigneur Alidori, s'il est possible vraiment que vous en doutiez. Aurelia est ici près. Nous sommes en voyage pour nous rendre à Bénévent, où ma maîtresse, ne pouvant s'expliquer votre disparition et votre abandon, allait prendre le voile au couvent *delle Lagrime*. Suivez-moi, nous laisserons l'hôtelier veiller auprès de ce mort.

Eusebio hésitait; il leva les yeux vers la masse noire du Monte Vergine, qu'on distinguait malgré la nuit. Il semblait interroger son cœur, rappeler ses résolutions, demander conseil à la montagne sacrée qui avait été son refuge et son abri.

— Écoute, dit-il, j'ai vaincu et terrassé, Dieu sait au prix de quelles souffrances, l'amour qui s'était rendu maître de moi; je l'ai enseveli dans ces déserts, j'en ai porté le deuil douloureux jusqu'à en perdre la raison. Je doute fort que cet amour puisse ressusciter, et je n'ose en faire l'épreuve. Dis à ta maîtresse que je fuis, que je vais en des contrées lointaines, d'où elle n'entendra plus jamais parler de moi. Dis-lui, si elle se souvient encore de moi, qu'elle achève de m'oublier. Adieu.

— Si elle se souvient encore de vous ! mais votre souvenir la tue. Arrêtez, seigneur Alidori : ma pauvre maîtresse meurt à cause du serment qu'elle vous a fait; vous n'avez pas le droit de manquer au vôtre; elle seule pourrait vous en délier; sinon, ce serait déloyauté et trahison. Il faut que vous la voyiez, que vous vous expliquiez avec elle, que vous lui disiez les reproches que vous prétendez avoir à lui faire.

Eusebio, qui avait fait un mouvement pour s'éloigner, courbait le front.

— Votre honneur vous oblige à venir avec moi, continua Laurette, et si vous avez des soupçons que je ne puis concevoir, vous les vérifierez. Vous aurez la preuve de votre erreur, vous verrez bien qui de vous deux a gardé ou violé sa foi. Venez, vous dis-je, ou vous mériteriez la dernière injure.

Eusebio céda comme involontairement à cet énergique appel et suivit Laurette, qui sentait que le moment était venu pour elle de racheter ses étourderies passées.

XII

Aurelia attendait le retour de Laurette avec une impatience fébrile. Elle songeait : — Si c'était lui ! Mais que voudraient dire ces étranges paroles ? « Priez pour l'âme d'Aurelia ! » Me croirait-il morte ? — La pensée de la jeune fille s'égarait dans les suppositions les plus invraisemblables, sans pouvoir approcher de la vérité. Elle regrettait la promesse qu'elle avait faite à son père; elle eût voulu sortir, courir au-devant de la suivante, dont l'absence lui paraissait se prolonger au delà de toute raison.

Tout à coup des bruits terribles vinrent jusqu'à elle : les cris des combattants la glacèrent d'effroi. Que se passait-il donc ? Son père l'avait laissée seule. Elle voulut ouvrir sa porte, elle s'aperçut qu'il l'avait enfermée. Enfin elle entendit les pas du docteur ; il ouvrit et se montra tout pâle et tremblant d'émotion.

— Qu'arrive-t-il, mon père ? qu'est-ce que tout ce bruit que je viens d'entendre ? dit Aurelia.

— Rassure-toi, ma fille, il n'y a plus de danger. L'hôtellerie a été attaquée par des brigands ; nos sbires et leur brave capitaine les ont repoussés. Tout est fini ; nous n'avons plus rien à craindre.

— Y a-t-il des morts et des blessés ?

— Plusieurs parmi les agresseurs ont payé de leur vie leur tentative criminelle ; les nôtres n'ont reçu que quelques blessures peu graves, j'espère. Dans les rangs des assaillants, on a vu un individu portant le costume des pèlerins : le capitaine croit que c'était le même qu'il a aperçu à *la Paruta*. Ainsi ce pèlerin n'était qu'un brigand déguisé, un espion ; tes conjectures, comme tu le vois, faisaient tout à fait fausse route. Nous pourrons partir d'ici dès l'aurore.

— Hélas ! soupira Aurelia, cette lueur d'espérance était donc vaine comme les autres ! une dernière déception m'attendait ! Mais, mon père, ma sœur Laurette peut être exposée à de grands périls ; envoyez tout de suite à sa recherche, je vous prie.

— Me voici saine et sauve, Dieu merci ! dit

Laurette en se montrant sur le seuil de la chambre. Oh! madame, que d'événements affreux accomplis en peu d'instants!

— Que sais-tu donc, Laurette? parle vite.

— Ottavio Pulciani est tué.

— Dieu ait pitié de son âme! murmura Aurelia.

— Était-ce lui qui portait l'habit de pèlerin? demanda le docteur.

— Non, ce n'était pas lui, c'était un autre qui a succombé aussi.

— Et le connais-tu?

— Si je le connais!...

— Qui donc?

— S'étant trouvé fortuitement sur le lieu du combat, il a reçu un coup d'épée; il a expiré sous mes yeux.

— Et c'était?...

— O malheureux Eusebio!

— Eusebio! tu as vu Eusebio Alidori! Et tu dis qu'il est blessé, qu'il est près d'ici? Conduismoi vite auprès de lui, courons le sauver.

— Hélas! vous ne trouverez plus qu'un corps inanimé.

— Nous le sauverons, nous le ranimerons, n'est-ce pas, mon père? Comment veux-tu qu'il meure au moment où il allait nous être rendu?

Non, Dieu n'aura pas cette cruauté; Dieu permettra au moins que je puisse lui adresser quelques paroles, lui demander pourquoi il m'a abandonnée, lui dire combien ma douleur a été profonde. Hâtons-nous : s'il me voit seulement, je suis sûre qu'il vivra.

— Je lui ai dit tout ce que vous venez de dire, ô ma chère maîtresse, et il a dû l'entendre; oui, il l'a certainement entendu.

En ce moment, une grande ombre surgissait derrière Laurette. Le fantôme fléchit le genou et dit d'une voix tremblante :

— Aurelia, pardonnez à la folie d'Eusebio.

L'histoire que je viens de raconter s'est passée, comme les trois précédentes, vers le temps
où la reine de Navarre faisait conter les nouvelles de l'*Heptaméron* à l'aimable compagnie
réunie dans le pré de Notre-Dame de Serrance,
au bord de la rivière du Gave, « sous ces arbres si feuillus que le soleil n'en savait percer
le feuillage, ni échauffer la fraîcheur. « Nul doute
« que, si la Marguerite des princesses ou la prin-
« cesse des Marguerites » eût connu les aventures
qui font le sujet de ces récits, elle n'eût confié
à la piquante Nomerfide ou au brave gentilhomme Simontault, le soin de les transmettre à
la postérité. J'ai osé prendre la parole à leur
place ; puissé-je trouver aujourd'hui quelque auditoire aussi libre de soucis, aussi favorablement
disposé que l'étaient les hôtes de Notre-Dame
de Serrance, entourés par les eaux débordées !
Tout mon désir serait d'avoir bien senti, et
suffisamment exprimé pour le faire sentir à au-
trui, le charme poétique et original qui se dégage de ces temps lointains.

APPENDICE

APPENDICE

~~~~~~~~~~~~~~~~

Chaque genre a ses lois et ses exigences. La transformation de canevas comiques en nouvelles obligeait à de nombreux changements. Il en est un qu'on peut signaler tout d'abord et dont la nécessité ne sera pas contestée.

Quand d'un scenario on faisait une comédie écrite, l'usage était de modifier les noms des personnages. Ces noms de Pantalon, Cassandre, Gratian, Brighelle, Arlequin, Scapin, Covielle, Pierrot, Francisquine, Colombine, etc., appartenaient exclusivement aux masques de la comédie improvisée. En passant d'un théâtre à l'autre, Pantalon devenait Polidoro ou Cornelio ; Brighelle devenait Crisoforo et Scapin Mosca ; Arlequin devenait Tonino le Bergamasque ; Francisquine s'appelait Florine ou Laurette ; ainsi de

suite, au gré de chaque écrivain, car il n'y avait
plus, pour les noms de la comédie soutenue, rien
de fixe ni d'invariable. A plus forte raison, dans
les récits que j'ai faits, ai-je dû changer la plupart des noms des personnages. Il eût été inad-
missible, par exemple, que le peintre et le sculpteur de la deuxième nouvelle s'appelassent l'un
Pantalone dei Bisognosi, l'autre Gratiano Forbi-
sone. Dans la troisième, le docteur Parrhasius ne
pouvait garder le nom de Cassandre, et l'intendant infidèle celui de Pierrot, etc. Il fallait transporter le récit dans un monde moins fantasque,
tout en laissant subsister les types originaux sous
leurs traits adoucis.

Quant aux modifications qu'a dû subir chaque
canevas en particulier, il est impossible de les
indiquer toutes. J'en relèverai cependant quelques-unes, pour qu'on ait une idée un peu plus
nette de ce que sont les *soggetti* originaux.

I

IL FINTO CIECO

COMMEDIA

Dans le canevas qui a servi à composer la première nouvelle, *le Muet*, Horace, au lieu de condamner son ami à être muet pendant trois années, le condamne à être aveugle pendant le même espace de temps; il lui ordonne, pour emprunter le texte du *libretto* : « *ch' egli dovesse andar tre anni errando sempre con gli occhi chiusi, di sola elemosina vivendo.* » Au théâtre, où les spectateurs ne tiennent compte que des instants pendant lesquels le personnage est sous leurs regards, cette condition imposée par Horace ne paraîtrait pas sans doute impossible à observer. Mais, dans un récit qui laisse au lecteur toute réflexion, il n'en eût pas été de même. Faustin eût été inévitablement parjure. Rester trois années, rester une année aveugle volontaire, sans ouvrir les yeux, cela dépasse la constance humaine ; aucune énergie n'y suffirait, au moins dans l'état normal de l'âme.

La nouvelle s'accommodait donc mieux du second mode de l'épreuve. Le premier était préférable peut-être dans une composition dramatique.

Quoi qu'il en soit, il résulte de là de notables différences dans le rôle du captif, le mutisme n'admettant point telles scènes que comportait la cécité, et *vice versa*. Il y a, par exemple, dans le *libretto* italien, une scène entre Faustin aveugle par fidélité à sa parole et Isabelle qui le retrouve avant Horace. « Faustin (nous mettons partout, pour plus de clarté, les noms employés dans nos nouvelles), se trouvant seul, se plaint de la fortune d'Amour et de la cruauté de son ami. Isabelle, qui est à sa fenêtre, entend les paroles de l'aveugle et reconnaît Faustin ; elle descend dans la rue et écoute un instant ses plaintes. Elle l'interroge, lui révèle sa présence, le prie d'ouvrir les yeux. Faustin refuse, pour ne pas manquer au serment qu'il a fait à Horace. Elle le supplie plus vivement, l'embrasse pour l'y décider. Mais lui persiste à

tenir les yeux fermés (1). » Cette scène n'eût pas
été impossible, sans doute, avec Faustin muet;
elle n'eût plus offert, toutefois, un intérêt égal,
puisqu'elle se réduisait nécessairement à un mo-
nologue.

Bien plus, Isabelle, ayant revêtu l'habit de
son valet Arlequin, vient servir de guide à son
libérateur. Faustin la reconnaît bientôt et
refuse le service qu'elle lui veut rendre. Il l'ex-
horte à rentrer chez Melchior Tofano, à reprendre ses habits féminins et à épouser Horace.
Isabelle répond qu'elle voit bien à ses paroles
qu'il a peu d'affection pour elle. Il l'assure du
contraire, mais il lui parle ainsi dans l'intérêt de
son honneur et afin qu'elle n'afflige pas son père.
Isabelle refuse de l'écouter et prétend se faire son
guide, malgré lui, jusqu'à l'expiration des trois
années pendant lesquelles il est condamné à

---

(1) Faustino, trovandosi solo, si querela della fortuna d'A-
more e della crudeltà dell' amico; in quello, Isabella dalla fe-
nestra sente parlar il cieco e alla voce e alle parole lo riconosce
per Faustino; viene in strada, e lo stà a sentire piangendo tal
volta. Faustino la riconosce al suono delle parole. Ella si dis-
copre pregandolo ad aprir gli occhi. Faustino nega di ciò fare
per non offendere l'amico Oratio. Ella lo prega di nuovo, l'ab-
braccia perche apra gli occhi, e gli continente non gli apre.

errer en mendiant aveugle (1). Et, comme nous sommes dans le pur domaine de la comédie de l'art, la fantaisie ne s'arrête pas, bien entendu, en si bon chemin. Si Isabelle a pris les habits d'Arlequin, naturellement Arlequin s'est affublé de ceux d'Isabelle. Il cause, dans ce costume, un grand étonnement à Horace, qui, indigné d'une telle profanation, le poursuit et le bat. Bien d'autres facéties se mêlent, suivant les priviléges de cet art comique, à cette histoire au fond pathétique et gracieuse. Flaminia, la sœur d'Horace, apprenant que les baisers d'une jeune fille auront le pouvoir de faire recouvrer à Faustin la lumière, *che con i baci d' una giovane donzella egli racquistera la luce,* prodigue le remède *più e più volte,* et il ne tient pas à elle qu'elle ne descelle avec ses baisers les yeux de l'aveugle dont elle s'est éprise.

(1) Isabella nell' habito d'Arlecchino guidando Faustino, il quale la persuade à ritornare à casa Melchior Tofano, e rivestirsi da donna, e pigliare Oratio per suo marito. Isabella, ch' egli non l'ama. Faustino, di sì, ma che quanto fa è per suo honore e perch' ella dia contento al padre... Isabella finalmente dice voler andar seco guidandolo in quell' habito, che finiti che saranno li tre anni.

II

IL MARITO

COMMEDIA

Une part plus large encore est faite à la libre fantaisie des masques italiens dans le canevas qui nous a fourni le sujet de notre deuxième nouvelle : *le Mari imaginaire.* A propos de ce titre, je vais au-devant d'un reproche qu'on pourra m'adresser : je sais que *le Mari imaginaire,* ce n'est pas tout à fait la même chose que *le Mari feint* ou *supposé,* qui serait le titre exact. J'ai néanmoins préféré l'autre pour divers motifs, et notamment parce que ce dernier titre eût fait trop aisément prévoir le dénouement, eût trahi trop ouvertement le secret du conte. Qu'on daigne me pardonner cette faute volontaire! *Le Mari,* sans épithète, comme dans l'italien, ne me satisfaisait pas non plus, à cause d'un changement que j'ai fait dans la situation et que je vais expliquer.

Dans le canevas italien, le pseudo-Fabrizio est déjà marié à Celia, quand Fabio Naldini revient. Il m'a paru plus convenable de ne pas laisser la cérémonie s'accomplir. Le complot tramé par la jeune fille et par sa nourrice reste ainsi un bon tour et rien de plus, car il est toujours loisible de supposer que leur intention n'est pas de pousser jusqu'au bout une feinte qui, sans cela, aurait passé les limites permises et aurait conduit leurs auteurs devant le tribunal de l'officialité.

Tout le canevas d'*Il Marito* laisse beaucoup à désirer sous le rapport de la délicatesse. On en aura une idée par la scène de nuit qui le termine. Pierrot a fait accroire à tous les personnages que ce soir, à la faveur de l'obscurité, il les réunira à la personne qu'ils aiment. Le vieux scélérat Pantalon dei Bisognosi attend sa pupille Flaminia; le docteur Gratiano la même Flaminia, qu'il doit épouser; le capitan la même, dont il est l'amant préféré. Horace attend Isabelle, que Pierrot a promis de remplacer auprès de son mari Cornelio, pour que celui-ci ne s'aperçoive pas aussi facilement de l'absence de sa femme. Cornelio, c'est le Fabrizio de notre nouvelle; Pierrot en est le Bertolin.

Ce n'est pas tout : Arlequin, serviteur du docteur Gratiano, compte, à l'aide de Pierrot, pouvoir s'introduire, déguisé en femme, chez Olivette, servante de Pantalon. Pierrot, le meneur du jeu, n'a qu'un but, comme toujours : turlupiner les vieillards amoureux et contenter les jeunes gens, *burlar i vecchi e contentar i giovanni*.

Le premier qui, dans les ténèbres, arrive au rendez-vous, c'est Arlequin dans ses habits féminins. Pantalon, au signal de Pierrot, survient d'un autre côté. Pierrot, recommandant le silence à Arlequin, donne celui-ci à Pantalon, en lui disant tout bas que c'est Flaminia. Pantalon l'emmène joyeusement chez lui. Arlequin croit que Pierrot le conduit chez Olivette et suit Pantalon.

Pierrot fait le signal convenu au docteur Gratiano. Le docteur sort. Pierrot le fait tenir à l'écart, puis fait le signal à Olivette, qui vient. Pierrot la donne au docteur, en lui disant que c'est Flaminia. Gratiano emmène sa conquête.

Pierrot fait le signal à Flaminia, qu'il remet au capitan.

Pierrot fait le signal à Isabelle. Elle sort; il la remet à Horace. Pierrot entre pour se glisser

furtivement, comme il l'a promis, à côté de Cornelio endormi, *per mettersi accanto à Cornelio.*

Les suites de ce pêle-mêle nocturne ne se font
pas attendre. Pantalon, une lumière d'une main,
un pistolet de l'autre, poursuit Arlequin qui s'enfuit avec des gestes d'épouvante. Entendant du
bruit dans sa maison, Pantalon s'arrête et appelle du secours : *Arme! arme! vicinanza!* A
ces cris, le capitan et Flaminia sortent tous deux.
Olivette se sauve, poursuivie par le docteur Gratiano. De leur côté Horace et Isabelle apparais-
sent, tandis que Pierrot arrive à son tour poursuivi par Cornelio ; les longues tresses de celui-ci,
ou plutôt de celle-ci, se sont échappées de sa coiffe,
et Pierrot, tremblant, croit avoir à ses trousses
l'ombre de sa chère Francisquine. Enfin un peu
d'ordre se remet au milieu de ces personnages
effarés. Horace, à qui Isabelle a révélé toute la
supercherie, raconte le travestissement de Francisquine en Cornelio. Pantalon, père d'Horace,
est d'abord furieux, mais, craignant de voir dé-
voiler ses fredaines, il s'apaise. Horace (Fabio)
épouse Isabelle (Celia), le capitan épouse Flaminia, et Pierrot Francisquine.

Le librettiste a soin d'indiquer que, dans cette
dernière scène, tous les personnages surviennent

in camicia, et la plupart avec des lanternes. Aussi, parmi les *robbe per la commedia,* parmi les accessoires indispensables pour jouer cette pièce, n'a-t-il pas oublié de marquer *molte lanterne* et *molte camicie.* Il faut avouer que ces cinq couples assortis au gré de Pierrot, accourant sur le théâtre dans le plus simple appareil, formaient un étrange et peu édifiant spectacle.

III

LA MANCATA FEDE

COMMEDIA

Le rôle de Christophe est, dans ce canevas, celui de Pierrot, ancien *fattore* ou intendant du riche vénitien Stefanello Bottarga. Pierrot est naturellement moins modeste, plus turbulent que le

personnage de notre récit : il se fait passer pour
nécromant auprès de son ancien maître à qui il
révèle que sa fille est encore vivante. Le changement qui s'opère dans les sentiments de Silvia
est plus brusque, et, s'agenouillant aux pieds
d'Adrien, elle finit par lui avouer qu'elle a re-
porté tout son amour, *com' ella ha rivolto tutto
il suo amore,* sur Lilio. Reconnaissant toutefois
qu'elle lui fait grand tort, elle ne refuse pas de
lui faire don librement d'elle-même, mais elle
lui assure qu'il verra bientôt sa mort. Sur ces
paroles de Silvia, Erminia s'agenouille égale-
aux pieds d'Adrien et lui dit qu'il dépend donc
de lui de donner la vie ou la mort à trois personnes, à elle-même en la prenant pour femme,
à Silvia et à Lilio qui s'aiment. Adrien, supplié
par tous les personnages de cette scène, se laisse
fléchir, relève Silvia et cède à Lilio ses droits
sur elle; puis, prenant la main d'Erminia, l'embrasse comme son épouse. »

Autre légère différence. Silvia (nous mettons
partout les noms de notre récit), pour s'enfuir de
Bologne et venir à Ferrare, se travestit en homme.
La scène entre Lilio et celui qui lui a annoncé
la mort de sa maîtresse est dès lors plus singulière; elle existe toutefois dans le canevas, et re-
tracée même avec plus de développements que n'en

comportent d'ordinaire ces scenarios. Je traduis
le texte (1) :

« Lilio *le* reconnaît pour celui qui a apporté
la nouvelle de la mort de sa fiancée, *le* salue
et lui demande s'*il* connaissait Silvia et comment
elle était belle. Elle lui répond aussitôt : qu'elle
lui ressemblait et par l'âge et par beaucoup d'autres côtés, et alors elle commence à dire :
« Seigneur, voyez-vous mes mains ? soyez sûr
qu'elles sont absolument comme les siennes. »
Lilio les baise. Elle, poursuivant, dit que ses
cheveux sont tout pareils à ceux de Silvia.
Lilio les loue. Et elle parle de même de ses
yeux, de sa bouche, de son visage. Lilio l'embrasse en s'écriant : « Hélas ! que ne puis-je
embrasser ainsi ma chère épouse ! » A ces

(1) « Lilio *lo* conosce per quello che li dette la nuova della morte
della sua moglie, lo saluta e li domanda se cognosceva Silvia
e come era bella. Ella subito li dice : ch' ella *lo* simigliava e
per l'etade e per molt' altre parti che sono in *lui;* e quì comincia
à dire : « — Signor mio, vedete voi queste mie mani ? fate conto
che queste sieno come le sue istesse. » Lilio le bacia. Poi se-
guitando dice suoi capegli simili a quelli di Silvia. Lilio li loda.
E ella soggiunge de gli occhi, del volto e della bocca. Allhora
Lilio l'abbracchia, e baciandola dice : « — Deh ! perchè non
poss'io così baciare la mia cara moglie ! » In quello Silvia
piange. Burattino arriva e riprende Lilio perche bacia un gio-
vanetto sbarbato. »

mots, Silvia pleure d'attendrissement. Burattino arrive et reproche à Lilio d'embrasser ainsi un jeune garçon imberbe. »

Burattino, le célèbre bouffon, se livrait à ses lazzi habituels tout le long de cette pièce où il était valet de Stefanello. Il est persuadé que tous les autres personnages sont démoniaques et, en voyant leurs actions, qui doivent, il est vrai, lui paraître peu compréhensibles, il fait des grimaces de frayeur et des gestes d'exorciste.

IV

FLAVIO TRADITO

COMMEDIA

Ce canevas est plus compliqué que notre quatrième nouvelle. Ottavio n'entreprend pas seulement d'enlever Aurelia, la fille du docteur, à son ami Flavio (Eusebio, dans notre récit); il veut encore donner pour femme à celui-ci Flaminia, fille de Pantalon.

Il pousse l'effronterie beaucoup plus loin. La lettre qu'il se fait apporter par la suivante est une fausse lettre dans laquelle Aurelia lui dit qu'elle est enceinte, *ch' ella di lui è gravida*. Ottavio montre la lettre d'Aurelia à Pantalon, à Pierrot, qui s'étonnent. Aurelia survient sans bruit, et tout à coup demande à Ottavio de quelle lettre il parlait à Pantalon, et lui dit qu'elle ne lui a jamais rien écrit. Ottavio, ne perdant pas contenance, répond : « Signora, puisque vous ne voulez pas qu'ils sachent nos secrets, je me tairai. » Aurelia, en colère, l'appelle traître, s'écrie : « Quelle lettre as-tu? Que parles-tu de mon honneur? » Ottavio, feignant de voir tout à coup Pierrot, dit : « Signora, pardonnez-moi; je ne m'étais pas aperçu de la présence de ce coquin de Pierrot, qui est là à écouter nos confidences amoureuses. » Aurelia, furieuse, rentre chez elle en versant des larmes de rage. Ottavio menace Pierrot et lui dit de prendre garde à ne pas se mêler des affaires d'Aurelia. Pierrot, valet du docteur, confident de l'amour d'Aurelia pour Eusebio, reste abasourdi par une telle impudence. Il en perd la parole pendant une scène entière. Le capitan s'adresse à lui, n'en obtient pas un mot, le secoue, et Pierrot, sortant enfin de sa léthargie, pousse un grand cri, qui épouvante tout le monde et s'élance par la rue comme un insensé (1).

Le capitan se charge de venger Aurelia. Ottavio, combattant contre lui, tombe et va recevoir le coup mortel. Eusebio vient à son secours, lui sauve la vie. Ottavio, touché du service que son ami vient de lui rendre, reconnaît ses perfidies; il réconcilie Eusebio avec Aurelia et épouse la fille de Pantalon. Le caractère un peu plus sombre, un peu plus mystique même,

(1) Aurelia domanda à Ottavio di che lettera parlava con Pantalone, e che ella non gli ha scritto cosa alcuna. Ottavio, facendo fronte, dice : « Signora, poiche voi non volete che sappiano le cose nostre, starò cheto. » Aurelia più in collera lo chiama traditore, dicendo : « Che lettera? Che parli tu dell' honor mio? » Ottavio, vedendo Pedrolino, dice : « Signora, perdonatemi, ch' io non m' era avveduto che quel furfante di Pedrolino stesse ad ascoltare i nostri segreti amori. » E ella, più irata, piangendo entra in casa. . Ottavio poi brava à Pedrolino, dicendoli che non s'impacci ne i fatti d'Aurelia. E via per strada. Pedrolino rimane balordo senza formar parola... Capitano li domanda cio che ne fece. Pedrolino non risponde. Capitano lo squote. Alla fine Pedrolino, come si svegliasse da un longo letargo, tira un grido tanto forte che spaventa tutti, e parte per strada.

que j'ai donné à la quatrième nouvelle, n'existe guère dans le canevas italien : j'ai voulu, en revêtant d'une autre couleur ce dernier récit, échapper à la monotonie qui est à craindre dans ce genre de compositions, et aussi compléter l'expression et la physionomie de l'époque en y ajoutant certains traits que ne m'avaient pas fourni les histoires précédentes.

FIN

TABLE DES MATIÈRES